The Diogenes Variations
第欧根尼变奏曲
陈浩基 著
SPM 南方传媒
花城出版社
中国·广州
后浪

图书在版编目（CIP）数据

第欧根尼变奏曲 / 陈浩基著. -- 广州 : 花城出版社, 2022.12（2023.2 重印）
ISBN 978-7-5360-9764-3

Ⅰ. ①第… Ⅱ. ①陈… Ⅲ. ①推理小说－小说集－中国－当代 Ⅳ. ①I247.7

中国版本图书馆CIP数据核字(2022)第175899号

著作权合同登记号：图字：19-2022-133 号

出 版 人：张　懿
编辑统筹：梅天明　朱　岳
责任编辑：郑秋清
特约编辑：范纲桓
技术编辑：薛伟民　林佳莹
装帧制造：木木Lin | mumudatsu@gmail.com

书　名　第欧根尼变奏曲
　　　　DIOUGENNI BIANZOUQU
出　版　花城出版社
　　　　（广州市环市东路水荫路11号）
发　行　后浪出版咨询（北京）有限责任公司
经　销　全国新华书店
印　刷　河北中科印刷科技发展有限公司
　　　　（河北省沧州市肃宁县尚村镇肃留路东侧）
开　本　880毫米 × 1194毫米　32开
印　张　9.5
字　数　211千字
版　次　2022年12月第1版　2023年2月第2次印刷
定　价　49.00元

谨以此书献给天野健太郎先生

本作品纯属虚构，

与现实的人物、地点、团体、事件无关。

曲目

Var.I Prélude: Largo

窥伺
蓝色的蓝

Chopin

---

24 Preludes, Op.28, No.4 in E minor, Largo

1/

在人声鼎沸的街道中，蓝宥唯是个孤独的人。他很清楚，身边的行人不过是世间的过客，从离开母亲的子宫，呼吸第一口混浊的空气，在追逐金钱、爱情、理想等虚幻不实的数十载过去后，残存的只是一副臭皮囊，只是细菌的养料。他站在喧嚣的大街，低头漠然地看着苍白的双手，感到自我的渺小。他对凡人的追求嗤之以鼻，因为这片枯黄的土地上，没有真实的生存意义，只有虚伪的假设。这个世界没有神，没有目标，没有终结，没有意义。他相信自己比他人走得前、走得远，可是，他知道即使多优越他也如同蝼蚁。最叫蓝宥唯不安的，是他了解自己只是芸芸众生的一员，是沙漠中的一颗沙子。这股无力感无时无刻不在提醒他，在浩荡的时代洪流下，他的生死毫不重要。即使他消失了，太阳如常照耀，社会如常运作，人类如常步向灭亡。

“哈。”

蓝宥唯苦笑了一声，继续向前走。

蓝宥唯不是个游民，他有正当的职业，有稳定的收入，有自购的居所。他和常人一样，会到超市购买日常用品，会上馆子吃饭，会到百货公司看看日新月异的科技产品。可是，这只是他为了融入这个社会刻意模仿的行为。在办公室里，蓝宥唯是位优秀的软件工程师，同事们更认为他是个认真的好男人，不烟不酒不赌不嫖。他在人前装出平凡的面孔，假装欢笑，假装发怒，假装忧愁。没有人能触摸他内心的黑暗，察觉那些异于常人的念头。

钥匙插进匙孔，厚重的大门被打开，铰链金属摩擦的声音在走廊回荡。蓝宥唯放下公事包，解开领带，叹了一口气，坐进每天下班回来坐惯了的座位。他伸手打开屏幕的电源，百多万点像素在眼前慢慢发亮，他嘴角微微上扬。蓝宥唯仅有的情感，只投射在冰冷的网络世界上。

深蓝小屋。

浏览器的首页设在一个叫作“深蓝小屋”的博客，然而，这个网页不是蓝宥唯所有。天蓝色的背景、卡通化的小屋图案、心形的图示，这些活泼轻快的元素，跟蓝宥唯格格不入。

画面上方显示着昨天更新的内容。

“山本寿司的料理真是超好吃哟～～\(^o^)/～嘻～～虽然工作有点忙，但今天晚上跟丽子和拉拉去吃寿司！很大片的鲔鱼啊～～～！拉拉旅行归来，买了可爱的小摆设送我，是只陶瓷小猫……——2008/8/7”

粉紫色的字体，别致的日式颜文字，伴随着七彩缤纷的照片，在虚拟空间上诉说着一段段无聊的经历。字里行间所透露的少女气息，和坐在屏幕前、目不转睛的蓝宥唯形成奇妙的落差。蓝宥唯两年前无意间搜寻到这个博客，自此他便着魔似的，无时无刻不惦念着这些文字。那时候，在他瞥见“很高兴！我今天找到工作了！(/^3^)/～”这平凡句子的一刻，冷漠平静的内心忽然泛起了涟漪。对已经三十岁的蓝宥唯来说，这是十分新鲜的经验。他做过好些叫人不寒而栗的疯狂事，但他从没有像看到这个“(/^3^)/～”时那么兴奋。

蓝宥唯缓缓地卷动着网页，默念着画面上的一字一句。“深蓝小屋”的主人是个勤奋的女生，她在三年间几乎每天也更新，把生活的点滴记下来。虽然，她没报上真实姓名，只用上“小蓝”这个笔名，博客的相册中也没放上自己或朋友的照片，可是蓝宥唯对她的一切了如指掌。蓝宥唯总是不明白，现代人一面替家中的窗子换上毛玻璃，一面却大方地在网上公开隐私——今天在泰丰楼吃了猪排饭，昨天在电影节看过《海角七号》，前天在罗斯唱片行遇上小学同学……统统上传到网上。

人类喜欢做出矛盾的决定。

蓝宥唯如此结论。

“爸妈今天回来探望我，我去接机。他们又重提旧事，说要接我一同过去……我就是喜欢这儿嘛！我舍不得我的朋友和工作啊。我也二十一岁了，不是小孩子哟！ >_<;; ——2007/9/14”

这篇日记除了透露她的年龄外，更指出了她的父母已移民外地。

“今天第一天上班，便遇上了火警！好吓人呢！ ><"" 还好是小火，消防员们一下子便把火扑熄了。有很多记者采访呢！起火的那一层刚好是我们办公室正上方，真是心有余悸啊……——2006/8/3”

只要拿当天的新闻比对一下，她在哪儿工作，甚至她上班的部门也一清二楚。

“午饭时同事们聊起租房子的话题。他们都说我一个女生独居很大胆！那位亲切的男同事叮嘱我小心门户，他说去年和前年也发生了歹徒入屋杀害独居女生的可怕案件，建议我搬回市区居住。我不是弱弱的女生哟！我懂空手道的！高中时我是校际空手道大赛女子组冠军！嘿！不过很感谢他的关心～～(^3^) 我很喜欢这儿看到的日落景色啊！而且住惯独栋的房子，我才不愿意住挤迫的市中心公寓呢。——2007/7/6”

日记下方贴着一幅从室内往外拍摄的照片，是夕阳映照的海滨。从拍照的角度、摄进镜头的阳台栏杆和街道特征，任何人也能说出拍照者住在南湾海滩附近两层高的独栋房子。

“昨天 M&Q 清货大减价！我买了两件小背心，是欧洲的名牌呢！跟我的黑色牛仔裤很相衬！——2007/1/22”

网页附上衣服的照片，旁边有衣架和手机。凭着手机和衣架的比例，这照片说明了她的身材。

“我报了日语班！和丽子一起！逢星期六晚上课，为了到日本自助旅行，我要努力啊！ Yeah！——2008/1/3”

“呜……我的小金鱼比比死了……(TT_TT) 它陪伴我已两年多……比比，一路走好……——2006/12/8”

“今天隔邻搬来了一位漂亮的大姐姐，她和我一样也是一个人居住呢！她真的很漂亮，身材又好，有点像那个叫 Misa C. 的日本模特儿！她告诉我，原来附近有个小石滩，虽然小石子会刺脚板，但水质比我常去的海滩更干净，人也少得多，我找天去看看！只有五分钟路程，很近呢！这样我夏天便可以每天享受海水浴了～～——2007/11/2”

“今天很高兴，吃晚饭时碰到同事，搭了便车回家，省下不少时间～～(^_*)/——2008/4/26”

林林总总，数年间的日记记录着她身边的琐事。虽然每一篇也微不足道，蓝宥唯却把每一片积木堆叠起来，构筑成“小蓝”的全貌。她家境富裕，父母移民美国，独个儿住在南湾，没有考上大学，进了一间政府机构当见习生。她身高大约一米七，身材偏瘦，长发，有轻微洁癖，对个人卫生用品十分讲究，略懂空手道，喜欢日式料理……凭着十数幅照片的线索，蓝宥唯找到她的住址——他已经不下一次，到她的住所附近查探，锁定了她的房子。

蓝宥唯没有爱上这位跟自己名字相近的女生，他爱上的是支配感，是在阴影中一隅偷窥的快感。“深蓝小屋”是世上唯一能勾起他情感的地方。可是，他每天也感觉到，这份感情逐渐消减，有如为末期癌症病人注射吗啡，剂量必须随着时间增加，否则当药物不能遏止痛楚时，终点只有一个——死亡。

一只飞蚁停在屏幕上。蓝宥唯伸出手指，轻轻拈起飞蚁，夹着翅膀让它在指尖挣扎。蓝宥唯歪着头看了好一会儿，用力一压，指头传来“卜”的一声。把残骸抹掉后，蓝宥唯的注意力再次回到屏幕。他在浏览器上开启新页面，在常用的书签里选了“天空讨论区”。天空讨论区是个没有人气的网上论坛，只有五六个版面，一个月也不一定有新文章。蓝宥唯没点进论坛，相反地，他点了点页顶的广告，一个宣传免费下载屏幕保护程序的广告。

咔嗒。

咔嗒。

蓝宥唯点击了广告的两个角落，画面却没有变化。当他按第三个角落时，浏览器跳转到一个新的网页。这个页面只有两个可以输入文字的框框，背景漆黑一片。熟识电脑技术的蓝宥唯知道这是一个浮动 IP[1] 的网页，没有固定的网域名称，如果刚才没有在广告的正确位置点击三次，根本没办法找到这儿。他也知道，这个网页并不是以 HTML[2] 写成，而是一整个 Flash[3] 页面，它所显示的文字和图片不能用简单的方法撷取下来。他在文字框键入自己的称号和密码，按下输入键，这个 Flash 页面亮出多个栏目。

猎奇

儿童（男童）

儿童（女童）

性虐

自杀 / 自残

犯罪

跟踪

1　浮动 IP：IP 由阿拉伯数字组成，代表网络世界的地址。当使用者的 IP 是自动、随机获取，没有固定数字，即浮动 IP。

2　HTML：超文本标记语言，用于建立网页内容。

3　Flash：一款用来在网页建立多媒体功能的软件，例如音频、视频、广告，等等。

杂谈

…… ……

这是一个地下的讨论区。蓝宥唯记不起从何时开始成为会员，他只知道这网站曾卷入卖淫及儿童色情的案件，管理员稍作回避后便架设这个高度设防的讨论区。只有成员知道登录的诀窍，而新成员要有三名旧成员推荐才可以加入，目的便是隔绝一般人和警方闯进。这是一个充满邪恶的网站，浏览器的标题上正显示着它的名字：Sin-City。

蓝宥唯不特别喜欢这儿，他不是个看到儿童裸照或断肢便会勃起的心理变态者，他只是尝试在这个充满原始欲望的阴暗角落里找寻自我。他点进"性虐"，在网站内置的书签功能中按进一串旧讨论。第一篇文章附有二十幅照片，分别是两个二十来岁女生的裸照，她们身上有被虐打的伤痕。照片的主角都弯曲着身子，痛苦地回避拍摄者的镜头，极力地反抗着，可是随着照片的编号递增，相中人身上的伤痕愈来愈多，手脚也无力提起。虽然身上一丝不挂，这两位女生的脸孔却打上马赛克，仿佛拍摄者不想让人知道她们的身份。

这些裸照下方，只有四篇留言。

"都上传到这网站了还打码？又没有特写，你还给我在脸上打码？（06/6/6）"

"太假，模特儿过分造作，零分。（06/7/1）"

"这个不错，楼上没眼光〈拍手1〉[1]。（06/8/26）"

1　此处〈〉中的文字为网络语言，自带表情或动作，下同。

“楼主加油，请多发几套〈拍手 2〉。(06/11/5)”

蓝宥唯苦笑一下。这串讨论在版上已两年多，仍只得四篇回应，阅读次数只有六十一。蓝宥唯心想，网站的家伙们都不知道这二十幅照片是他们一向推崇备至的真实犯罪，亏“二楼”的蠢货还说模特儿造作。相中人是两年半和三年前两起轰动的杀人案件受害者，当时东区先后有两位二十多岁的独居女性被掳走，及后赤裸的尸体被发现，纵使没有强暴的痕迹，但死者身上伤痕累累，在死前遭到极为残酷的虐打。其实只要留心细看，便会发现照片中的女生跟案件中的被害人有着相同的特征，例如发型、肤色、疤痕、黑痣、乳房的形状、臀部的大小，等等。可是，蓝宥唯知道，一般人根本不知道这些细节，因为报章从没有报道。

“人命不过如同蝼蚁。”

他自言自语道。

蓝宥唯离开版面，按进“跟踪”。同样地，他点进书签功能，按下一项讨论串。

“我在网上看上一个女生”

题目便是如此直接明快，没有修饰地说明事实。

“我偶然找到一个女生的博客，自此不能自拔。快一年了。我还找到她的家，知道她的工作和家庭状况。我想拥有她，支配她的一切……”

文字下方附上“深蓝小屋”里那幅小背心和黑色牛仔裤的照片。

“没脸没真相，给我看看她的样子。(07/7/6)”

“贴衣服的照片干啥？没有偷拍吗？(07/7/14/)”

“出浴照希望！(07/7/23)”

…… ……

这一串比性虐版那一串热闹得多，虽然大部分人也只是瞎起哄，没有实质的提议。

“我和她已经很接近了。我想我会出手。她一个人住。(07/11/14)”

文字下方附有一幅失焦的照片，是一位长发女生的背影。这篇留言下，他人的回应热烈起来。

“去吧！去吧！记得拍照。(07/11/15)”

“光说不做的不是男人。(07/11/15)”

“为了证明是你的杰作，请你用马克笔在她身上写上‘FUCK ME’再拍照。(07/11/16)”

“不要冲动，慢慢部署才可能成功。你掌握她的生活作息时间吗？有想过被撞破的可能吗？钓大鱼便要放长线，鲁莽行事只会坏事。(07/11/16)”

“楼上说得对，不用急于一时。完美犯罪是要时间部署的。

(07/11/17)”

接下来有很多不同的意见，有提议趁着目标回家时用刀恫吓，有提议打破窗户，待目标睡觉时为所欲为。当然，有更多纯粹闹版[1]的发言，想象比色情小说更下流更无稽的情节。讨论断断续续地维持了好几个月，甚至吸引了犯罪版的常客掺一脚。

“实行前要好好考虑环境因素，替有可能出错的地方预备应急方案，例如逃走失败、被目标夺去利器、行事中途遇上第三者等情况。你打算干到什么地步？ Bang？ Rock & BM？还是 Pop？前两者会留下不少麻烦，后者虽然简单干脆，但实际上不少人到了那一刻只会手忙脚乱。(08/1/2/)”

Bang 是强暴，Rock 是注射毒品，BM 是勒索，Pop 是杀害，以上都是论坛成员惯用的黑话。留言者一副专家的口吻，大概没想过楼主是只有杀人经验的老鸟。蓝宥唯每次看到这段用心的留言，都觉得比其他胡扯的讨论更可笑。

“她现在逢星期六因为一些事情夜归，我认为那是最好的时机。(08/3/25)”

“星期六晚出手最好，因为星期一至五晚出手的话，那女的翌日没有上班便被揭发。你在星期六晚行事的话，星期天可以慢慢善

1　闹版：网络用语，指网民留下偏离主题的言论，搅乱帖子的讨论方向与氛围。

后。你有什么计划？（08/3/26）”

星期六的晚上。四个月前，蓝宥唯已认定这个时段是下手的机会。

“这星期出手。请等我汇报。（08/4/21）”

“好！（08/4/22）”

“Bang！ Bang！ Bang！（08/4/22）”

蓝宥唯清楚记得那忙乱的一晚。

“失败了。那女的提早回家，还有男伴。我在旁边埋伏，料想不到她有同伴相随，被困在死角。幸好他们没有发现我，待那男的离开后，我匆忙逃跑。趁她找钥匙开门一刻从后施袭的方法似乎行不通，我需要更周详的计划。（08/4/27）”

蓝宥唯当时的情绪高涨，焦躁和兴奋交织，比起阅读“深蓝小屋”的文字，产生了更激烈的情感。他对自己的心情感到惊讶，灰蓝色的世界一下子洒满闪亮的红点。蓝宥唯念小学时试过自杀，在美工刀割下手腕的瞬间，他的心跳没半点变化，而他冷静的表现更让发现他的老师以为这是意外。面对死亡，蓝宥唯的情绪也没有半点波动，可是那一晚他却得到前所未有的体验。

“废物没种。（08/4/28）”

“别找借口了，你根本没去吧！（08/4/28）”

“先暂停一下，重新部署再来。不要急于出手，愈急愈容易出错。(08/4/28)”

大自然的捕猎者在猎物逃窜后，不会急于追捕。相反，它们选择回到黑暗中潜伏，静待下一个时机。

“与其藏匿在屋外，不如在她回家前先潜入住所，最危险的地方反而最安全。如果对方的房子够大，这做法比在屋外制伏对方容易，也不用担心目击者。(08/7/15)”

“不行，窗户都镶了窗格子，我检查过，没办法从窗口潜入。如果破坏大门的门锁，她回来便会发觉。(08/7/20)”

“有没有检查过门前的地毯或花盆底？根据你的资料，那女的应该独居于郊区，如果她忘记带钥匙便十分狼狈。一般来说，这种女生会预备后备钥匙，而且放在十分显眼的位置。她们认为愈明显的地方，贼人愈是不会发觉，加上独居的女生大都自以为是，这往往是她们的弱点。(08/8/2)”

上星期读到这留言时，蓝宥唯少有地放声大笑。对，愈是明显愈是容易忽略。他心想一旦事成，得要好好答谢提供这意见的家伙。

“好，我星期六动手。祝我好运。(08/8/3)”

时间配合得近乎完美。蓝宥唯内心深处的黑色血液，再一次沸腾起来。

“叮咚。”

门铃响起。

蓝宥唯离开座椅，把右眼放在大门的窥视孔上。透过鱼眼镜，门外男人的脸庞变得非常宽阔，他正要再按下门铃。蓝宥唯打开大门。

“快递公司送件，请签收。”门外的男人捧着一个像比萨盒大小的瓦楞纸盒，以公式化的语气一成不变地说出每天说上数十次的对白。

“麻烦你。”蓝宥唯堆起笑容，在单据上签字，“快九时了，工作真辛苦啊。”

快递员微微点头，说：“嗯，星期五的货件总是比较多。”

蓝宥唯爽朗地把单据交回快递员手上，对方微微鞠躬，转身离开。

关上大门，蓝宥唯的笑容随之消失。他看了看包裹，眼神流露出异样的光芒。

时间配合得非常完美。

蓝宥唯戴上橡胶手套，打开了纸盒。里面是一套粉蓝色的比基尼。他五天前在拍卖网站订购这件绑带式的比基尼，没想到今天便到手。他小心翼翼地拿起比基尼的上半身，检查有没有破损或瑕疵。他这么小心，是因为他知道警方可以从衣物纤维和汗水找到指出犯人的线索。

拍卖网站对蓝宥唯来说是个大宝库。只要懂得门路和技巧，任何人也可以买到意想不到的货物，而且警方难以从中找到证据。举例说，犯人在凶案现场留下刀子，警方只要追查贩卖刀子的店铺，便能轻易地缩小犯人的搜查范围。然而，今天犯人可能在世界各地利用邮购购买刀子，警方便没可能调查全世界的刀贩。蓝宥唯不但买了军刀，连军用的夜视镜也以便宜的价钱到手——自从多年前苏联解体，不少军备流入市面，加上网络发达，要购买这些稀奇古怪的物品，易如反掌。

明天。明天便是决定命运的一天。不过蓝宥唯还有一件事情要处理。

“喂喂，我是阿唯。”蓝宥唯拨了电话。

“哦？怎么了？”电话的另一端是他的同事。

“明天的露营我不能来啦。”

“咦？为什么？”

“家里有突发的事情啊，很抱歉呢。”蓝宥唯以亲切的声音说道。

“哎……这……这活动是你提议的嘛！还要我当负责人！我在这么短时间内筹备好一切，你却放我们鸽子？”对方在抱怨。

“这真是我控制不了的事情，下星期午饭让我请客当赔罪，好吗？ Tony's 或翠华轩悉听尊便。”

“那又不用。我们会努力玩乐，让你后悔错过了这次精彩的活动！嘿嘿！”

蓝宥唯在同事间一直表现出爽朗的一面。他们不知道，他暗中掌握了各人的性格，偷偷地调查各人的底细。蓝宥唯入职一年半已获晋升两次，上司都赞赏他的办事能力和头脑。他们更不知道，他利用各个机会，甚至复制了同事的钥匙，窃取不少机密资料，才能提出有效的方案。

他并没有意图争取表现。

他只是在寻找在阴影中窥伺的快感。

类似在“深蓝小屋”找到的快感。

2/

星期六晚上九时。

蓝宥唯泊好车子，离开了驾驶座，关上车门，环顾四周的景色。为了这天，他差不多每个周末也来巡视一遍。南湾区的路，他几乎比当地人更清楚。哪儿有游人出没，哪儿比较僻静，哪儿的住宅有彻夜不眠的小伙子，他都心里有数。蓝宥唯没有往目标的房子走去，相反地，他走进街口转角的便利商店。

从冰箱拿出一瓶果汁，蓝宥唯在柜台上放下硬币。店员瞄了他一眼，微微点头，蓝宥唯报上微笑。过去，蓝宥唯打扮成摄影爱好者，特意在这位店员面前露脸，有次更问对方有没有某种底片，闲聊几句，让对方留下印象。他知道，如果行动失败，他被人目击便无法解释他在这儿的原因，所以他反其道而行，刻意让第三者留下印象，万一事败，也有人做出“这男人经常在周末来拍夜景，他说这儿离市区较远，星空较为清晰”的供词。

蓝宥唯回到车子，放下果汁，戴上手套，从行李箱拖出两个大背包。

从泊车的地方往那幢房子，大约要走十分钟。蓝宥唯特意把车子泊到偏僻的区域，就是为了从小路接近——从小路走到房子，只会经过两幢住宅，被看到的可能性也大为降低。飞蛾围绕着昏暗的街灯，偶然跟灯罩碰上，发出轻轻的“啪”的声音。远处传来狗吠声，而一路上，蓝宥唯没遇过半个人。

终于来到门前。

蓝宥唯小心留意四方，再轻轻地靠近门边。他屏息静气，细心倾听，房子里没有声音。

一切按照计划进行。

蓝宥唯蹲下身子，发觉门前没有花盆，不过他跟前正好有一张褐色的地毯。他翻开一角，便看到那个放钥匙的好地方。

完美。

他压抑着内心的兴奋，用钥匙轻轻打开了锁，再把它放在地上，把地毯重新盖好。没有人能看出地毯被人移动过。

他走进房子后，关上大门，打开手电筒。虽然蓝宥唯只到过这房子的门前，从没进过屋内，但他对室内的装潢毫不陌生，因为他在“深蓝小屋”看过无数的照片。他打开大背包，拿出一卷塑料布，铺在地上。从玄关开始，往客厅铺过去，不一会把一楼都铺好。计划中，蓝宥唯没打算在这儿动刑，不过以防万一，这些动作是必需的。基本部署已完成，余下的只有等待。

时间太早了。蓝宥唯心想。看看手表，现在不过是九时半，他的猎物不会这么早出现。突然间，一股莫名的冲动涌上，蓝宥唯看着楼梯，很想往二楼看看。他用塑料袋包裹着双脚，谨慎地一步一步踏上木造的楼梯。

二楼也如同照片所见，浅蓝色的墙纸配上白色的房门，左边是洗手间，右边是卧房。蓝宥唯刹那间明白到内衣裤小偷的感觉，偷窃只是手段，精神上侵犯物主才是重点。他往右踏前一步又停下来，摇了摇头。想不到自己差点沦为跟内裤小偷同级的变态。这一天他感情上的波动，远超他的想象。

蓝宥唯拿手电筒照亮洗手间，却看到令他惊讶的东西。这东西怎么在这儿？蓝宥唯像是着了魔，伸手把那东西拿起。那是一柄天蓝色的牙刷。这一刻，他终于忍受不住，冒着留下证据的风险，伸出舌头，舔拭牙刷的刷毛。他的手不停颤抖，快感从颈椎延伸至腰间。

我已经沦为比内裤小偷更不堪的变态——

蓝宥唯放下牙刷，摇着头苦笑。

回到一楼，蓝宥唯开始了漫长的等待。大约要等一个多小时吧，他心道。他把手电筒关掉，坐在窗户旁的地上，透过玻璃看着通往大门的小路。时间一分一秒溜走，他的内心也愈趋平静。就连蓝宥唯也觉得不可思议，他原以为此刻会精神亢奋，看来刚才的情绪波动令他的大脑分泌了大量多巴胺，这时身体适应下来。

来了。

蓝宥唯看到一个长发及肩的女子，慢慢地走上小路。她一路上左顾右盼，留意着暗处有没有人。蓝宥唯站起来，压低呼吸声，站到离大门不远的角落。他戴上夜视镜，即使室内漆黑一片他也看得清清楚楚。凭着轻微的脚步声，他知道目标人物已来到大门前，正准备打开门——

叮——咚——叮叮叮咚——

“该死！忘记关手机！”蓝宥唯一手盖着裤袋中的电话，尽力把铃声的音量减低，但对方也可能听到。蓝宥唯想过立即把手机关掉，可是，如果对方已听到最初的响声，特意把手机关掉正好告诉对方有人在房子里。蓝宥唯只有希望对方听不到，或是以为这是屋里的闹钟或电话铃声。

手机响了十数秒后，恢复宁静。对蓝宥唯来说，这十余秒跟数月前在这幢房子外遇上事情时的数分钟差不多，纵使时间上相差十倍左右，忐忑不安的心情却如出一辙。

进来吧！进来吧！他心里默念。

“咔”的一声，大门的门锁被扭开。

蓝宥唯不敢松懈，盯着门把手，视线没有离开。

慢慢地，大门打开，猎物进入了陷阱。她没有亮着电灯，先是关上门，锁好。当她回过身子，却发觉脚下有些异样。

“怎么……塑料布？”

蓝宥唯冲前，用手上浸了哥罗芳[1]的手帕掩着对方的口鼻，那女生还没来得及呼救便晕倒地上。蓝宥唯脱下夜视镜，亮着电灯，掏出手机。

之前来电的，是去了露营的同事。真该死。

*

“你醒来啦？”凌晨三时，那女生辗转醒过来。这数小时里，蓝宥唯没有闲着，他先是回复同事的电话，寒暄几句，用相机拍了几幅夜空的照片，以防事败也有合理的在场理由与证据，再回到房子里，把昏倒的女生拖到客厅中央，然后彻底检查了她的手提包。

“我……”女生迷迷糊糊地从地上坐起身，拨开垂在眼前的长发，突然惊觉眼前的情况，说，“你、你是谁？为什么……”

“不用急，林绮青小姐。”蓝宥唯坐在铺了塑料布的椅子上，丢

1 哥罗芳：俗称氯仿，即三氯甲烷。

下一个皮夹，说，“初次见面，你好。”

“你看过我的……你是谁？你想对我怎样？”林绮青惊惶地说，蹒跚地从蓝宥唯身旁逃开。

“请不要动，我不想伤害你。”蓝宥唯亮出了二十厘米长的锋利军刀，说，“你很清楚这儿十分偏僻，即使喊破喉咙也没有人听到，而且我已做好一切准备了。”

林绮青看到军刀，再看到地上的塑料布，心里明白了八九分，吓得说不出话来。

“你放到网上的照片，我全都有看。你写的文字我统统记得。为了今天，我花了很多很多工夫。4月底我试过抓你，可是不成功。皇天不负有心人，今天你终于落入我手里。”

“你……我……”林绮青结结巴巴，没法说出完整的句子。

“你不要考虑反抗，你那些三脚猫功夫或者对女生有效，但我敢说你动手的话吃苦头的只会是自己。而且，我手上还有这玩意。”蓝宥唯从背后拿出一柄短短的电击棒，他按下按钮，顶端的两片金属爆出一道耀眼的电弧，“吱啦吱啦”的声音令人胆怯。

林绮青瞠目结舌，完全被蓝宥唯的气势压倒。

“你跟我合作一下，我不会难为你。”蓝宥唯把电击棒收回身后，装出一副老好人的样子。

林绮青看了看四周，跪坐在地上，明白自己的处境。她点点头，眼眶渐渐变红。

“好，请你面向我，脱去衣服。”蓝宥唯说。

“咦？”林绮青脸色苍白，嘴唇微张，像是不敢相信自己的耳朵。

“脱。”

林绮青一边发抖，一边站直身子。她先脱下运动鞋和短袜，脚底接触到地上冰冷的塑料布时，她不由得打了个冷战。她身上穿着一件深红色短袖T恤，下半身是一条深蓝色的牛仔裤。慢慢地，她脱去T恤，丢在地上，解开牛仔裤的纽扣，把裤子褪到脚边。外衣下是黑色的胸罩和内裤，黑色的蕾丝边凸显出她嫩白的肌肤。

林绮青垂下双手，羞怯地低着头站在蓝宥唯眼前。

“脱。”蓝宥唯面不改色，只说出一个字。

一滴眼泪从林绮青的眼角滴下，她用手擦了一下，便伸手解开胸罩的扣子。她用左手覆盖着丰满的胸部，不情不愿地，以右手拉下黑色的内裤。内裤沿着修长的大腿掉落，她用手遮掩着私处。

“放开手。”蓝宥唯命令道。

林绮青稍有犹豫，但她看到对方手上的军刀，只好照办。她放开双手，隐私部位暴露在蓝宥唯眼前，她别过脸去，避开他的视线。

“把衣服折好。”

“咦？”林绮青以为自己听错了。

“把T恤、牛仔裤和内衣裤折好。”

一丝不挂的林绮青跪在地上，战战兢兢地把衣服折得整齐。蓝宥唯突然站起来，她吓了一跳，心想对方要来侵犯自己。然而，蓝宥唯只是弯腰拾起林绮青的手提包丢给她。

“把衣服、鞋袜和皮夹放进袋子里。”

林绮青依着做后，蓝宥唯拿出一件比基尼，丢在她跟前。

“穿上这个。”

林绮青摸不着头脑，但穿上暴露的泳衣总比赤条条好，二话不说把这套粉蓝色的比基尼穿上。因为是绑带式的比基尼，泳衣尚算合身，更让她的美好身段表露无遗。

“还有这双。”

蓝宥唯放下一双簇新的、塑料做的拖鞋。拖鞋的底部很厚，像是一般人穿来到海滩和游泳池使用那种。林绮青这时才留意到，蓝宥唯虽然戴上了手套，穿上长袖衫和长裤，脚上竟然穿了一模一样的拖鞋。

林绮青穿上拖鞋后，蓝宥唯示意她拾起手提包，转身面向大门。林绮青瞥见放在椅子上的电击棒，可是蓝宥唯拿着刀子挡在她身后，她无法找到机会发难。

蓝宥唯背上背包，用左手搭着林绮青的左肩，站在她身后，和对方相距半个身体的距离，一同离开房子。他谨慎地握着刀子，不让它碰到林绮青的肌肤，另一方面，他把左手拇指架在对方后颈，食指用力按着锁骨，让对方知道若然逃走，他的刀子一定比她快。蓝宥唯轻轻关上大门，但他没有上锁。

在昏暗的街灯映照下，二人往房子后的小石滩走去。由于已是三时多，夜深人静，附近没有半个路人，当他们转进往石滩去的小路时，林绮青更了解遇上路人的机会极之渺茫。不用五分钟，他们已来到空无一人的海边。

蓝宥唯戴上挂在颈边的夜视镜，左手仍紧紧扣着林绮青的肩膀。他轻轻一推，林绮青走上石滩，小石子发出“滴答”的声音。蓝宥唯低着头留意脚步，虽然石子上难以留下足印，他仍慎重地重复踏着林绮青所走过的每一步。

走到和海边还有二十多米时，蓝宥唯停下来，说：“停。把手提包放下。”

林绮青动弹不得，只好把手提包放在地上。

“继续走。”

两人一前一后，继续向海边走去。愈接近海边地上的石子愈小，变成粗糙的沙粒，脚印也开始明显。蓝宥唯仍旧踏着林绮青的脚印前进，他最担心的便是这儿会露出破绽，虽然他知道两小时后涨潮，这些脚印应该会被海浪冲散。

“好冷！”黑暗中，林绮青突然发觉自己已走到水边，海水冲上她的脚踝。

“脱去拖鞋。”蓝宥唯命令道，林绮青把鞋子脱下。

“戴上手套。”蓝宥唯用握着军刀的右手，以食指和拇指慎重地从后裤袋拿出一双橡胶手套，放在林绮青的右肩上。在微弱的月光下，林绮青好不容易才戴上手套，但她愈来愈不明白这到底为了什么。

“继续走。”

“但……前面是……”林绮青紧张地问。

“继续走。”蓝宥唯冷漠的声调就像海浪声，没有丝毫感情。

两人往大海走出去。林绮青穿着泳衣走进水里，但蓝宥唯仍是一身长袖T恤和长裤，湿透的布料令他的动作不大灵活。水淹过林绮青小腿、膝盖、大腿、小腹、胸部，但蓝宥唯还没有停下来的打算。当水淹至林绮青的下巴时，她按捺不住，说：“我们到底要走到哪儿？你想干什么？”

蓝宥唯比林绮青高一个头，但水也淹过他的胸口。他停下脚步，把水中的刀子收到挂在后腰的刀鞘。他抓着林绮青的肩头，在水中走到她面前，说：“刚才我说过，你合作的话我不会伤害你，是吗？”

林绮青犹豫地点了点头，心想只要能逃走，被强暴也得接受。

“很抱歉，我撒谎了。”

蓝宥唯话没说完，右手突然按住林绮青的头顶，用力地往下按。林绮青猝不及防，加上水位甚深，她一被对方按进水里，下半身便浮起，没法抓住重心。她双手乱抓，但蓝宥唯特意仰后上半身，她只能抓住蓝宥唯的双臂。

挣扎。

在死亡边缘的挣扎。

蓝宥唯没有感到兴奋。杀死这个手无寸铁的女生，他觉得和杀死一只飞蚊没有分别。

五分钟后，蓝宥唯一再确定对方没有呼吸后，放开双手。林绮青的身体，背部朝天，在水面漂荡。蓝宥唯替她脱下手套，看清楚指甲上没有抓破手套和自己的衣服，放手让她随水漂流。

这儿的海流向东。蓝宥唯事前做过调查，知道这儿涨潮时，海流会向东流动，所以尸体不会立即冲回岸边，大约六小时后，林绮青才会在南湾区东面的中竹湾码头被发现。尸体在水里浸泡愈久，身上的证据便消失得愈多。

蓝宥唯狼狈地往石滩另一端游去。全身的衣服湿透，背上又有一个大背囊，他想不到它们如此重。在远离他们下水的地方，蓝宥唯回到岸上，赶紧脱下湿透的衣服和手套，把它们稍稍拧干，和拖鞋、军刀、林绮青戴过的手套一同放进从背包拿出来的一个塑料袋。他从背囊拉出另一个密封的塑料袋，打开，拿出一条毛巾。塑料袋里还有一套和他刚脱下来一模一样的衣服，同样的长袖衫，同样的长裤。蓝宥唯用毛巾抹干身子，穿上衣服，再从背包里拿出另一个密封袋，里面有一双运动鞋和袜子，它们都是在把林绮青迷晕后，换上拖鞋前他所穿着的。

蓝宥唯迅速地回到房子，戴上新的手套，把家具放回原来的位置，收起所有铺地的塑料布，再三检查带走了所有不是室内原有的物件。他检查林绮青的手提包时，取走了好些私人物品，他也一一点算，恐防遗留一点证据。他确定一切还原后，关上灯，关上大门，从地毯下捡起钥匙，锁上大门。蓝宥唯脱下手套，和钥匙一同塞进裤袋，留意附近没有第三者后，拿着照相机大模厮样地沿着小路回到自己的车子。

呼。

坐上驾驶座时，蓝宥唯叹了一口气。事情比想象中顺利。时间是凌晨四时半。蓝宥唯打开了背包，再一次检查有没有遗下物品。手电筒、电击棒、麻绳、胶布……他谨慎地做了张清单，这是第二次检查。所有物品核对正确后，他突然想起一件事，从背包中拿出一部数码相机。他拿起数小时前购买的果汁，扭开瓶盖，喝了一口，再单手按动相机的播放钮。细小的显示屏幕里，展示着地下论坛性虐版那二十幅裸体女生的照片。和网上的照片不同的是，这些照片中，女生的脸孔没有打上马赛克。

“该死，我忘了拍照。”

回到市区的家里，已是清晨五时半。蓝宥唯倒在睡床上，可是他知道工作还没结束。他必须把塑料布、手套和拖鞋在早上垃圾车处理废物前丢掉，把衣服放进洗衣机，运动鞋也得彻底清洁。他知道警方找上自己的机会很微小，可是，他得尽量处理所有细节。

星期日早上十时，蓝宥唯打开了浏览器，按进即时新闻的网站。虽然他很想睡，但他知道这是关键时刻，毕竟六小时前他杀了一个人，警察找到尸体的话，他一定要比他们更快行动。喝着咖啡，蓝宥唯每五分钟便按一下 F5 键，重新载入网站的内容。

时间愈久对他愈有利。

一个一个钟头过去，还没有新闻。蓝宥唯累得差点想主动报案，他想警察和记者的效率也未免太低了。晚上九时，蓝宥唯终于等到消息。

“(20:20) 中竹湾码头发现女子尸体，警方初步相信是溺水致死，现正核对失踪者名单。”

蓝宥唯仰身靠在椅背。虽然他累得要死，但他知道现在只余下一件事情需要确认。他按下浏览器的首页按钮，回到“深蓝小屋”。

“今天玩得很快乐！我在海边游泳，游了好几个小时呢！呵呵！太累了，明天才补完日记吧～～ \(^3^)/ ～ chu ～——2008/8/10”

蓝宥唯看罢立即倒在床上，呼呼大睡。

3/

周一早上八时，蓝宥唯睡了十一个钟头。他打开电视，早晨新闻没有报道林绮青的案件。他打开门拾起报纸，翻了又翻，在一个角落找到新闻。

晚间游泳女子　意外溺水死亡

【本报特讯】一名女子疑因单独于晚间游泳，其间不适，遇溺身亡。死者林绮青（二十五岁），独居于南湾区，昨晚八时，中竹湾码头有人发现浮尸，于是报警。死者身穿泳装，身上无身份证明文件，警方沿着海岸一带调查，在南湾附近得悉有人在荒僻石滩上拾得手提袋，内有该女子的钱包及衣服。南湾警署昨日中午发现手提包及冲上石滩的拖鞋时，已怀疑有人遇溺，晚上在中竹湾警署协助下最终证实该女子身份。消息透露，事发的石滩并无救生员及更衣室等设施，位置也只有少数居民知道，因为游人稀少，部分居民喜欢前往戏水。警方相信该女子是前日午夜至昨日凌晨之间遇溺，死因无可疑。警方呼吁市民切勿单独游泳，亦不应到僻静的海滩或晚上游泳，以免乐极生悲。

蓝宥唯放下报纸，穿上衬衫和领带，准备上班。虽然他的布局没有被警方识破，但他没有感到特别高兴，他只是对事情终于恢复平静感到安慰。

回到办公室，接待处的小姐一看到他，便说："蓝先生，有两位探员[1]找你，他们在一号会客室。”

“哦？”蓝宥唯装出一副奇怪的表情。他在座位放下皮包，冲了杯咖啡，便向会客室走去。

“阁下是蓝宥唯先生吗？”两个胸前挂着警员证的高大探员，站了起来，“我是吴探员，他是欧阳探员，我们……”

“找我协助调查吗？”蓝宥唯放下咖啡，笑着说。

“咦？”两位探员愣了一愣。

“我说笑罢了。”蓝宥唯跟他们握手，说，“你们的组长跟我说过，今天你们是来学习使用新的指纹辨识系统吧。我倒没想过你们这么早来到。”

吴探员和欧阳探员微笑地点头。

蓝宥唯在警方的资讯系统部工作，他是一位软件工程师。虽然他不是警察，只是个合同员工，但他负责替警方开发和维修内部使用的软件，包括联络系统、资料库，以及一些能协助调查的程序，像指纹核对系统，等等。由于他是负责维修系统的程序员，他在资料库拥有极高的存取权限，能查阅很多市民不知道的内幕，包括凶案中死者的样子和详细的验尸报告，所以他认出地下论坛那二十幅照片属于东区命案的两位受害者，更揭开了恶名昭彰的东区色魔的真正身份——纵使当时他只知道对方的ID，并不知道对方的名字叫“林绮青”。

蓝宥唯不是个拥有正义感的人，事实上，他对东区色魔是谁没有兴趣。他唯一乐趣是阅读“深蓝小屋”的日记，在暗中窥伺着小

1 探员：警察。

蓝的一举一动。在发现“深蓝小屋”后的四个月里，他感到十分愉快，可是随着日子流逝，他对每天等待小蓝更新日志感到不耐烦。他渴望从另一个角度去偷窥“深蓝小屋”的主人。蓝宥唯决定辞掉原来的工作，加入小蓝任职见习生的政府部门。花了一个多月，他在 2007 年 2 月成功获得警方的资讯系统部聘用，更不动声色地，在百多人的部门里认出那位蓝色的女孩。她的名字叫周美蓝。

为了能在近距离观察周美蓝，蓝宥唯努力争取表现，让自己可以选择接手的方案，跟周美蓝同组。蓝宥唯从没感到如此满足。他知道这不是爱情，他只是在享受掌握他人的快感。当他仍在享受这一切时，意想不到的麻烦从天而降。

2007 年 7 月。

“我在网上看上一个女生”

蓝宥唯竟然在地下论坛里，看到了“深蓝小屋”的照片。那是小蓝在 M&Q 购买的小背心的照片，蓝宥唯也曾在部门的联欢活动中见过小蓝穿着。对方跟自己一样，是个窥伺者。可是，蓝宥唯从来不相信网络，他认为把自己的想法、欲望或冲动跟他人分享是极之愚蠢的行为。知道他人看上小蓝，他感到不是味儿，最糟糕的，是他凭着发文者的网络 IP 地址，在性虐版看到那些照片。

盯上小蓝的是东区色魔。

东区色魔为什么在论坛上谈论下次的犯罪目标？蓝宥唯猜想对方一定很想把自己的“作品”公之于世，可是他却苦无机会。即使上传了受害人的照片，换来的却是愚民的嘲讽，这个犯人又不能明言。所以他隐瞒身份，做出新的犯罪宣言，希望招来他人的注视——在这个地下论坛他可以找到共鸣。

翌日，蓝宥唯在午饭时借题发挥，劝说小蓝搬回市区居住，可是她说自己是空手道高手，又说住惯了不想搬家。蓝宥唯无计可施，只好紧盯着论坛。东区色魔的两起案件相差半年，从犯案手法来看，犯人不是个鲁莽的家伙，他会好好部署才出击。蓝宥唯相信，只要留意周美蓝身边的事情，便能防患于未然。

过了四个月，犯人没有动静，蓝宥唯猜想对方可能已放弃，怎料突然看到犯人的留言：

“我和她已经很接近了。我想我会出手。她一个人住。(07/11/14)”

蓝宥唯对自己的疏忽感到惊惶，因为他掌握了周美蓝每天的行程、生活节奏、朋友脉络，等等。蓝宥唯急忙翻看“深蓝小屋”的文章，终于找出盲点：

“今天隔邻搬来了一位漂亮的大姐姐，她和我一样也是一个人居住呢！她真的很漂亮，身材又好，有点像那个叫 Misa C. 的日本模特儿！她告诉我，原来附近有个小石滩，虽然小石子会刺脚板，但水质比我常去的海滩更干净，人也少得多，我找天去看看！只要五分钟路程，很近呢！这样我夏天便可以每天享受海水浴了～～——2007/11/2”

东区色魔是个女性！蓝宥唯顿时明白案情的细节——东区色魔的受害人没被强暴，不是因为犯人性无能或性冷感，是因为犯人是女人！蓝宥唯看过不少案件的资料，知道部分性罪犯只有在对受害人施加虐待时才能勃起，所以当初他知道东区色魔的案件里，受害者被折磨得体无完肤却没被强暴，觉得十分不合理。他曾怀疑犯人是个患有严重性机能障碍的病人，没料到结论简单得多。

知道犯人所在，知道她下一个目标，可是，蓝宥唯却陷入两难。如果他揭发事情，犯人落网，周美蓝逃过一劫，犯人看上周美蓝的原因便会曝光。小蓝一旦知道犯人是因为她的博客而盯上她，她一定会放弃继续写日记。没有"深蓝小屋"，蓝宥唯便像失去吗啡的癌病病人，生不如死。如果他不举发犯人，小蓝被杀，"深蓝小屋"一样不会再有更新。

考虑了两天，蓝宥唯决定使用最消极的方法：拖延。

"不要冲动，慢慢部署才可能成功。你掌握她的生活作息时间吗？有想过被撞破的可能吗？钓大鱼便要放长线，鲁莽行事只会坏事。（07/11/16）"

蓝宥唯留下这篇留言，希望争取时间让他做出部署。可是，在2008年4月26日的星期六晚上，犯人终于出手。蓝宥唯庆幸对方下手前在论坛留下信息，于是他特意到小蓝上日文课的学校外监视，更待她上完课吃晚饭时假装碰见。蓝宥唯坚持用车送她回家，目的便是打乱犯人阵脚。他把小蓝送到家门前，看着她进入房子后，还借故打电话跟她闲聊确认她的安全，在附近驶了一圈回到房子前的街角进行监视，翌日清晨才离开。当蓝宥唯和小蓝来到门外，他警惕着四周——犯人会不会突然扑出来？她有什么武器？她会杀死我吗？蓝宥唯面对死亡从容不迫，但对不确定生死的瞬间感到十分迷惑。割腕、服毒，也不及被他人杀害刺激。在门外的数分钟，蓝宥唯真正尝到活着的滋味。

读过犯人在论坛提出的失败报告后，蓝宥唯才知道当时对方近在咫尺。可是，犯人没有打算放弃，她明言“需要更周详的计划”。蓝宥唯了解到唯一的解决办法——先下手为强，在小蓝知悉事情前杀死犯人。

“先暂停一下，重新部署再来。不要急于出手，愈急愈容易出错。（08/4/28）”

蓝宥唯再一次利用留言拖延对方。不同于上次，蓝宥唯积极筹备这个杀人计划——研究地图、计算海流和潮汐、到南湾放哨、制造喜欢拍摄夜空的假象。他花了三个月时间在这些项目上。

然而，蓝宥唯准备得差不多，却没想过犯人遇上瓶颈。她想不到入侵的方法。蓝宥唯也开始心急，因为他的计划只适用于夏天。他要伪装犯人遇溺死亡。

“有没有检查过门前的地毯或花盆底？根据你的资料，那女的应该独居于郊区，如果她忘记带钥匙便十分狼狈。一般来说，这种女生会预备后备钥匙，而且放在十分显眼的位置。她们认为愈明显的地方，贼人愈是不会发觉，加上独居的女生大都自以为是，这往往是她们的弱点。(08/8/2)"

当蓝宥唯看到这留言时，实在有说不出的高兴。这真是天大的鬼话！什么独居的女生会在门外预备钥匙！看电影看得太多吗？可是，这家伙说得头头是道，犯人也一定相信。于是，蓝宥唯掌握了犯人出手的日期，只要想方法支开小蓝，让她星期六晚不能回家，他便可以来个螳螂捕蝉，黄雀在后。

8 月 9 日晚上，蓝宥唯来到小蓝家门前。他在办公室早已偷偷复制了小蓝的门匙，可是他从没留意这房子外有没有地毯或花盆。他曾担心地毯会不会被贴牢在地上，或者放下钥匙后盖上会不会让地毯隆起来。当他翻开地毯，发觉地毯下有个微微凹陷的小洞，直觉告诉他这是个完美的布局。他打开门锁，把门匙藏到地毯下，等待犯人自投罗网。

一如所料，犯人是位女性。她拿了地毯下的钥匙开门，再把门匙放回原位，接着一进门便被蓝宥唯用药迷倒。蓝宥唯检查了她的手提包，发觉好些惊人的物品，有麻绳、胶布、数码相机，最可怕的是一把电击棒。如果犯人刚才握着电击棒，蓝宥唯便会反过来被击倒。他猜想，东区色魔的犯案手法是利用电击棒把目标震昏，再把受害者带到秘密的地方虐待。周美蓝家门前比较空旷，犯人较难埋伏，所以第一次失败后就改变策略。

蓝宥唯找到犯人的皮夹，知道了她的名字。林绮青。看着昏倒地上的林绮青，蓝宥唯突然闪过一个怪念头，以其人之道还治其人之身，把她虐打后再拍照上传地下论坛。可是，蓝宥唯立即否定这想法，一来他的计划中不容许死者身上留有伤痕，二来他深信这样做只会破坏犯罪的过程，带来不必要的麻烦。虽然他曾想过为犯人拍一张照片作为记录——他想三天后他便会忘记林绮青的长相——可是到头来他还是忘记了。

接下来一切顺利。伪装游泳、伪装遇溺也没问题。只是，他没想过林绮青被威胁时，表现惊慌失措，还流下眼泪。蓝宥唯以为东区色魔跟自己一样，是个缺乏情感的异类，想不到她一如普通人。事后想起，蓝宥唯也明白，缺乏感情的人才不会随便下手杀害不相识的对方，就是感情丰富、欲望泛滥的人才会走上这条路。毕竟杀人是件吃力不讨好的麻烦事。在没有惊动周美蓝的情况下，蓝宥唯在她的家逮住意图杀害她的林绮青，并且反过来杀死对方。即使警方发现林绮青的死亡有疑点，也不可能怀疑案发地点是毫不相干的周美蓝的家——纵使她们是邻居，林绮青住在周美蓝房子不远处。

“阿唯！你这个笨蛋！”完成指纹辨识系统的讲解，送走两位探员后，蓝宥唯的同事李丽丽跑到他的面前大嚷。

“怎么了？我有什么得罪你了，丽子大小姐？”蓝宥唯装出轻佻的语气说。

“你上星期突然提议办什么小组露营，还推了小蓝当活动负责人，竟敢放我们鸽子？”李丽丽不快地说。

“家中有事嘛。”蓝宥唯耸耸肩。

“如果不是你提出，小蓝才不会费心机抽时间筹备呢！为了这露营，我跟小蓝还错过了一堂日文课！”

“那么这两天玩得愉快吗？”

“嘿，托阁下的洪福！这两天天气很好，我们星期六晚吃烧烤，昨天又到海边戏水，不知多高兴！不过你知道小蓝最高兴是什么时候吗？”

“什么时候？”

“是你在星期六晚回复她电话那时啊！因为你没有出席，她星期六到晚上还失魂落魄呢！她十一时打电话给你，你又没接，看到她那副哭丧似的表情，我就有把你当沙包来打的冲动。你这家伙，人家女孩子做得如此着迹[1]，你还要装蒜装到什么时候？好歹给人家一个答复！”

“她年纪还小，过几年再说吧。”蓝宥唯装出尴尬的神情。

“真不知道你怎想的，人家年轻貌美，性格纯品[2]，你却对人忽冷忽热。我不许你欺负我的好妹子！”李丽丽扮个鬼脸，狠狠地瞪了蓝宥唯一眼。

“对了，”李丽丽正要离开时，蓝宥唯叫住了她，“你们去露营，小蓝是不是忘了带牙刷？”

“咦？”李丽丽瞪大眼睛，说，“你怎知道的？她发觉忘记带牙刷，十分狼狈呢。你也知道，她对个人护理产品很讲究，一定要用某款牙医学会推荐的牙刷和牙膏……”

蓝宥唯露出神秘的笑容。

蓝宥唯没有爱上小蓝。

他只是爱上那份在阴暗角落窥伺的快感。

爱上从“深蓝小屋”捉摸它的主人的快感。

1　着迹：仍留有痕迹，也形容艺术作品不自然。
2　纯品：人品真诚端正。

Var.II Allegro e lusinghiero

圣诞老人
谋杀案

Saint-Saëns

Havanaise in E major, Op.83, I. Allegro e lusinghiero

“嗨，你不是第十五街的泰勒吗？怎么荡到这边来了？”

“别提了，好像有什么参议员出巡，十五街的游民都被事先赶跑了。”

圣诞节晚上，泰勒带着仅有的家当，冒着大雪从纽约市曼哈顿区十五街走到城市的另一端，遇上在收容所食堂认识的森姆。一年前泰勒因为工厂倒闭失业，半年便欠下一屁股的债，为了不连累妻儿，丢下签了名的离婚文件便流落街头，躲避债主。

“泰勒老兄，过来取取暖吧！”叼着烟的巴特向泰勒招招手。在桥墩旁，四五名游民正围着火炉取暖——所谓“火炉”，也只不过是一个塞满破烂木材的铁桶，但对这些无家可归者来说，它是在寒冬用来保命的重要财产。

“听说前天东七十六街那边有人冷死了。”巴特吐出一口白烟，“上星期死了四个，这星期死了三个，不是冷死便是病死，丢进停尸间一律叫作无名氏。唉，咱们挨得过这种鬼天气都可说是奇迹了。”

“呸，与其在世上活受罪，蒙主宠召不是更幸运吗？”矮小的森姆笑着骂道。

泰勒坐在巴特旁边，伸手举向火炉。走了老半天他冷得快僵了，他任由火屑烧焦他的袖口，毕竟这一刻他的指头已发麻，好像快掉下来似的，热力让他再一次感到双手属于自己。

“泰勒。”巴特给泰勒递过来一个纸杯。泰勒瞄了杯里一眼，不禁一怔，凑近嘴边喝了一口，灵魂就像回到身体里一样。那是威士忌。

“巴特，为什么有这样的好货？你不是跑去抢劫吧？”

巴特脖子一歪，说："不啦，是约翰带来的。"

泰勒向那个叫约翰的胖子点点头表示谢意，对方微微一笑，摇了摇手上的酒瓶。约翰似乎喝了不少，两颊因为酒精变得绯红，双眼半开半闭。

"在圣诞节晚上能喝到酒，真是不错的圣诞礼物。"森姆向约翰举起纸杯，"这家伙就像圣诞老人。"

"如果他是圣诞老人，我倒希望吃一顿饱的。"巴特笑着说。

约翰喝一口威士忌，说："提起圣诞老人，想听一个故事吗？"

"你就说吧，横竖我们这么无聊。"巴特说。

约翰放下酒瓶，用袖子擦了擦嘴唇，说："话说圣诞老人每年在格陵兰的村子，跟精灵们准备礼物。可是，时移世易，愈来愈少的孩子相信圣诞老人，他每年收的信件也愈来愈少。圣诞老人渐渐被人遗忘，可是他跟他的妻子以及精灵们还是年复一年地默默工作。"

"然后金融海啸爆发，他跟我们一样被老板裁掉了。"巴特插科打诨道。

满脸灰白胡楂的约翰苦笑一下，继续说："某年 12 月，圣诞老人的妻子发觉丈夫心事重重，可是她没有太在意。直到平安夜圣诞老人驾着鹿车，带着比往年更少的礼物，进行一年一度的重要出差时，妻子在书房地上发现一个信封。她以为丈夫大意漏掉了一个小孩的愿望，打开一看，顿时脸色发青，因为信件内容并不是她所想的。"

"是账单吧！以前我老婆看到账单也一样脸色发青。"巴特哈哈大笑。

"'圣诞老人，我会在这个圣诞杀死你。讨厌圣诞节的人上'，信纸上就只有这几个字。”

约翰平静地说出这句，令巴特的笑容僵住。

“这是什么鬼进展啊？”泰勒讶异地说。

“哦！真的猜不到！接下来怎样？圣诞老人被杀吗？”巴特没有再岔开话题，好奇地问。

约翰拾起酒瓶，喝了一口，说：“圣诞老太太很是不安，好不容易等到圣诞节早上，看到鹿车从天空飞回来，她才稍微安心。可是，她一看到座位上的情境，便吓得昏死过去——在驾驶座上牵着缰绳的是一具无头尸体，圣诞老人的头颅不见了。”

“这是恐怖故事吗？”森姆问。

“这是推理故事。”约翰说，“村子立时大乱，精灵检查尸体后，发现凶手十分残忍，他把圣诞老人的头颅割掉，大量雪白的胡子散落在座位上。”

“如果是推理故事，该不会是那些什么用钢琴弦套在死者脖子上，再利用鹿车的速度令圣诞老人身首异处之类的诡计吧？”泰勒说。

“搞不好他是危险驾驶，在布鲁克林大桥下飞过，算错了高度，头撞到桥死去的呢？”巴特挑起眼眉，说道。

“然而精灵从尸体的脖子切口发现，圣诞老人并不是被砍掉头颅而死。他之前已经死了，应该是心脏病发。死后被人斩首，再放上鹿车，回到格陵兰。”

“约翰，这故事未免太鬼扯吧，”巴特讪笑着说，“精灵里有法医官吗？”

“这些细节就别鸡蛋里挑骨头嘛。”约翰耸耸肩。

“然后呢？”森姆问。

“然后？然后没了。圣诞老人死了。反正他死与不死也没差[1]吧，现在还有多少个小孩相信圣诞老人存在？”

“这是什么扫兴的结局啊！”巴特发出嘘声。

“等等，”泰勒问，“你说这是推理故事，那应该有解谜的部分呀？而且这故事连嫌犯也没有。”

“嫌犯吗？”约翰隔着帽子搔搔头，说，“圣诞老太太、精灵族长、精灵法医官、红鼻子麋鹿鲁道夫、《圣诞夜惊魂》的骷髅杰克……当中选一个吧。”

“一定是骷髅杰克！”巴特乘着酒意，嚷道，“我看过那电影，杰克为了取代圣诞老人，狠下杀手，把他的头颅弄成缩制人头送给小孩，电影中好像有这一幕……”

“那电影没有这么血腥吧？”

“圣诞节的电影当然首选《虎胆龙威》，布鲁斯·威利斯真是条铁铮铮的汉子耶！”

“电影什么都是假的啦，当年我在波斯湾战争，就在圣诞前夕被伏击……”

话题随着电影、战争、政治转变，夹杂着对无良华尔街银行家和无能政府官员的辱骂，众人围着火炉渐渐睡去。桥墩外面仍是雪花飘飘，泰勒觉得有点寒意，把报纸揉成一团塞进衣襟里，让自己更暖和一点。

“哦，还未睡着吗？”瑟缩在一旁的约翰问。

1　没差：相对于大陆使用“……区别”句式，台湾日常语境更常以“……没差”来表述。

"第十五街那边没这儿冷。"泰勒苦笑一下。

约翰递过酒瓶，说："再喝一点应该会暖一些。"

泰勒啜了一口威士忌，向约翰道谢。

"刚才……你说的故事我有点想不通。"泰勒说。

"什么想不通？"

"我本来以为是那种天马行空的故事，利用钢索之类把死者的头割掉，可是你说圣诞老人是死去后才被砍头。"

"反正都是听回来的鬼话，圣诞老人什么的根本不存在，用你说的方法来杀人和死后砍头也没什么分别嘛。"

"不，就算设定再奇幻，情节本身也有一定的理由和根据。我猜用钢索之类是因为座位上有胡子。"

"胡子？"

"因为速度高，钢索就像剃刀般锋利，一口气把头割下来，同时削掉圣诞老人的胡子，就像恐怖电影常见的场面，不难想象。可是现在的情节就像是预告杀人的凶手先虐待圣诞老人，剪掉他的胡须，令他心脏病发，杀死他后再砍头，这情节好古怪。"泰勒一边说，一边摩擦双掌取暖。

"那你认为是什么原因？"约翰一脸好奇的样子。

"唔……我猜凶手就是圣诞老人自己。"泰勒皱一下眉，"推理故事里无头尸大都是为了掩饰死者身份而出现吧？圣诞老人弄来一具身型跟自己差不多的尸体，替尸体穿上自己的衣服，然后砍下头颅，冒充自己。为了加强效果，他更割下自己的胡子，撒到座位上。毕竟圣诞老人的标志便是大肚子、白胡子和红色大衣。"

"你的意思是这是圣诞老人自导自演的一出戏？"

“可能吧，那封信也大概是让妻子以为有人谋害自己而准备的。”

“那他之前心事重重也是装出来的？”

“这个不一定。”泰勒想起往事，“我离开妻儿之前也是心绪不宁，那是自然反应。圣诞老人一定是非常绝望，所以才会选择这种方式‘结束自己的性命’。或者该说，因为没有人相信圣诞老人，他才会‘死去’，杀死圣诞老人的凶手，其实是我们所有人。”

“那你相信圣诞老人吗？”约翰问。

“现实里圣诞老人当然不存在啦。”泰勒笑道，“可是，如果能让圣诞老人‘复活’，我倒愿意相信圣诞老人存在。现实太多苦难，即使只有一丝希望，也值得让人去相信吧。”

约翰默然抬头望向远方，良久，微笑着点点头。

“生命里即使只有一丝希望，也值得相信……说得对。”

“不过对圣诞老人来说，我这个四十多岁的成年人当他的客户似乎太老了。”泰勒开玩笑道。

“那不一定，”约翰说，“我们每个人心底也有一份童心，成年人和小孩子，其实也差不多吧。”

*

翌日早上泰勒醒来，只见巴特、森姆和几位同伴。森姆正在烧热水。

“嗨，你醒来啦？这儿睡不惯吧？”森姆说。

“早安……”泰勒打了个哈欠，望向大街，发觉雪已停止，“约翰呢？”

"他今早离开了，说要回家。"巴特点起一根烟。"有家可以回去真不错呢。那家伙真是神秘，他临走前不知从哪儿弄来一块八十盎司[1]的牛排，说是给我们收留他的谢礼。"

"他不是跟你们一伙的吗？"

"不啦，他昨天早上才来的。"森姆说，"对了，他托我跟你说，你也回家去吧。他说无论有什么问题，跟家人一起一定能解决。"

泰勒有点愕然。他想起跟约翰的对话，思忖了一整天，最后怀着忐忑的心情，乘地铁回到位于城市南面的老家。他在公寓前探头窥看，害怕他的出现会为妻儿带来麻烦——说不定妻子已有新丈夫，儿子已有新父亲，家里已有新主人。

"是爸爸！爸爸回来了！"泰勒冷不防地听到儿子的呼喊。他回头一看，只见妻子和儿子在身后，他们不在家里，二人刚从外面回来。

"老公！你干吗一声不吭便走了！"妻子和儿子一拥而上，没理会泰勒满身污垢酸臭，三人紧紧拥抱，一把眼泪一把鼻涕，哭得一塌糊涂。

"我不走了……对不起，是爸爸不好……"泰勒抱起儿子。

"妈妈，我也说过圣诞老人会实现我的愿望啊！"儿子高兴地抓住泰勒的脖子，说，"爸爸，学校老师教我们写信给圣诞老人，我便写'我希望爸爸回来'……"

1　盎司：重量单位，1 盎司约 28.35 克。

Var.III Inquieto

头顶

Prokofiev

Visions Fugitives, Op.22, No.15. Inquieto

“阿宏，你脸色很差，身体哪儿不对劲吗？”

“没，没有……有点睡眠不足罢了。没大碍。”

在办公室，邻座的小雪对我悄声问候，我却打马虎眼，匆匆结束对话。纵然我打从心底感谢她送上亲切的慰问，但我只能假装冷静，微微垂头，将视线瞧向下方，随便糊弄过去。她说得对，我的身体的确有点儿不对劲——不，这种程度才不只是“有点儿”，根本是彻底的、要命的大毛病。

我不敢跟她对上眼，是因为在我眼中她头顶上有“那个”存在。

所有异常都是从今天早上开始。

一如过往的平凡周一，被闹钟叫醒的我撑不开眼睑，不情不愿地爬进洗手间。正想伸手打开镜子后的橱柜时，我却被镜中的镜像吓得心脏要从嘴巴跳出来——在我的头上，有一团跟我头颅差不多大的“异物”依附着。那异物像一团残破的灰黑色布絮，反反复复地互相缠绕着，边缘不规则的布屑从这团怪东西垂落在我的两边额角上。

犹如上千只蚂蚁爬上我的背脊，我睡意全消，本能地侧过头，慌张地伸右手想把这异物打掉，可是我的手掌挥过，只碰到自己的头发。我转头盯着镜子，发现那黑色布团仍粘在我头上，但我的手却够不着。它就像立体影像，镜像中我的手指已经插进了那布团，指头偏偏没有传来半点触感。

见鬼了。

我壮着胆子，缓缓地将脸孔凑近镜前，端详我头上的球状异物。那些布条恍若绷带纱布，我亦无法确认它们本来就是灰黑色的，还是被不知名的汁液染成黑色。当我稍稍转头，斜眼检查布团左侧时，镜里照出令我浑身起鸡皮疙瘩的镜像。

那是一只爪。

就像人类的手，但它很小，而且只有三根指头，加上瘦骨嶙峋、肤色黝黑如炭，反倒更像鸟爪。这爪子从布团里伸出，动了一下，再无声无息地收回。在那个爪子消失的空隙中，我似乎看到一只不怀好意的眼珠，正透过镜子瞪视着我。

我整个人在发抖，好想抓住自己的头发猛扯，可是我没有伸手向上摸的胆量，仿佛我天灵盖外有一个我不认识的异空间，幽魅邪灵正盘踞在我的脑袋之上。我只能用手掌掩着嘴巴，制止自己尖叫出来。

不，那不是真实的。那只是幻觉。

我花了十多分钟才冷静下来，理性地思考这噩梦般的情境。既然我摸不到，即是那东西并不存在于现实，那只是我“以为”自己看见了。我曾看过科普节目，知道精神病患者会看到异于常人的东西——那不是鬼魂或幽灵，而是大脑欺骗自己、制造出来的幻觉。

我一定是病了。

我努力回想自己为什么会产生幻觉，是不是昨晚吃了什么有毒的东西，可是我无法找到半点线索。瞄了瞄时钟，我知道再不出门便要迟到，于是硬着头皮胡乱梳洗，换上衣服后，连早餐也没吃便出门。在电梯里我故意回避望向墙上的镜子，因为我知道镜像里那黑色的东西仍在我头上。

可是，我实在太天真了。

当我走出电梯，离开大厦大门后，我才知道我的病情有多严重。

我面前的每一个路人、每一个头颅顶上，也有一团异物。

每、一、个。

那些异物不再是布团，而是形形色色、杂乱无章的恶心丑陋物体。一个穿蓝色西装的上班族低着头在我面前经过，他顶上依附着的，是一个由电线、电路板和晶片组成，外表像金字塔的电子机器，电子零件的缝隙之间有无数像蟑螂的小昆虫在蠕动；而跟他擦肩而过、边刷手机边走路的年轻女生，头上顶着一团像篮球大小的红黑色内脏，左后方还有一个表面满布血管像肿瘤般的突出物，宛如有生命似的震颤着。

看到这些情境我不由得倒抽一口凉气，可是我的视线无处可逃。一个捡破烂的驼背老妇拖着一叠纸皮，在我不远处翻着垃圾桶，她头发上居然附着一群只有头颅和前肢的老鼠，正噬咬着老妇的头皮，似是要从她身上榨取所余无几的生命力；我家楼下地产代理商的职员正站在门口低头看着手上的记事本，皮笑肉不笑地讲电话，他头上顶着一面砖墙，墙上填满一张张人脸，而那些脸孔就像是活的，有的在怒视，有的在痛哭，有的在咆哮，有的在呻吟，即使它们没有发出半点声音。

我之后好不容易才回到办公室，毕竟地铁车厢里更是难以想象的恐怖，平时我已觉得挤得要命，如今车厢里仅余的空间被各式各样的异形物体填满，黑压压的犹如地狱。我只能低着头、闭上眼，祈求再次睁开眼时所有异象统统消失。

当然，我未能如愿。

“阿宏，你脸色很差，身体哪儿不对劲吗？”

邻座的小雪大概察觉到我神色有异，可是我实在无法向她说明。我固然怕被她当成神经病，但更重要的是，她头上也有一团恶心的东西，害得我不想靠近——那是一个长满眼睛的球体，可是那数十只眼睛，正流着红褐色的、既像血又像铁锈的眼泪。

午休比起想象中更难熬。我到了一家茶餐厅吃午饭，食客们和服务生头上都有我不敢注视的物体，于是我故意挑了一个面向墙角的座位，低头吃我的饭。因为没有胃口，我只食不甘味地勉强吃掉半碟的烧腊饭，正当我打算结账离去，却发现了另一件叫我吃惊的事。茶餐厅安装了电视，我无意间一瞥，却看到连电视画面里的人的头顶上也无一幸免。

电视正播着新闻，似乎是某官员和某些议员的会议之类。叫我震惊的是，画面里的人头上的异物比我之前见过的都要巨大，有人顶着像行李箱大小的，有人甚至撑着超过画面框、我无法看到尺寸的庞然巨物。当中最令我寒毛直竖的，是当镜头凑近一名官员时，我清楚看到他头上的是什么——那是一个像五六岁小孩子身高、赤条条的人形物体，它骨瘦如柴，腹部高高胀起，手脚细长，肤色苍白，蹲坐在官员的头上，可是它没有五官，只披散着疏落的灰色头发。官员说话时，那人形伸手从上抓住对方的脸庞，将鬼爪般的手指插进对方的嘴巴，再操弄着对方的表情。镜头转回播报室，换回主播报道下一则新闻时，我才能回过神来，掏出皮夹结账。那主播头上顶着的是一个耳朵和鼻子被割掉、眼皮被缝合只余一张嘴的猪头，虽然同样恶心，却不像那苍白人形叫我感到恐惧。

下午小雪再问我是不是不舒服，我猜我的样子一定很糟。我按捺不住，决定就算被当成疯子，也要说出口。

“那个……你有没有看到我头上有什么东西？”

小雪歪着头，一副不解的样子。她皱一下眉，直视我的双眼，摇摇头，更反问我她该看到什么。我只好胡诌说自己偏头痛，就像被铁锤敲打，换来她一个似笑非笑的表情。

好不容易熬到下班回家，我倒头便睡。我祈求这是一场噩梦，希望睡醒便不再看到那些鬼魅，可是翌日早上我再次照镜时，我知道我仍未康复。那黑色布团仍在我头上，我还看到那鸟爪再次从中伸出。

我不再犹豫，打电话向公司请了病假，挂号看诊。我将幻觉巨细靡遗地告知医生，医生不着边际地问了一堆无关的问题——像“你最近工作忙碌吗？”“生活有没有变化？”“跟家人朋友的关系如何？”——最后才说将我转介给精神科。他给了我一张名片和一封转介信，收了数百块的诊金便打发我回家。也许我一开始便不该心存侥幸，因为我甫走进诊疗室，已看到医生头上站着一只比平常巨大五倍、有三个头的乌鸦，左边的头叼着一枚生锈的铜币，右边的头躲在翅膀下，中间的正慵懒地啄食医生的脑袋。

那位精神科医生要电话预约，结果我三天后才能与他见面。

“我看到我头上有一团黑色的异物……里面好像有什么怪物……”

过去三天我已变得寝食难安，担心头上的怪物会突然从布团中爆出来。

“哦。”医生没瞧我半眼，只拿着钢笔在病历表上写上我无法辨认的字。

“我还看到其他人头上有种种异形怪物……”

“那你在我头上看到什么？”医生抬头问道。

“触须。很多触须……”

那些触须既像章鱼的脚，又像彼此缠绕的蛇，在医生头上盘旋扭动，数根从头上垂下，钻进医生的耳朵和鼻孔。诊疗室的窗边有一面全身镜，我偷瞥一眼，看到我头上的布团好像跟医生头上的触须产生共鸣，以相同节奏摇摆着。

医生说我患上一种轻微的思觉失调，将妄想的物体化成视像幻觉。我问他要不要检查大脑——毕竟我知道脑肿瘤也可能是导致幻觉的病灶——但他说我的情况只要吃药就好。我不晓得这结论是据何判断出来的。那些白色的药丸吃下后会很困，我晚上睡得比之前好，可是，那些幻觉遑论消失，连稍微减少也没有。

往后的一个月内我复诊了四次，每次都说着类似的废话，领取了相同分量的药丸便打道回府。我曾经想过转医生，但我求助无门，不知道其他精神科医生是否跟这庸医差不多。

结果第六次再访这精神科诊所时，我意外地发现了一个事实。

“护士小姐，不好意思，我丢失了药丸，麻烦你再开一份给我。”

当我等待跟“触须医生”见面时，一个平凡的男人走进诊所，向护士说道。护士从接待处消失，大概是先请示医生吧，回来时手上拿着一个装着药丸的透明塑料袋。

是我吃了一整个月、同款的白色药丸。

“四百块。小心保管，别再弄丢了。”

男人点点头，神色落寞地接过，轻声说了一句话。

“其实这药半点效用也没有，我还是看到头上有那些东西……”

这句话像打雷一样，刺痛着我的神经。

他也看到？

他看到的异物跟我看到的一样吗？

我好想抓住他质问，可是我没有机会。护士叫我进诊疗室见医生。

“最近如何，仍看到幻觉吗？”

我正想回答说是，却赫然察觉一点。

我面前这个医生他从来没有瞄过我头顶。

我之前求诊的普通科医生，就算我说我觉得头上有什么异样，他也没有看过我的头顶一眼。

就连小雪也一样，我问她有没有看到我头上有什么东西，她视线没有往上移，只盯住我双眼。正常人听到这问题，应该本能地向上瞧吧。

他们没看，是因为他们早已看到。

每一个人都看到。

在路上低头走路、在交通工具上垂头刷手机的人，统统跟我一样，全部都看到头顶上有着令人作呕的异物。

他们只是装作没看到。

因为只要装作没看到，就能“正常”地过活。

“怎么了？”

医生的问题让我从思海中回到现实。

“没、没什么。”

“嗯。那你最近仍看到幻觉吗？”

我直视着医生双眼，找寻正确的答案。良久，我明白了。

“没有了，我想药物终于生效了。”

“那就好。”医生露出我从没见过的笑容。

我在诊疗室的镜子里，看到我头上那个布团缓缓散开，亮出一只长着尾巴和翅膀、外表有点像蜥蜴的怪物。

它抓住我的头发，露出轻蔑恶毒的微笑。

为了回避它的眼神，我垂下头，闭上眼。

这样子我也能正常地过活了。

Var.IV Tempo di valse

时间
就是金钱

Dvořák

Serenade for Strings in E Major, Op.22, II. Tempo di valse

立文站在大楼的入口处，再三确认地址后，仍犹豫该不该走进去。位于闹市中的这幢大楼，和附近的大厦没有多大的分别，就是在香港常见的一般商业中心。虽然名字上叫作“商业”中心，这些建筑物里除了办公室外，还有不少诊所、化验室、美容院、财务公司，甚至各式各样稀奇古怪的零售店。坐在管理处的年老管理员早已见惯这些踌躇的脸孔，无论是到化验室等报告的病人、到情趣用品店购买自慰用具的少年，抑或是陷入经济困难到财务公司借贷的潦倒中年汉，管理员也见怪不怪。不过，立文并不是以上三者之一。

他想光顾的是四十二楼的“时间交易中心”。

“反正已来了，姑且看看吧。”立文一咬牙，走进大堂，按下电梯的按钮。高速电梯不用二十秒便把立文带到四十二楼，银白色的电梯门打开，一个窗明几净、具有时代感装潢的接待处映入眼帘。淡黄色的墙壁镶着公司的标志和名字，旁边有多张浅棕色的沙发，有两三位顾客正在等候着。有人神色自若轻松地看着杂志，有人紧皱眉头，直盯着挂在沙发对面的电子告示板。电子告示板下方有一扇玻璃门，可是门的上半部都是毛玻璃，没法看到门后的样子。

“欢迎光临。请问有没有预约？”接待处的女职员亲切地说。她的样子姣好，妆化得不浓，让立文想起他苦苦追求中的同学美儿。

“没、没有。”立文结结巴巴地回答。

“那请等等，”女职员拿出一台平板电脑递给立文，“麻烦先生您填好资料后交给我，我们会安排交易顾问跟你洽谈。今天客人不多，应该等十五分钟便可以了。”

“嗯，不好意思……”立文没有接过电脑，他仿佛觉得接过便等于成立契约，到时不能退出便麻烦了，“我还未决定是否交易……”

女职员再次亮出亲切的笑容，说：“不打紧，先生。洽谈是免费的，我们没有任何隐瞒的收费。如果待会谈过后您觉得交易不划算，您可以放心离开。当然，您填写的个人资料会留在我们的资料库，我们有可能向您寄送宣传物品，但我们不会把这些个人资料转交第三者，一切依照保密条款进行。”

立文顿时放下心来。接过电脑，填好自己的姓名、年龄、性别、身份证号码、个人联络方法等等后，接待处的小姐把一张印有号码的纸片交给立文，请他坐在沙发等候。立文瞧了瞧纸片，上面印着816，他心想这天该不会有八百一十五人在他之前来此，猜测这只是随机分派的号码。

等待的十五分钟说长不长，说短也不短，立文拿起架子上的一本八卦杂志，无聊地翻弄着。事实上，他对某女明星走光、某歌手跟某模特儿分手的消息没有兴趣，只是他不想呆呆地坐在沙发上做无意义的等候。

“叮咚。”电子告示板亮出816的字样，下方的玻璃门自动打开。立文瞟了接待处的小姐一眼，对方微笑着点头，示意立文进去。

立文走进玻璃门后，发觉面前是一条长长的走廊，两旁有很多扇门，有的打开，有的关上。每扇门上方也有一个跟门板垂直的小电子告示牌，而在左前方第三扇门上面的牌子正好亮着“816”。

“马立文先生？”立文刚走进房间，桌子后的男人便站起来，主动跟他握手。这个男人穿着笔挺的蓝色西装，架着金丝眼镜，就像银行的投资顾问，也有点像保险经纪。他招呼立文坐下，立文张望一下，房间里只有一张白色的桌子和四五张有扶手的办公室椅子。对着房门的是一扇落地窗，阳光令房间充满生气。

“我姓王，是本公司的交易顾问。这是我的名片。”王顾问从胸口口袋掏出名片，恭敬地递给立文。立文虽然已升读大学，但也没遇过这种情形，接过名片后不知道该放在桌上还是放进口袋。

“请问马先生是想买还是卖？”王顾问微笑着问道，令立文措手不及。

“不好意思，其实我对你们公司……嗯……的业务不大清楚。我只是看到广告，说比起借贷，你们的服务更好。”立文双手按着大腿，紧张地问，“广告说我可以把我的‘时间’卖给你们，换成金钱？”

王顾问莞尔一笑，说：“啊，对。刚才很抱歉，我应该详细说明的。今天之前接洽的都是老主顾，我一时忘了。您说得没错，敝公司是从事时间买卖服务的。”

“我如何把时间卖给你们？”立文问。

“技术方面您不用担心，我们有先进的仪器去处理。”王顾问从容地回答。

“不，我的意思是，我把时间卖给你们后，我会变成什么样子？假如我卖十年给你们，我会突然变老十岁吗？还是说我的寿命会减少十年？我又怎么知道自己余下多长的寿命？”立文连珠炮发，一口气把心底的疑问全数吐出。

王顾问先是一愣，接着扑哧一笑，说：“马先生，我们不是恶魔，不会把顾客的生命吸走的。我们买卖的是时间，就如同字面上那么单纯，仅此而已。”

立文以疑惑的表情看着王顾问，王顾问继续说：“自从物理学家发现‘时间子’这种干涉量子活动的粒子后，操纵时间子的技术渐渐应用到我们的社会上。可是，科幻电影中那些回到过去的时间旅行，或是令时间扭曲重复的做法都是虚构的，即使对时间子进行操作，我们也不能突破基本的物理定律。”

修读商科的立文对这话题完全摸不着头脑，王顾问察觉对方的表情，便说：“直接说结论的话，便是操纵时间子只影响一个人的意识罢了——当然谈到‘意识’和‘观测’便是另一个物理学问题。简而言之，如果我们买下一位顾客的一年时间，那个人在付出时间的那一刻开始，他便会发现自己已身处一年之后。”

“那当中的一年他会消失吗？如果他正在跟他人谈话，对方会发觉他突然不见了？”

“不，刚才我也说过时间子影响的是意识。那个人仍拥有过去一年的记忆，一切如常，这一年他的行为也是他自己做出的。失去时间子对人没有大影响，因为人类意识无法离开时间洪流……啊，说远了。如果说有什么分别的话，卖掉时间的人对失去时间其间感觉上有点不实在而已。”

“如果我卖一个月给你们，其间上课所学的会不会消失？”

“不会的，我之前说过，当中的记忆仍然保留嘛。”王顾问说，“对人类来说，过去的‘时间’是没有意义的，有意义的只是‘回忆’。假如您卖一个月给我们，付清时间后您只会记得自己曾做过这决定，回忆中跟没有卖是没有分别的。一切如常。”

王顾问第二次强调“一切如常”，尝试让立文安心。

"马先生需要资金做周转吗?"王顾问突然问道。

立文怔了一怔,回答道:"嗯……是的。不过不是很多,只要两万元左右。"

"没关系,敝公司的宗旨是服务为先,丰俭由人。"王顾问按动桌上的计算器,说:"马先生是新顾客,所以我们能提供优惠兑换率,两万港元只要四十二天四小时十二分……我给您算一个整数方便处理吧,四十二天兑两万元。这价钱应该是同业中最好的了。"

四十二天,即是六星期。对立文来说时间刚好,因为两个月后便是美儿的生日。立文需要这两万元,就是为了追求系花林美儿。美儿裙下之臣大不乏人,为了突围而出,立文决定买某意大利名牌包包当作礼物,加上一大束红玫瑰,誓要在生日派对中赢得佳人芳心。

计划似乎很圆满,可是,立文对"卖掉自己的时间"仍有点不放心。

王顾问看穿立文的心情,问:"马先生,刚才您在接待处等了多久?"

"十五分钟。"立文答。

"试想想,如果您把那十五分钟换成金钱,这不是个双赢的结局吗?反正那十五分钟对您来说是无用之物,少体验一下又没有损失。"王顾问笑道。

的确如此——立文细想一下。时间反正也要过去,如果能换成金钱,不是件好事吗?

"对了,你们除了买进时间外,还出售时间对不对?如果说卖掉时间让人刹那间度过一段日子,那买时间的顾客会发生什么事?"

立文问道。

“顾客如果买下时间的话，便能够在一段时间里体验较长的时间感觉。例如一位购买了一天的顾客，他可以让一小时变得像一天那么长。”

“那如果我买下一分钟，便能在三秒内跑完一百米吗？”立文奇道。

“不，马先生您误会了，”王顾问笑说，“我刚才也说过，时间子只针对意识，像跑步这些受物理法则规限的事物是没影响的。对顾客来说，只是感觉变长了。”

立文心想，也许考试前要临时抱佛脚，买下两三天用来温习也不错。

“我卖四十二天可以换两万元，那两万元可以买四十天吗？”

“这个啊……”王顾问按动计算器，说，“同样以新顾客的优惠兑换率，两万元可以买……五十八分钟三十二点六秒。”

“相差怎么如此大啊！”立文讶异地说。

“除了买卖差额外，技术成本不同也是原因。”王顾问微笑着说，“马先生有兴趣购买时间吗？”

“没有！我只是好奇问问。”立文斩钉截铁地说，心想哪个笨蛋会花上万元来购买受物理法则规限的三十分钟。

“那么之前的……”王顾问再次按下计算器，显示屏亮出42。

“四十二天兑两万元吗？我卖！”立文已没有迟疑，反正大不了失去六星期，损失有限。

“谢谢您，马先生。”王顾问愉快地说。

王顾问花了几分钟，用电脑编辑电子合同，在立文签名同意后，二人来到另一个房间。这房间中央有一台像 X 光机或核磁共振成像仪的机器，王顾问让立文躺在上方，机器扫描一遍后，便请立文到旁边的小房间。

“完成了。”王顾问说。

“这么简单便行了？”立文本来以为要注射某些药物或植入某些零件。

“就是这么简单，机器只是跟影响您意识的时间子做出缠结……呃，或者说是给您登记好了。”王顾问放弃长篇大论，简单作结。他打开桌上一个砖块大小的纸盒，掏出一个打火机似的仪器。仪器上有一个小小的屏幕，顶端有个红色的按钮。“这是‘付时装置’。从刚才您在合同上签字开始，您有三天时间作缓冲期，当您按下这个红色按钮，我们的服务器便会接收交易中订下的四十二天时间。”

付时装置上的屏幕有两行，上面一行写着“42 天 0 小时 0 分”，下面一行正在倒数，时间是“2 天 23 小时 34 分”。

“这是您的款项和收据。”王顾问把一捆千元大钞放在立文面前，说，“请您现在点算一下。我们跟多间银行有业务往来，如果您需要进行转账或存款，我们亦能代劳。”

立文没想过这么容易便得到这笔钱。他一边数着钞票，一边问：“如果我忘了按按钮，会发生什么事情？”

“没什么，只是时间一到系统便会自行接收。”王顾问答，“这按钮只是方便顾客善用时间而已。”

立文暗忖，“善用时间”这四个字对他们这些顾客来说，有另一重的意义吧。

*

立文盯着这个像打火机的小装置，已盯了两天。

从时间交易中心回来的晚上，他几乎已按下按钮。可是，那股未知的不安让他再次犹豫起来。到底会发生什么事情呢？

看到倒数时间余下二十三小时，躺在大学宿舍床上的立文突然鼓起勇气，决定按下去。

“来吧！”

“咔”的一声，立文压下右手拇指，装置上的时间倒数消失，变成“谢谢惠顾”四个字。

立文预想中惊天动地的异变，或是世界崩裂现实塌陷的情形，都没有发生。

“这是什么骗人的玩意嘛——”

当立文想说这句话时，却发觉这句话在六星期前说过了。他挨着座椅背，对着电脑，正漫无目的地浏览着。键盘旁竖着那个“付时装置”，上面没有显示任何文字。

“慢着，我……付了四十二天啊？”立文猛然想起，自己付了四十二天，换取了两万港元，可是他清楚记得交易完成后这一个多月的生活。一切都没有特别，他仍是每天上学，在课堂打瞌睡，跟友人说屁话，遇见美儿时借故亲近一下。他还记得五天前作弄那个呆头呆脑的情敌阿力，趁阿力在宿舍厨房煮泡面时，偷偷把半杯砂糖倒进锅子里。

这段时间的记忆仍存在，就如王顾问所言，“有点不实在而已”。

“天底下竟然有这么好康[1]的事情！”立文拾起付时装置，朗声大笑。立文想到，只要用这方法，便可以跳过那些难熬的考试和测验，更可以换成真金白银，一举两得。

“太好了。”立文从书架上取下纸袋，检查一下一星期前买下、用来当作礼物的名牌包包。“嘿，追到美儿后，我再去卖个五六十天，然后跟她去冲绳旅行，看她喜欢看的日落……”

立文躺卧在床，嘴角带笑，思绪随着妄想逐渐远去。

*

一如立文所料，当美儿拆开他的礼物时，在场的同学朋友都发出惊呼。

“天哪，这不是波切利的包包吗！这要一万多元啊！”美儿身旁的女生大叫。

“马立文，原来你这小子这么有钱！”另一名男同学骂道。

“不啦，我也很穷啊，”立文把预先演练好的台词说出，“不过如果能让美儿高兴，金钱什么只是身外物罢了。”

在卡拉OK的房间里，立文瞬间成为派对的目光焦点。美儿有点受宠若惊，但也大方得体地向立文道谢，脸颊上更带着一抹红霞。立文从在场的“敌人”的表情中知道，这一仗他胜利了。上万元的包包加上玫瑰，配合刚才的发言，其他男生必定知难而退。美儿的姐妹们对立文另眼相看——或者该说是见钱眼开——有人有

1 好康：闽南方言，即“好”。

意亲近，也有人怂恿他跟美儿合唱一曲。

在酒精和热闹的气氛驱使下，众人也没有开始时那么拘谨，有人提议玩“真心话大冒险”，立文便再次借势表白爱意。一切就如立文预计中那么顺利，只是，在晚上十时二十三分，意料之外的事情发生了。

“丁零零零！”密集而响亮的火警铃声，像刀子般刺进各人的耳朵中。众人如梦初醒，房门砰然打开，一个服务员焦急地嚷道：“客人请赶快离开！发生火警了！”

一时之间，卡拉 OK 里乱成一团。立文不知道发生何事，只知道当他回过神来时已站在大街上。黑色的浓烟从店的门口冒出，二楼窗户传出隐约的火光，附近商店的店员和顾客纷纷走过来看个究竟。

“立文！美儿呢？”一位长发的女同学问。

“她不是跟你在一起吗？”立文愕然。

“我以为你跟她一起啊！”

“美儿之前去了洗手间！”另一位女同学慌张地说，“她不会还在里面吧？”

“不会吧……？”立文回头瞪着黑烟后的店面，手脚绷紧，不知如何是好。

“快找人进去救她啊！”长发女生快要哭出来。

“她……应该也听到警铃声，逃出来吧？”立文期期艾艾地答。

正当众人手足无措时，消防车赶至。五六位消防员冲过来，长发女生告诉消防队长美儿的事情，对方便立即做出指示，调派人手进入火场救人。

“咦？那是谁？”一个服务员指着门口，只见一个男生抱着一位女生，蹒跚地从火场走出来。消防员和救护员连忙上前搀扶，立文看到，顿时感到血液倒流——那娇小的女生是美儿，而救她出来的男生，是他最看不起的阿力。

无论计划多完美，仍敌不过意外。立文做梦也没想到会遇上火灾，更没想到火灾发生时，美儿碰巧因为门锁出问题被困洗手间，而阿力又巧合地成为拯救者。

就在医院留院治疗的那一个星期里，美儿接受阿力的表白，跟他交往了。

“……什么英雄救美……”在阿力和美儿成为恋人的消息传到宿舍的晚上，立文独个儿在屋顶喝闷酒。花了一万多快两万块精心策划的部署，还是输给最老哏[1]的情节。立文心情难过，难过得想醉倒在屋顶，让时间来抚平这伤口。

“时间……对啊，我为什么要慢慢等？”

翌日早上，立文逃课，再次来到时间交易中心。

“马先生，您满意上次的服务吗？”王顾问堆起笑容，可是立文没有心情。

“我要卖时间，卖一个月……不，卖两个月吧，反正我也没心情温习考试了。”

“哦，这次是以时间作单位吗？没问题，让我算一下……”王顾问熟练地按下计算器，说，“两个月，我算作六十天吧，能兑两万零四百二十六港元。”

1　老哏：中国台湾地区常见用语，形容一个段子已经被使用太多次，没有新意。

“上次四十天卖两万元，这次多了二分之一，怎么才增加四百元？”立文不满地追问。

“马先生，上次是新顾客优惠嘛，更何况时间兑换率会随时间变动呢……”王顾问每次也觉得这句话有点别扭，但这是实情。

“算了，两万零四百便两万零四百吧。我是不是签了合同再去给机器照一下便行？”

“这次只签合同便成了。”王顾问说，“我们系统已有您的时间子的资料，只要签好合同，服务器便会把信息传到您的付时装置上。那个装置仍在您手上吗？”

“在，不过我放在宿舍没带来。”

“那不要紧，您只要回去按按钮便可以。缓冲期依然是三天。”

收到现金后，立文在早上十一时回到宿舍，直截了当按下那个红色按钮。

“嗯，不过是早上十一时，让我再睡一会儿嘛……”在立文怀中，一丝不挂的彩妮嗔道。

立文挨在床上，看着这个女生，内心百感交集。两个月前卖时间换来两万多元，打算胡乱挥霍发泄一下，想不到在街上碰到彩妮——在美儿生日派对上对立文“另眼相看”的女生之一。立文手中有闲钱，便每天跟彩妮吃吃喝喝，又到酒吧对饮，喝个酩酊大醉。结果某天醒来，立文发现自己跟彩妮衣衫不整睡在宾馆床上，二人便糊里糊涂开始交往。

抚摸着半睡中的彩妮的秀发，立文感到五味杂陈。考试考得一塌糊涂倒不要紧，只是在考场看到坐在前面的阿力，立文便高兴不起来。每次跟彩妮上床，他都不由得联想阿力对美儿干着相同的事，心里就有气。

“……咦，”立文伸手抓烟包，“我什么时候开始抽烟的？”

立文差点忘记，他在一个月前开始跟彩妮一起抽烟。淡淡的烟味，似乎能让他的内心平静下来。

*

转眼间，立文已经大学毕业。“转眼间”这形容词尤其贴切，因为立文之后再光顾了时间交易中心五次，总共卖掉一年的时间，换来大约十万元的报酬。每次他遇上烦恼，或在考试测验、写论文、口试、面试之前，他也把时间卖掉，来得干干脆脆，一步跳过。写论文时的辛苦、口试时被考官刁难、面试前的紧张，这些事件都如实记录在立文的回忆中。他的格言是“长痛不如短痛，短痛不如无痛”，横竖从结果而论，他没有“真正地”逃避这些麻烦事。

毕业后，立文幸运地获得著名的瑞安投资银行聘请。作为经验不足的菜鸟，立文经常被上级责备训斥，而且他在办公室中老是遇上跟他作对的同事。薪酬虽然不错，但要晋升，恐怕得花上五年十年。

“今天那个臭女人又诸多挑剔，说我的报表填错了，如果……喂，立文，你有没有听我说？”彩妮推了立文一把。二人相约午膳，可是甫坐下彩妮便一口气数落她的每一位同事。彩妮在一家小公司当秘书，不过她志不在此。

“你什么时候娶我，让我当少奶奶？”彩妮抓着立文的手臂，质问道。

“天哪，我们才毕业一年多，就算结了婚，单靠我的收入也不够我们生活啊！”

“人家不管！”彩妮软硬兼施，说，“你在有名的瑞投工作，将来一定能当银行家或投资主管嘛！人家美儿也快结婚了……”

“林美儿要结婚了？”立文手中的叉子差点掉下，“和阿力？”

“不然还有谁呀？”彩妮说，“阿力继承父业，打理家族的面店，听说他修商科也是为了改善店的经营环境。阿力家中这么困难也愿意娶美儿，你堂堂一位有前途的银行家，怎么不肯娶我……”

立文对彩妮之后所说的充耳不闻，满脑子都是几年前阿力在火场救出美儿的一幕。当年如果阿力不是走狗屎运，我现在便不用听这个女人在啰啰唆唆——立文的怒意再一次升温。他没打算破坏阿力和美儿之间的关系，但他暗下决心，要得到庞大的财富，将来在同学会中向他们示威，让美儿知道她做了错误的选择，让她后悔。

下班后，他径自往时间交易中心走去。

“马先生，别来无恙？”王顾问仍是一身蓝西装，眼镜倒换了一副银框的，“我们很久没见了。”

“王先生，我打算卖时间。”立文没拐弯抹角，单刀直入地说道。

“好的，请问卖多少呢？”

“十年。”

一向沉着的王顾问也不由得怔住，身子微微前倾，说，“我没听错吧？十年？”

“对，十年。必要时十五年也可以。”

“马先生需要一笔巨款来周转吗？”

“我计算好了，”立文十指互扣，把手掌放在桌上，“我在投资银行工作，要赚钱便要有资金。只要有足够的时间和资金，便能把本钱像滚雪球般滚大。如果我没计算错误，我在十年后便能晋升至中级的管理层，若能趁早有一笔可以用作投资的本金，对我将来的发展有百利而无一害。”

王顾问扬起眉毛，笑道：“马先生果然是银行家的材料啊。您说得没错，如果您现在有一笔资金，便能改善将来的生活。”

“反正我这十年也要吃苦，能够把时间换钱更是一石二鸟。”立文说，“十年，可以换多少钱？”

王顾问计算一下，答：“一百零四万八千四百二十二元。”

“这足够了，我拿来做私人投资便刚好。”

“不过马先生，”王顾问说，“从来没有客户卖超过两年时间的，您需要再考虑一下吗？”

“不用，”立文耸耸肩，“试问我有什么可以失去？”

王顾问欲言又止，找不到回答的词句。

*

立文按下按钮，已是十年前的往事。这十年间他利用那一百多万做投资，在平均每年三成回报下，滚存了一千多万元。加上他本来的工作薪酬、分红和佣金，虽然他只是中级职员，财富已比同级的同事多上十倍。

然而，在金钱和权力挂帅的社会中，他的渴求并没有停止。

他知道只要再十年，他便能晋身瑞投的管理层。

彩妮跟他结婚七年，变得愈来愈啰唆，立文每次回家，只看到她像头猪一样无所事事，差遣用人服侍自己。立文本来对她的感情就不深，这时很自然地跟存心攀附的女下属搭上。在他三十四岁那年，他偶然发觉彩妮红杏出墙，于是愤然离婚。彩妮心有不甘，反控立文出轨在先，法官判彩妮胜诉，立文须要付赡养费。

“只要再十年……”就在离开法庭的那天，天空下着毛毛雨，立文站在法院外的阶梯上，做了一个决定。

“王先生，我要再卖十年。”

王顾问一如多年前的反应，再一次愣住。“马先生，近年兑换率下跌，十年连五十万也算不上了，您真的需要吗?”

“我不是为钱，我要的是权力。”立文瞪着王顾问双眼，说，“我不愿意再待十年，才能晋升至管理层。我要即时的成果。”

王顾问抓抓渐变灰白的头发，说:“好吧，马先生。您是我们少数清楚知道自己需要的客户，我也不多说了。我现在去准备合同。”

然而这次立文的判断错了。四十四岁时他仍未晋升至高位，于是他再出售五年时间。五十岁的时候，立文成为瑞投的执行长兼合伙人之一，是香港金融界炙手可热的人物。杂志都报道他如何在年轻时投资有道，成为瑞投最年轻的合伙人。当上执行长的头几年，立文意气风发，可是，四年后，欧洲一间银行倒闭引起的连锁反应令瑞投陷入危机，立文的错误指示更令他被舆论压得喘不过气来。为了逃避媒体的追访，他再次光顾时间交易中心。

“马先生，”一头花白的王顾问说，“其实这次您不用出售时间，只要到外国住个一年半载，不就可以吗?”

“就算逃到外国又如何?这次全球的金融风暴，只怕五年后才平息。我每天看到新闻，知道消息，也是不得安眠哪……”

立文的猜测没错，五年后，金融市场再一次复苏，可是瑞投已被吞并。面临退休之龄，立文也不再强求，收下瑞投被并购的赔偿金，告别他打滚了“四十年”、犹如战场的金融圈，生活归于平淡。

*

“老爷，那我一小时后来接您。”

“嗯。”

立文坐在公园长椅，撑着拐杖，看着小孩子玩耍。年近古稀但膝下犹虚，立文在“退休”后才察觉家庭的重要。过去十年来他住在半山区的豪宅，家中有两个用人和一个司机，可是，他的内心就是有一股说不出的落寞。

他感到自己的人生一点也不实在。

“马立文？”

立文听到有人呼唤自己的名字，回头一看，只见一个白发稀疏的老翁。

“你是？”立文对这个脸孔有依稀的印象。

“你果然是马立文！我是阿力啊，你的大学同学阿力啊。”

往事一幕幕重现，不过立文对阿力已没有怨怼——过了五十年，什么儿女私情恩怨情仇也抛开了。

“咱们五十年没见啦！”阿力高兴地跟立文握着手，“我在报纸上看到你的新闻，你当年在金融圈真是叱咤风云啊。”

立文苦笑一下。那段回忆就像是虚构的。

“美儿……你太太好吗？”立文问。

“她五年前因病过世了。”阿力语调中有点失落，“不过她走得很安详，儿孙也能在最后聚首一堂，她是笑着离开的。”

立文心中隐隐作痛。

“太爷爷！”一个小女孩走到他们跟前，“小莹又拿了人家的蝴蝶结啦！”

“乖，太爷爷待会买新的给你。”小女孩破涕为笑，回到孩子堆中继续游玩。

“你的曾孙女？”立文问。

“对，有点像美儿吧？”阿力边说边掏出手机，“我还有三个儿子五个孙儿两个曾孙的照片，来来来，给你瞧瞧……”

“咔嗒”一声，阿力口袋中的钥匙扣掉到地上。立文看到，不禁吃了一惊。

“你……你也光顾过时间交易中心？”钥匙扣系着那个立文熟悉的装置，只是按钮是蓝色的。

“啊，你也知道啊？”阿力拾起钥匙扣，感慨地说，“这只是当作纪念品吧，我可是靠它才能娶到美儿呢。”

“什么？”立文差点想抓住阿力，要他说明一切。

“很久以前我收到时间交易中心的开幕宣传单，一时好奇跑去看看。他们当时有试用优惠，五分钟只卖八百元，很便宜。我又碰巧有点积蓄，便买了五分钟备用。”

“你买时间？”立文诧异地说，“不是卖吗？”

“嘿，时间这么宝贵，谁会拿来卖啊！”阿力大笑，“结果没料到，这五分钟变得如此重要。你记得那场火灾吧，当时我便知道这五分钟派上用场了。离开房间时我发现不见美儿，想到她应该在洗手间，我便冲去找她，怎料门锁坏了，她不断呼救。我按下按钮，让时间的感觉变长，细心思考打开门锁的方法，救出她后，还可以看清楚火势，冷静地找出逃生路线。没有这五分钟，我跟她都葬身火海啦。”

立文瞠目结舌，没想到当年阿力救出美儿不是凑巧，而是经过深思熟虑。

“后来我们交往，我跟她一起到中心购买时间。我带她去赤柱滩欣赏日落，把日落的一瞬延长至三十分钟，然后拿出戒指向她求婚，她还哭得一塌糊涂呢！”

立文从没想过，购买时间可以这样使用。

“你们……你们从来没有出售时间换钱吗？像美儿患病时，应该很辛苦吧？没想过把时间缩减吗？”

“人生就是有痛苦，才有喜乐嘛。”阿力眼泛泪光，但微笑着说，“我们还购下一天的时间，在最后时让家人好好跟她告别。反正近年兑换率大跌，我想再多买几天，好好陪她一下，但她说这辈子已够幸福了，就让时间正常流动吧。”

立文呆坐着，黯然地望着远方。阿力说的话几乎全盘否定了立文的过去，令他不禁反思当年每一个决定是对还是错。

“如果……”立文支吾地说，“如果有人告诉你，他为了金钱和逃避痛苦，把大半生的时间都卖掉，你……认为他很愚蠢吗？”

“嗯……”阿力缓缓答道，“我不会说是‘愚蠢’，不过就像用一万字的短篇小说来描写一个人的一生一样，有点无趣罢了。”

Étude.1

习作·一

关键词

悲伤 / 衣服 / 农场动物 / 教堂 / 敌人

畜生会感到悲伤吗？

它们在临死一刻，会因为失去生命而落泪吗？

我把手心的血污抹到围裙上。一个不小心，连衣服也沾上了。

真糟糕，这是我最喜欢的白衬衫。待会老妻一定碎碎念，她时常跟我说血迹很难洗干净，叫我别穿白色的衣服工作。

我身旁的老猪正在哀叫着。它大概猜想自己是下一个吧。

“农场动物只有一个使命，就是牺牲自己，以血肉来报答饲主。”

我很想跟它这样说，但话到唇边，却没有说出来。

“对猪说教”和“对牛弹琴”不是一样毫无意义吗？

我洗干净双手，脱下围裙。

“你今天走运，还可以多活几天。”我终究还是对猪说话了。

老猪哀叫着。

接下来到教堂去吧——我如此想。骂我伪善也好、做作也好，每次杀生后我也喜欢到教堂待上一个钟头，寻找心灵的慰藉。

躺在猪棚地上的，是老大的头号敌人。我一口气把他一家五口杀光，老大应该松一口气吧。

那头老猪也一样松一口气吧。

Var.V Lento lugubre

作家
出道杀人事件

Tchaikovsky

Manfred Symphony, Op.58, I. Lento lugubre

“所以呀，你先杀一个人看看吧。”

“咦？”

青年先是一呆，再诧异地瞪着坐在面前、满脸胡楂的中年大叔。

“编辑先生，您刚才说什么？”为了确认自己没有听错，青年俯身向前，问道。

“我说哪，你要出道嘛，先杀一个人看看吧。”中年大叔吐出圆圆的烟圈，从容地说。

在这个露天的自助咖啡茶座里，青年身边有两三个小孩拿着色彩斑斓的气球跑过，嬉笑声和星期日的广场十分匹配，可是他却仿佛掉进了异空间——他被对方的话吓倒，没办法说出半句话来。

“您、您叫我杀人？”青年结结巴巴地说。

“对呀，杀一个人。”中年大叔把香烟架在烟灰缸的凹槽，缓缓地说，“要当推理小说作家，便得先杀人。”

“编辑先生，您说的‘杀人’是在故事里吧？”青年勉强挤出笑容。

“当然不是，是现实之中、活生生的人哪。”

青年接不上话，狐疑地看着大叔。

“你呀，”中年大叔拿起盛咖啡的纸杯，缓缓地说，“你的稿子呀，就是欠缺那一点东西。情节很不错，文笔也够水准，但就是缺少了最重要的灵魂。你看过不少大师级的推理小说吧？例如C氏的作品，你有什么感想？”

“是、是《蓝色密室高楼杀人事件》（下称《蓝色高楼》）的C氏吗？那真是一部出色的作品，十年前我读过后便深深着迷了。虽然C氏近年的作品的风评不大好，但他的《蓝色高楼》真是经典。”

“你不认为《蓝色高楼》的诡计设计荒诞夸张吗？”大叔问道。

“嗯……的确有点夸张。”青年不明白对方发问的用意，生怕说错话。青年记得，《蓝色高楼》正是对方的出版社所出版的。

“对呀！是夸张到不行啊！那种故事简直荒唐！”大叔提高了声调，说，“可是，读者就是不会反感，书评家打了九十分以上的分数，而这本小说还创下销量纪录。你知道为什么这本书可以大卖？”

“是……有灵魂？”青年战战兢兢地说。

“就是啊！有灵魂！C氏的作品在叙述杀人、描述尸体等场面都有强烈的真实感哪！你以为他为什么能在作品里注入灵魂哪？”

青年听出大叔的话中话，不禁微微发出呼声。

“编辑先生，您是说……C氏曾……杀过人？”

“我没说过。”中年大叔露出一个诡异的笑容，说，“可是，你认为C氏出道后一直没露脸，坚持当‘蒙面作家’的原因是什么？”

“是……减少曝光的机会？”

“你对于近年愈来愈多不肯露面的作者出道，不觉得奇怪吗？像K氏啦，N氏啦，连拿到推理文学奖也坚持不出席颁奖典礼的M氏啦，他们跟C氏都有着同样的理由哇。”

“您是说……”青年大吃一惊，“他们全部都……杀过人？”

“嘿嘿，确切的数目就连我这个在行内混了多年的老鸟也吓一跳呢。这已经是业界的潜规则了，要成为一线的推理作家，一是像R氏或Q氏那样高调地侦破悬案，一是隐藏身份秘密地杀过人。”

“Q氏笔下的案件都是真实的吗？”青年问道。

“是啊。不过你别妄想现在可以行这一套，警方的科学鉴定手段愈来愈先进，一般人凭什么比他们还快侦破案件？今天悬案已经很少，要当个能破案的推理作家，机会微乎其微，大部分新晋作者都会选后者哪。”

青年头昏脑涨，霎时间接受不了这个可怕的事实。

“知道去年圣诞节那一桩杀人事件吗？”大叔突然问。

“去年圣诞节的杀人事件？是一位教师杀害了邻居的女生，一星期后被捕的那一桩吗？”

“对哪，正是那一件。你又知不知道那个男的为什么要杀那个女的？”

“报章说是感情纠纷，男的追求不遂……”青年的话说到一半，猛然止住，因为他猜到对方问他知不知道的理由。

“我读过那个凶手的作品。”中年大叔又朝天呼出一个烟圈。

“所以……他是为了成为推理作家……才会……”

大叔把烟屁股的余焰弄熄，说：“为了写作而杀人，这种理由谁会相信？媒体也好，警方也好，都只会找符合他们想象的杀人动机，好让读者接受，让报告来得简洁。这个时代，没有人对‘真相’有兴趣。结果那位教师在审讯前，在监狱中自杀了。没办法吧，干得不上不下，就像他的作品一样半吊子。你的原稿比他的优秀得多啦。”

青年受到赞赏，心底有一丝高兴，可是一想到对方提出的难题，不由得面露难色。

“编辑先生，不杀……不杀人不可以吗？”

“以我多年的经验，我可以清楚告诉你，如果没跨过这障碍，你这辈子只能当个二流的小说作者。”大叔点起另一根烟，说，“我很少看错人。你知道我们出版社旗下有多少位畅销作家？别说我夸口，当中有一半是我提拔的。你有潜力成为他们的一分子哟，记得S氏吧？他出道那一年，我们投资了好几百万在他身上，现在他的作品又被改编成电影，又翻译成十二种语言外销……在你身上我看到S氏的影子呢。”

青年的内心有一点动摇。看着桌上的名片，上面印着全国实力最雄厚的跨国出版社的名字，下方的职衔写着“文艺图书第四部·副总编辑”，他压根儿没想过，冒昧打电话到出版社时，竟然获得这么高级的人员约见。

“难道你从没想过，在现实里出谜题挑战世人吗？你对自己设计的诡计，应该很有信心吧？不想知道自己是不是比一般人想得深入，比一般人优秀吗？”大叔以平稳的语气说道。

一点火星燃起青年的心坎一角，火舌渐渐蔓延开去。

“我……如果我真的要……杀人，我应该杀谁？”青年以蚊子般的声音问道。

“我怎知道哪？”大叔耸耸肩，“这是你的问题啊。”

青年看着对方，一脸不知所措。

“我只能说，找邻居下手真是有够笨的。你可以随便找个路人当目标——还有，别找我，我死了便没有人替你出书了。”大叔轻松地笑着。

青年感到十分混乱。成千上万在默默耕耘、有志投身写作的年轻人所渴望的黄金机会就在眼前，只要他愿意，一伸手便能拿到。他并不是害怕杀人事败会被捕——他的确自信地认为他的设计即使放在现实里也无人能解，只是他对“在现实中杀人”的念头感到不安。他曾想过不少可以在现实中实行的杀人诡计，可是，这种跃跃欲试的心情，一直被基本的心理枷锁所困住。他从来没理由去杀人……直至现在。

“你知道人类可以分成两种吗？”内心正在挣扎的青年，突然听到大叔问他这一句话。

“是男人和女人？”青年说。

“当然不是哪，”大叔深深地吸了一口烟，“是‘利用他人的人’和‘被他人利用的人’。你想当前者还是后者？”

中年大叔这一句话，仿佛打开了青年内心的锁。

“我……明白了。只要我越过这一关，我便能成为你们出版社的作家吗？”青年向对方确认。

“我向你保证，你的故事将会成为畅销全国的大热作品。”

*

跟大叔告别后，青年独自走到街上，纵使阳光灿烂，他心中的阴霾却愈来愈大，就像墨水滴进湖泊，黑暗的念头向四方伸延。他没想过，那天晚上他打电话到那家出版社编辑部碰运气，期期艾艾地说明投稿的意向，和对方谈了一会儿后，便给约到出版社附近的自助咖啡店相谈。当那位中年大叔找上他时，他惊讶于对方的不修边幅，可是多聊几句，他便知道对方是一位老练的编辑，因为那位大叔只用很短的时间便读完他的作品，更能指出当中的好坏。

“你办好事情后便打电话给我吧。名片上有我的直拨号码……

我不一定在编辑部，你可以在留言信箱留下口信，不过我想你不会笨得留下对自己不利的供词吧？嘿嘿。”

大叔临走时，丢下这一句，还附上两声不怀好意的笑声。

青年茫然地走着，浑然不知道往哪里去。杀人？杀谁？青年一边走，一边想着“利用”谁来帮助自己的事业。最先在脑海浮现的，都是他所憎恨的脸孔。横竖要干，干脆干掉看不顺眼的家伙吧？像中学时老是把自己呼来唤去的胖子，念大学时盗取了自己的论文害他辍学拿不到文凭的女同学，或是诬陷出卖公司情报令自己被辞退的同事……

“不。”青年摇摇头，知道这些对象并不适合。即使再憎恨对方，只要凶手和死者是认识的、有关系的，警方很容易找到蛛丝马迹，大大增加凶手被捕的机会。警方调查命案，往往从死者的人际关系着手，先假设犯人是因为恨意而动杀机，把侦查的范围缩小。如此一来，自己很快会被盯上。

青年很清楚他的目标。杀人不是目的，只是手段。他是为了成为推理作家而杀人，不是为了杀人而杀人。他根本没必要杀死痛恨的对象——为了泄愤而杀人，真是有够不智的。这种“理智”的想法一直存在于青年的内心。心底里，他认为自己是一位功利主义者，损人不利己的事情他才不会干。

走到一间商场外，青年被从门缝渗漏出来的冷气吸引，缓步走进建筑物内。因为翌日的星期一也是公众假期，这个下午商场内人潮如鲫，市民都享受着这个长假期的美好时光。青年在喷水池旁的长椅坐下，继续沉思杀人的计划。

杀死自己身边但没有关系的人又如何？青年心想。偶然碰面但不知道姓名的邻居、常常光顾的便利商店的店员、每天定时在窗前看到的跑步少年……因为彼此不相识，警方如果从动机着手，一定找不到线索。谁料到凶手竟然是一个陌生人？在熟识的环境下手，也是对犯人有利的因素之一。可是，这当中一样有风险——万一失手，受害人没死，便有可能认出自己。完善的杀人计划必须考虑到所有细节，包括出错的情况，被第三者目击，不小心留下证物，等等。

青年渐渐了解“要当一线推理作家便要先杀人”的理由。不过是短短的一小时，他所想过的杀人步骤、挑选猎物的考虑因素，已经大大超越他以往写推理小说时曾思索的。因为是现实，可不能说句“啊，警察无能嘛”便胡混交代过去，他要把每个可能想得清清楚楚。

陌生人。死者一定要是一个陌生人——青年决定了第一项要点。他明白下手对象只有未见过面的陌生人才最安全。没有关系的杀人，才能令自己撇清嫌疑。

再来的，是手法问题。用刀刺杀？绞杀？用硬物重击头部？青年很清楚自己毫无运动细胞，根本没办法用上使用体力的杀人方法，否则只会弄巧反拙，手枪之类的东西亦不容易到手。此外，掩饰真相的手段也要好好考虑。伪装成劫杀案？可是，如果装作抢劫杀人，找陌生人下手的理由便失去了。利用抢劫来掩饰犯人和死者相识是老掉牙的方法，可是既然青年根本不认识被害人，这想法自然不能成立。伪装成自杀？意外？还是制造恐慌，使用炸弹或硫酸，在闹市随便杀几个家伙？

“不，这样太小家子气。”青年想。他想到C氏的作品，内里充满不可能犯罪的趣味，又想到S氏小说中那些天马行空的犯案手法。如果要超越前人，他一定要做出更惊人的举动——在现实里执行不可能的杀人诡计。就算不能公开是自己的手法，也得让编辑赞赏，展示自己的才华。

可是，谈何容易？青年叹了一声，发觉刚才想得太远了。纵使有杀人的觉悟，要如何部署、如何执行，可不是一时三刻能完成，更何况他连想杀害的人也未找到。青年向着喷水池前方的游人瞧过去，有衣着时髦的小伙子、有推着婴儿车的年轻父母、有穿着皱巴巴西装的中年人。在他们当中随便挑一个？青年以犹豫的目光扫视每一位行人，却始终没有找到合适的目标。

青年站起来，决定让自己放松一下。商场里有一家大型的连锁书店，他可以去看一下书，甚至浏览一下推理小说，寻找杀人的灵感。他当然没打算抄袭前人的设计，不过他知道，杀人诡计在解构之下都只会归纳为几个模式，误导的手法也不过是大同小异。

大概因为是午饭时间，人们都涌到餐厅吃午餐，书店里的顾客数目比外面的少，驻足翻阅的不过寥寥十数人。青年走到放推理小说的书架前，以指尖扫过一排又一排的书本。《白昼杀戮之谜》《死神镰刀杀人事件》《恐惧林》《密室的轮回》……青年把目光都放在一些以离奇手法杀人为卖点的作品上。这些小说当中，有些他老早读过，有些则只看过简介，对实际内容一无所知。他从架上取下M氏的《夜叉老人》，翻了翻，再从另一个架上拿起S氏的《十间密室》。

在付款处，青年掏出会员卡放在柜台上，让店员使用条码扫描器替他增加购物积分。红色的激光拂过会员卡的背面，收银机发出清脆的电子响声，旁边的屏幕亮出一串数字。

“先生，要使用优惠吗？你有三百积分，可以当五十元使用。”店员亲切地问道。

“啊……好的，麻烦您。”青年数着纸钞。

《夜叉老人》是以一则都市传说为蓝本的犯罪小说，描述主角连续杀害十多名无辜的市民，跟刑警周旋斗智，主角在刑警紧盯下仍能一次又一次逃脱。至于《十间密室》，是一部短篇推理小说集，由十篇作品组成，内容清一色是密室杀人。

现实中弄个密室杀人吧！青年心想。如果在现实做出密室杀人的案件，一定够轰动。这是推理小说家的浪漫啊。

“什么密室杀人，蠢死了。”

青年怔住，店员找回的零钱从他的指缝掉落地上，轱辘轱辘地滚到一旁。青年慌张地蹲下，指头往地上的硬币伸过去，视线却放到身后，找寻声音的来源。

“姐，你别这么说嘛。”一位短发的少女，跟她身旁的长发女生说道。

“难道不蠢吗？杀人便杀人吧，干吗要布个假局伪装成密室？这些小说的作者都是笨蛋，整天幻想着不切实际的杀人把戏。真不明白你为什么喜欢看这些歪书。”长发女生嚷道，书店的顾客纷纷向她行注目礼。

青年舒一口气，他差点以为有人看穿他的思想。他假装点算硬币，眼睛却看着这两位女生，留意着她们的对话。

“姐，小声一点吧……”短发女生有点窘困，扯了扯姐姐的衣角。

“这…… 这是事实嘛。你有空便多读一些文学作品和剧本，别忘记你也是戏剧社的成员啊。这些什么推理小说都是骗小孩的无聊故事，看得多，脑筋也迟钝了。”长发女生似乎发觉自己的发言过于高调，显得有点不好意思，可是嘴上还是继续说。

青年感到一股莫名的愤怒。他不下一次听到有人批评推理小说是无聊的作品，是不入流的三流读物，可是这一次特别刺耳。他不知道这是不是因为他那边刚刚抓住成为推理作家的黄金入场券，这边厢却被泼了一头冷水，心情特别容易受影响。

短发少女没有辩驳，只是默默地从书架上拿起一本推理小说，走到柜台付款。青年站在一旁，拿起一本电脑杂志低头装作阅读，目光却越过那些介绍廉价笔记本电脑的文章，紧紧盯着她和长发女生。两人年纪差不多，五官和样子也很相像，任何人都会看出她们是姐妹，不过长发的姐姐明显比妹妹懂得打扮，无论化妆和服饰都来得亮丽一点。短发少女肩上挂着一个灰色的布袋，上面印有一个青年熟识的校徽——那是R大学的徽章，青年也曾在这大学念书。

“好了，我们回去吧，学长他们正在等我们。”短发少女把小说放进布袋，说道。

“啧，真麻烦，都暑假了还要每天回去。今天还是星期天哎！”长发女生啐了一声。

“姐，你是主角啊，不能偷懒啦。”短发少女嫣然一笑，勾着姐姐的手臂。

“哼，如果不是他们求我，我才不稀罕当这个寒酸的女主角！不让我演《殉情记》，却要我跟那个丑陋的矮子演对手戏，真叫人不爽。”

“是啦是啦，漂亮的爱斯梅拉达小姐，请你委屈一下，当帮帮你的妹妹吧。”

二人边说边离开书店。青年的内心突然卷起波涛，看着那两位女生的背影，他仿佛感到她们是上天为他安排的女演员。尤其是长发女生说的话，更让他觉得这是天意。

“既然她如此鄙视推理小说，说密室杀人是骗小孩的玩意，我便让她领略一下密室的绝望吧……”

恶魔的爪牙攫取了青年的心灵，冷却了的杀意再一次升温。青年离开书店，跟在女生的后面，盘算着各个可行的杀人方法。

*

“长、长官，凶案现场就在舞台后的储物室。”一个穿着整齐制服、身材略胖的警员，神经兮兮地跟刚抵达的刑警报告。这位刑警左边脸颊上有道浅浅的疤痕，眼神锐利得像要吞掉对方似的，一般人看到，大概以为他是黑道中人。

“该死的，前几天长假期累积的工作刚办妥，今天又来一件麻烦事，连午饭吃到一半也得赶过来。”刀疤刑警戴上橡胶手套，跟警员越过封锁线。三位负责看守的警员看到他，连忙站好敬礼。

警员打开储物室的木门，房间里放满形形色色的家具与杂物，有大型的双人床、古老的衣橱、深褐色的安乐椅、三个座位宽的沙发、堆到房间每个角落的绒布和帆布。在大门旁边还有一面全身镜，就像是中世纪欧洲贵族大宅的家具。房间里只有一盏灯，因为正值中午，从气窗射进来的阳光比它更亮。天花板上吊着一把巨大的风扇，扇叶缓缓地转动，可是却难以感到它吹出来的风。房间虽然乱，但并不像那些发霉的储物室，感觉上还算干净——也许在后台工作的人把它当作休息室。在木地板上，有一个女生一动不动地躺卧着，身上穿着一袭灰白色的、像是戏服的裙子。

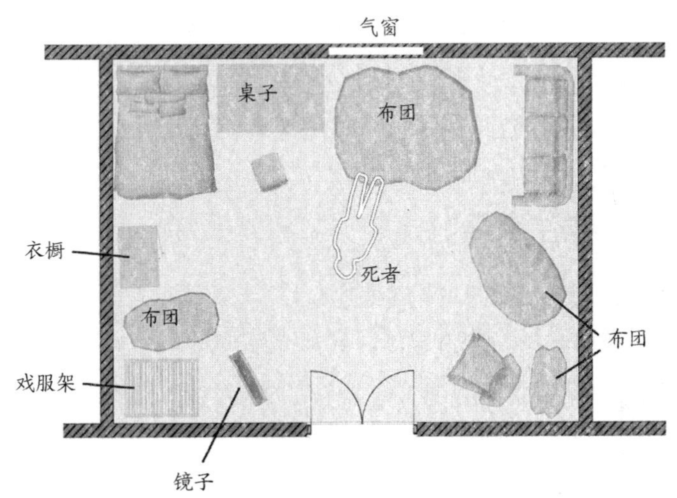

“死者是这间大学的二年级学生，是戏剧社的成员。”警员翻开记事本，说，“一小时前，戏剧社的其他成员刚彩排完毕，死者的两位学长便到储物室找死者，却看到她倒在地上。其中一位发现者以为她昏倒了，趋前一看才察觉死者已死。他们便立即报警。”

“你是最早到达的警员吗？”刑警问。

“是的，长官。我到场后发觉死者没有气息，便尝试替她做人工呼吸，可是太迟了，她看来已断气有半小时多。她本来是俯卧着的，为了进行急救我把她翻过来。”

刑警蹲下，端详死者的样子。死者的颈项有明显的绳索勒痕，单从这点来看，死者很可能是被勒毙的。在颈部前方有几道跟绳索痕迹垂直的抓痕，刑警一看，便知道这不是自杀案。那是死者脖子被勒住，企图用手指解开绳索所造成的伤痕。

“凶手是用绳子从后勒毙死者吧。”刑警把死者的头部别到一边，查看着脖子两旁的绳痕。绳痕集中在颈项前方，颈后的痕迹明显没有前面的深。刑警凭伤痕推断，凶手颇为强壮，因为一般的绞杀中，凶手会把绳子绕一圈，左右手交叉用力，颈后的伤痕不但比喉部的深，更会出现两道平行的瘀伤。而现在的证据显示，凶手不是向左右施力，而是向后施力，犯人很可能用手肘或膝盖抵住死者的背部，把死者勒毙。

刑警站起来，说：“待法医官来到便可以得到更详细的报告，但现在所看到的也够明显了。发现死者的学生有没有看到凶手的样子？”

“啊……这一层……”警员欲言又止。

“怎么了？”

“刚才我问过那些学生，除非他们都是凶手，否则没有人能行凶……不，就算他们都说谎，也不大可能杀死死者的。”警员皱着眉，困惑地说。

“什么？”

“长官，让我先说明一下这幢大楼的结构吧。”警员再翻起记事本，“这是R大的第二礼堂，舞台位于一楼，除了观众席的出入口，就只有舞台左侧的后门。虽然二楼也有观众席，但如果要从二楼走到一楼，也得离开礼堂，使用室外的楼梯。换言之，要进出这个舞台就只有靠观众席的出口，以及舞台侧的后门。储物室位于舞台右侧，要进出储物室一定要经过舞台。”

刑警走出储物室一看，果然如警员所言。

“因为他们在排练，舞台后方的布景和布幕也没放下来，如果有人走进储物室，正在排戏的人不会没看到。”警员继续说，“这间储物室只有一扇小小的气窗，还装上了铁枝[1]，没有人能从气窗出入。”

“戏剧社的人都说没看到有人走进房间吗？”

“是的，舞台上的六名成员、台下的七位工作人员，一致地说除了死者外没有人走进储物室。他们现在在三楼的休息室，有两位同事照料着他们。”

“那么，最大嫌疑的是发现者吧。”刑警简单地做出结论。

“我也曾这样想过，可是，戏剧社的社长给我看过一件决定性的证据。”警员走到离储物室不远处，舞台侧的一个组合柜旁。警员打开附有锁的柜门，柜里的架子上放了几个屏幕和几台录像机。“他们会把排练的过程录下来，用作参考。”

警员按下播放键，屏幕上显出舞台的画面。画面下方有日期和时间，正是刑警抵达前两小时。刑警猜摄像机应该架在观众席后方，所以能把整个舞台拍摄得清清楚楚，连储物室的门也给摄进镜头内。观众席上只有寥寥几人——大概是戏剧社的工作人员——

1　铁枝：铁栅栏。

其余的人在舞台上准备。

“看，死者走进储物室了。”警员指着屏幕。一位穿着黑色衣服的女生走进储物室。

“那真是死者吗？刚才我看到她是穿灰白色的裙子啊？”刑警问道。

“我也问过相同的问题，但其他学生都坚持那是死者。那件黑色的衬衣和牛仔裤就在储物室的一张椅子上，您再看下去便不会怀疑了。”警员按下快进键，舞台上的人快速移动，有时又看到舞台下的人走到台上，跟演员们说些什么。演员们只穿便服，刑警猜想这是初期的排演，所以没穿上戏服，毕竟他们连布景也省下来。这次排练没有关上灯，整个过程都灯火通明，其间，储物室的门没有打开过。

“好了，到这时他们彩排完毕。”两三分钟后，警员按下播放键，画面的速度恢复正常，“两名发现者走进储物室。”

两个男生走进储物室后，不到十秒，其中一人冲出房间，示意他人进内，众人走进储物室。不一会，一个女生被人掩回舞台上，情绪似乎十分激动，最后还昏厥晕倒。其他人陆陆续续离开房间，各人都惴惴不安似的，有人在舞台上踱步，有女生相拥痛哭。

“这个昏倒的女生是谁？死者的姐妹吗？”

“嗯，好像是双胞胎。看到亲人遇害，难免特别伤心。”

“那么最大嫌疑者便是她进去之前的所有学生吧？或者那昏倒的女生也是在演戏，全部人合谋杀害死者呢？”

“长官，请您留心看一看这儿。”警员把录像带往回倒放，在两名男生推门打开储物室的一刻按下暂停键。

刑警看到画面，不由得惊呼一声。画面虽然模糊，但也可以辨认出，从男生身旁，透过打开了的大门，看到死者穿上了灰白色的裙子，俯卧在地上。

警员再次按下快进，众人离开房间后便没有人接近，直至几名穿制服的男人来到——这位胖警察也被摄进镜头，他和另外一位警员走进储物室的情况也给了拍下来。

“负责拍摄的同学因为这件突发事件忘了关机，所以连我们也拍到了。我们没有离开这儿半步。”警员说，“如此一来，便证明没有人走进储物室杀死死者。”

刑警感到一股寒意，从背后渗出。他拔出左轮手枪，快步走到储物室门前。胖子警员和守门的警察，看到刑警做出如此行动，不由得紧张起来。

“早上学生们几点来的？他们有礼堂大门的钥匙吗？”刑警压低声线，问道。

“他们好像十时左右回来，刚才我听他们说负责开门锁门的是管理员，戏剧社的社长只有放影音器材的柜子的钥匙。学生们到来前，管理员已预先把大门开锁。”

“凶手也许还在。”刑警简单地说明，其他警员便有默契地站在门旁两边，拔出手枪掩护刑警进入房间。

刑警轻轻打开厚重的大门，屏息静气地观察着房间的每一个角落。天花板和地板都是结实的混凝土，犯人不可能藏身天花板上，亦不能躲在地下。除了大门外，房间里没有第二扇门，墙壁都是实心的砖墙。余下来的，是衣橱、全身镜后、双人床下，以及在气窗下方、尸体脚边一个被红色绒布盖着的布团小山。

刑警小心翼翼地走到镜子旁，慢慢移开镜子。镜子的架台附有轮子，刑警轻轻一推，镜子便移开五厘米。镜子后没有人，只有一排挂起来的旧戏服，还有几双靴子。胖警员跟随着刑警，走到衣橱前抓住把手，用力一拉，衣橱里也是空无一人。刑警往床底下一看，只见到有四五张收起来的折椅。众人的目光都放到尸体不远处的布堆上。

多少年没遇上这种惊险的情形呢？这一刻刑警心里除了不安之外还带着几分向往的情感。他是为了正义、为了抓住穷凶极恶的犯人才加入警队的，虽然往日拘捕过不少犯人，但很少有机会遇上这种命悬一线的状况。刑警的经验告诉他，当所有不可能的假设都被事实否定的话，剩下来的便是真相——凶手不可能凭空消失，所以，他还在房间的可能性最大。

刑警举起左手，用手势示意警员散开。两位警员退回门外，以防犯人逃走，胖子警员和另一位警员则站到房间的两侧，万一犯人手上有武器时亦能掩护刑警。刑警咽了一下口水，伸出左手，抓住布堆上一幅枣红色的绒布，奋力一扯——绒布下，只有一些布团、枕头和坐垫。

没有。房间里，除了尸体外，没有第三者。刑警仔细地审视每个角落，也找不到暗门或可以藏起来的地方。他走到气窗前，用力摇动铁枝，铁枝却纹丝不动。气窗在墙上两米高的地方，只有三十厘米高、六十厘米宽，直立的铁枝之间只有十厘米左右的空隙，没有人能利用这儿出入房间。刑警往窗外一看，发觉外面是一条紧贴建筑物的隐蔽小径，于是他离开房间，从舞台的后门经过走廊再绕到礼堂后的小路上。

小径只有两三米宽，一边是礼堂的外墙，一边是一面向下的斜坡。这座礼堂建在一个小山丘上，山坡有四五米高，小路旁的破旧栏杆正好在储物室气窗外的地方断掉，前方不远处的地上挖了个一米长的洞穴，洞里露出一些管道和电缆，铺着红色砖块的地面上散布着一些泥土。洞穴旁边有些砖块和直径有五六十厘米的粗大钢管，似乎是进行工程当中，大概是打算改建道路或铺设水管。地洞前有个贴了通告的栏栅，说因为图则改动工程稍有延误，不便之处敬请原谅云云。

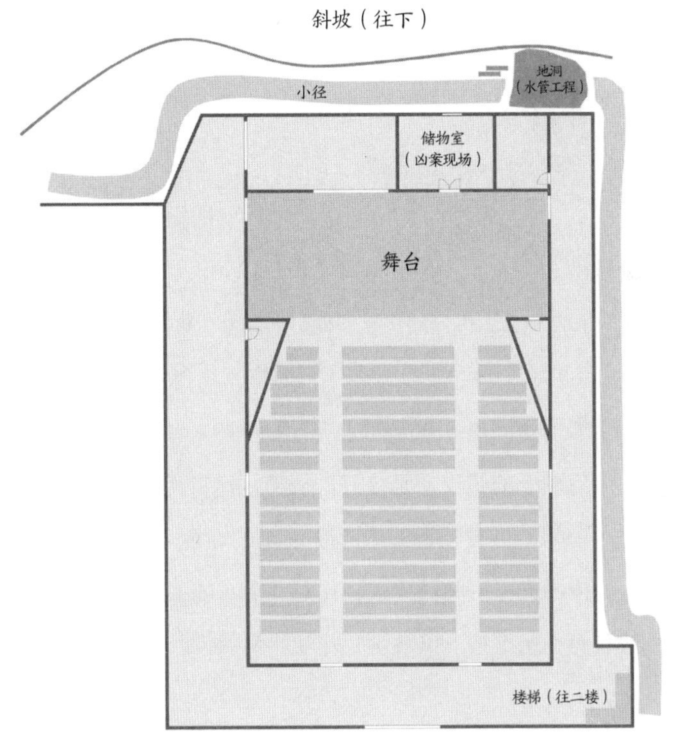

刑警细心看着外墙，可是也找不到修补的痕迹。这个想法很疯狂，他没告诉胖子警员——他想凶手可能在墙上钻了洞，杀了人后爬洞离开，再补上墙洞，虽然他想象不到凶手如何同时修好墙的内外两侧。刑警站起身子，转身离开，不小心踢到路旁一块砖块的碎片，碎片滚下山坡，打中坡下一根钢管，发出响亮的声音。看到斜坡下的钢管，刑警心想一定是某位冒失的工人不小心把铺设中的钢管零件丢下山，又懒得把这沉重的管子拾回。这根管子少说也有一百公斤重，要走到山下把它运回山坡，一定很麻烦吧。反正附近没有行人，路旁还有十多根钢管，多一根少一根也没影响。

"多一根少一根……"刑警突然想到另一个可能。

他兴奋地回到舞台，按动录像机再播一次录像片段。说不定，凶手一早躲在房间里，杀人后，趁混乱时跟众人一同离开房间。这一次，他仔细数着画面中的人数。

"一、二、三……"在其中一位男生冲出储物室后，刑警算着进入储物室的人数。

"九。"有九个人走进房间，接着便是激动女生被人拖出来的画面。

"……六、七、八、九……十！"刑警露出胜利的笑容。果然如此！凶手躲在房间里，杀死死者后，假扮外来者，和众人一同离去！那面附有轮子的镜子便是最好的掩饰，他只要躲在镜子后，待四五人进入房间，再假装是先前走进房间的人便不会引起怀疑！只要细看录像带中进出房间的各人，比对一下，凶手便无所遁形！

刑警得意扬扬地按下倒放键，却猛然发现自己算错了——他少算了最初进入房间的那位男生。进入房间的人数是十，不是九。这令他十分泄气。他从死者进入房间开始，再一次仔细点算画面中的人数——十三人。发现死者后，在舞台和观众席的人数，仍是十三人。刑警更从服装和外表，确认这十三人没有调包，是原来的十三人。

到底凶手是怎么杀死死者的？刑警苦思着当中的可能。最有嫌疑的，是发现死者的男生吧。当他的同学离开房间，到他人拥进现场前，他有很短的时间可以下毒手。大约有……六秒钟。刑警摇摇头，发觉这不大可能。如果那两位男生也是犯人呢？在进入储物室到第一位男生跑出房间，大约有十秒。所以凶手有十六秒的时间去勒死死者。刑警拍了自己的额头一下，觉得这想法太笨了，十六秒是不足以缢死一个正常人的。余下的可能，是“全体人员也是共犯”，就算不是全部十三人有份[1]作案，也至少是当中进入现场的十人。

“可是，他们根本没有必要报警，以及留下录像带作为证据啊？片段也拍到警察到场，这可不是假造的影片……”刑警用手指搓揉额角，仿佛感到头痛，“难道是自杀？那些抓痕是死前后悔，奋力挣扎而造成的？”

突然之间，他发觉他忘了最重要的一环。

“凶器呢？”

刑警和警员仔细搜过十三位证人的身，没找到当作凶器的绳子。从录像带中，也没看到众人离开房间后有异常的举动，没有机会把凶器藏匿起来。胖子警员和同僚们仔细搜过储物室，找到几条布制的腰带，可是大小粗细也跟死者颈项上的绳痕不吻合。

“这……这是什么？”胖子警员站在大门右方的墙角，面向墙壁，颤声地吐出这几个字。刑警趋前一看，感到犹如噩梦般的冲

1 有份：粤语用法，即参与。

击——他发现这面本来被活动衣架挡住的墙上有一列灰蒙蒙的鞋印，鞋印从地面向上延伸，左右交替，仿佛有人垂直地从地板走上墙壁，而这些痕迹到了墙壁中央、差不多一个人身高的地方便消失得无影无踪。

即使不宣之于口，刑警和警员们都在想着相同的答案。凶手在房间里勒死死者后，连同凶器一起消失了。

这是密室杀人，现实中的密室杀人。

*

青年看到报章的报道，不禁大笑起来。

“离奇命案　凶手消失　R 大女生被杀”

“隐形人杀人？ R 大发生神秘杀人事件”

“现实中的不可能犯罪　R 大女学生被杀之谜”

他没想到媒体得悉如此详细的资料，巨细无遗地把凶案的细节一一报道，包括死者的死因、事发的储物室环境，以至墙上的脚印，等等。作为“出道作”，这样的杀人手法应该可以让那个胡楂大叔折服。青年杀人后翌日便打名片上的电话，可是没有人接听，只听到电话系统预设的冰冷声音：“这儿是 K 出版，您所拨打的内线号码暂时无人接听，请于响声后留下口信。嘀——”

“编辑先生，您吩咐我准备的稿件已完成了，请联络我。我是……”青年想起大叔的告诫，留下暧昧的留言。

两天后，大叔回复了青年的电话。青年心想编辑的工作真是忙碌，而他也不禁想象这两天里，大叔是不是接见了其他新人，也跟他们说过想出道便要杀人等等。他每天看报纸，看到谋杀或意外死亡等报道，也会做出联想。

“嘿，你办好事情啦？”青年跟中年大叔相约在上次见面的自助咖啡店，二人甫见面，大叔便说。

“当然了，编辑先生。”青年满怀自信，跟上次碰面时怯懦的神态简直判若两人，“我还准备了新的稿件给您过目。”

“看，我早说过你越过这一关后，前途无可限量吧！看你现在多么的有信心！”大叔笑道，大口地吸了一口烟。

“您说得对，那真是令我成熟的最佳途径。”青年笑着说，“我想，您知道我干的是哪一起吧？”

大叔确认一下四周没有人留意后，说道：“你干的那起，给报道出来了吗？”

“当然，还是最轰动的那一桩。”

“是……R大？”

青年点点头，展现胜利者的微笑。

“好家伙！”大叔压下声音，却掩饰不住他的兴奋心情，“我以为你只会干些简单的小案子呢！我可没想过你竟然做出这样的一件大事！就连我也看不出破绽！”

青年感到非常愉快，能让面前这位大叔表现出惊讶的一面，仿佛就是这一个多星期的目标。

“呵，这是我独自完成的。”

“乖乖不得了！我还以为犯人是戏剧社的成员之一，或者是当中的几个人！”大叔急促地吸了几口烟，说，“快，告诉我你是怎么做到的！”

青年把当天会面后，在书店遇上两姐妹的经过告诉对方。

“当时我想，既要找陌生人，又要熟识环境，R 大是个绝妙的条件。我跟踪她们到了 R 大的礼堂，接下来几天，我也偷偷观察他们的排演。大学是个开放式的校园，任何人都可以自由出入，我这种老生更熟知环境，只要带个印有校徽的旧布袋，就连警卫遇上也不会查问。”

“礼堂应该没有几个人，你如何能偷偷观察？”大叔问道。

“观众席有二楼，门也没有锁上，就算大模斯样地在二楼观看他们，也未必有人察觉。何况我是躲起来偷看，不会有人留意。”

“门没有锁上？”

“大学校园是如此的吧，”青年笑说，“他们连吃午餐或休息时也不会锁门——不过这不是他们的过错，负责锁门的是管理员，他只负责每天早上九时开锁，晚上八时工人清洁后上锁，其他事情一概不管。剧社的社长倒会把舞台上放影音器材的柜子锁好，他担心这些值钱的东西被偷吧。事实上，连储物室也没有锁，毕竟没有小偷会偷破旧的舞台道具。”

“你便如此在二楼观察着他们，看了数天？”

“不，我发觉那位女生每天早上在他人排练时，都会走进储物室。第二天我看到她走进房间，便跑到礼堂后方，从气窗偷看她在储物室的动静。储物室的气窗外碰巧有些砖块，我只要站在上面便可以看得清清楚楚。她在储物室里，一时拿起笔在剧本上涂涂改改，一时又念起台词，还独个儿演起戏来。大概因为外面正在排练，她一开门便会打扰舞台上的同学，所以她都会等其他同学通知她才离开。我看了三天，她三天也是如此，早上会待在房间里一小时左右。当我看这一幕时，我便想到可以进行的密室杀人诡计。”

“对了，死者是被勒死的吧，你是如何在不惊动舞台上的学生，偷偷走进储物室，杀死死者后，又偷偷地离开呢？”大叔弹了弹烟灰，问道。

“您认为呢？”

“我猜你有共犯吧。”

“唔……共犯吗？也许算有吧。”青年狡猾地笑着，“不过我可以告诉您，要杀人，不一定要在房间里的。”

“你不是在房间里下手的？那不是第一现场？”

“那是第一现场，但我没有在房间里下手。我是在房间‘外’下手的。”

“是物理机关式的密室杀人？”大叔扬起一边眉毛，问道。

“是很简单，简单得连小学生也能想到的机关式密室杀人。”青年说，“当我在气窗外窥看了三天，便想到这设计，尤其是旁边的未完成的工程触发了我的灵感。”

“你……是在室外把套在死者脖子上的绳索拉紧，勒毙死者的？”

“就是这么简单。”青年耸耸肩。

“什么简单哪！”大叔不由得提高语调，又连忙压下声音，说，“这怎么可能啊！一来要把绞索套在死者颈项上，二来那扇气窗比女生的身高还要高，在室外用力拉绳索来勒死一个人，要用上很大的臂力呀！看你的体格，我不认为你有这么大的力量哪！”

“我刚才说过是机关式的诡计吧。当我看到那些钢管，便想到杀人的方法了。先把绞索放在房间里，把绳子的另一端从气窗丢到室外，走到外面把绳子穿过一根粗大的钢管，把尾端紧绑在栏杆上。

待绞索套上死者的脖子，我只要用力一踹，把钢管踢下山坡，它的重量便会抽动绳子，把绞索套紧，将死者扯到气窗。那些钢管每根也有一百多公斤，我在犯案前利用网络调查过，确认它们的重量。借着钢管的帮助，我几乎不必使力，那个女生便断气了。接下来，只要伸手从气窗把套在死者脖子上的绳圈割断，绳子便会因为钢管的重量飞出窗外，我再解开绑在栏杆上的绳结，便可以回收绳子——当然，钢管会滚到山坡下，这是整个手法中唯一的美中不足。”

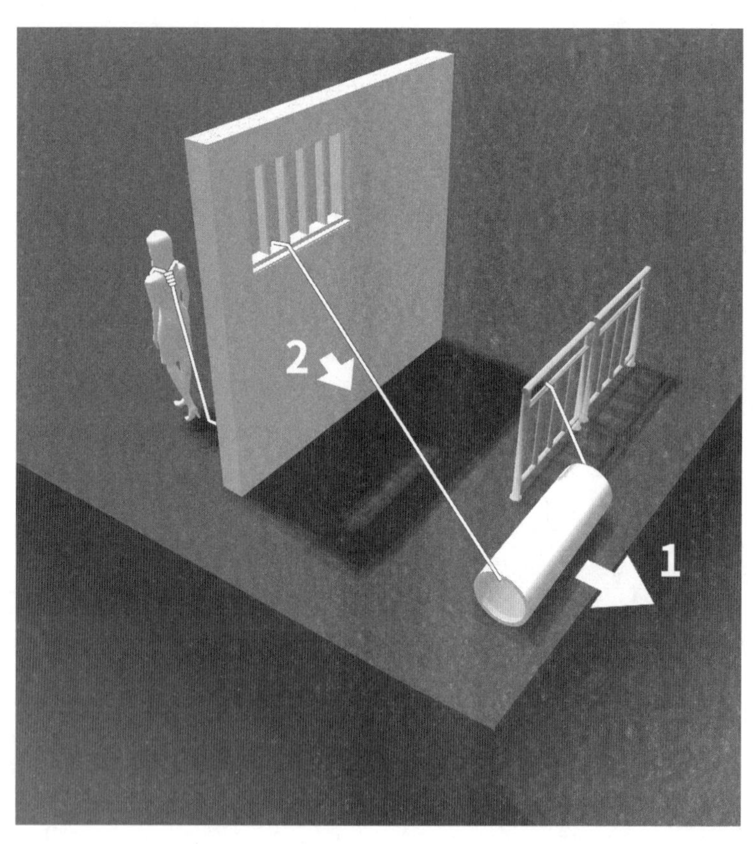

青年一口气把诡计说出来，就像向老师展示优秀报告的学生，愈说愈兴奋。

“钢管吗……这方面我还可以理解，可是你如何把绞索套在死者颈上？”

“让共犯处理便可以。”

“共犯是谁？是死者的同学？是发现者之一？还是警员？”

“是死者自己。”青年无法压抑，露出得意的狞笑。

“死者自己？”大叔手上一松，连香烟也掉到桌子上，“死者是自杀？”

“不，应该说，绞索是死者自己亲手套上的。”

“怎么可能？”

“我看到第三天，便知道只要把绞索放在她的眼前，她便会套上。您知道他们戏剧社在排演什么戏剧吗？”青年突然问道。

“是哪出戏有什么关系吗？”

“当然有关！”青年微笑着说，“他们演的是改编自《巴黎圣母院》的舞台剧。”

“《巴黎圣母院》？雨果的《钟楼怪人》？”

“对。女主角吉普赛女郎爱斯梅拉达是什么时候被驼背怪人卡西莫多救走的？”

“在……被送上绞刑台时！”中年大叔讶异地说。

“那女生在储物室里正在排演相关的情节。爱斯梅拉达在囚车上被套上绞索，看到以为已死的负心汉弗比斯，伤心欲绝，最后却被卡西莫多救走是中段的高潮。那女生每天也在储物室里按顺序演出故事中不同的片段，当我看到她独自演了法庭的一幕，便知道一两天后会演绞刑的这一段了。”

"你预先把绞索放在储物室内?"

"是的，我在早上他们未到时先做了手脚。为了制造凶手消失的假象，我利用储物室的靴子，在不起眼的墙角印上几个鞋印，接下来我拿走本来的道具绞索，把我的那一个放在摇椅上，将绳索的另一端从气窗丢到外面，再用帆布和绒布遮盖着绳子，令她不能看出绳索有异。储物室的光线不算充足，当阳光从气窗照射进室内时，开了气窗的那面墙会背光，一般人未必会留意窗框挂着一根绳子。我还放了更大的饵——我把爱斯梅拉达的戏服从服装间拿到储物室，挂在镜子前。这戏服一来可以抓住她的注意，让她不去留意气窗，二来她看到戏服，大概有更大的冲动去演这一场戏。结果她真的换上裙子，把绞索套上，当我在气窗外确认她把绳子绕在脖子上，诡计便完成了。"

"如果她没有套上绞索，你便不会成功了啊?"

"钓鱼也得花些时间吧。她第一天没有的话，还有第二天、第三天。万一她直到最后也没有套上绳索，我可以再想其他方法，反正她没想过有人要杀她，我也不一定要在某个时限前杀死她——我甚至可以另找目标。"

"你不怕她的呼叫声会惊动外面的人吗?"大叔再问。

"储物室的门很厚，隔音很好，所以她才会待在储物室里吧。"

"万一你下手时有人撞破，你怎么办呢?"

"我先把那个拦路的工程栅栏搬到小径的入口，一般人看到便不会走过来。如果那女生未被勒死，却有人闯进储物室的话，我逃跑一定比他们绕过礼堂追出来快——至少我不会被看到长什么样子吧。"青年喝了一口咖啡，他大概话说得多，有点口干。

“好……好家伙！我果然没看错人！”大叔赞叹道，“说起来，那女生为什么要在储物室里练习？是不想被同学看到吗？身为女主角，她没有必要躲起来演吧。”

“编辑先生，您说什么？什么女主角？”

“那个女生不是担当女主角吗？”

“不，死的不是饰演女主角爱斯梅拉达的姐姐。我杀的是那个喜欢读推理小说的妹妹。”青年轻描淡写地说。

“咦？”

“那是当编剧的妹妹。这个剧目好像有点赶，剧本没完全修好便开始排演了，所以妹妹每天也躲起来修剧本。其实我认为她想当演员，可能因为性格内向，不敢在人前演出，所以只好当编剧，让双胞胎姐姐来演女主角。她每天一边改剧本，一边演绎剧中的角色，尤其花时间演爱斯梅拉达的戏份。我把戏服拿进储物室，便是引诱她穿上，扮作正式的演出。对她来说，机会难逢啊。”

中年大叔诧异地看着青年，露出一副不可思议的表情。

“真……真想不到死的是妹妹哪。你不是说要教训那位姐姐吗？而且妹妹是位推理小说迷，你竟然杀死你的未来读者？”

“如果姐姐在现实里被杀的话，妹妹再喜欢读推理小说，以后也不会觉得有趣吧。横竖也要失去这一位读者，杀害妹妹才是对鄙视推理小说的姐姐的最大教训——她一定没想过她认为用来骗小孩的诡计竟然夺去了她妹妹的性命，甚至后悔没读过推理小说。而且，这不是比较颠覆传统的布局吗？”青年仰后，倚在椅背上。

“好……好！”大叔叹道，“你实在太出色了，比我想象中还优秀。你刚才说过，你有新稿子给我？”

"是的，"青年拿出一个公文袋，"我大幅修改了原先的作品。真正代入犯人的身份，才能写出这样的故事——您说得对，我之前的作品太嫩，太缺乏灵魂了。"

大叔接过公文袋，打开瞄了一眼，说："好，今天我还有点事情要办，我回去出版社再看。我过几天看完后再联络你，到时我会准备合同。别忘记带印章出来呀。"

"啊，好的，谢谢您，编辑先生。"青年振奋地说。

青年跟大叔握手后，踏着轻快的脚步离去。

*

青年杀死女生后，写作的灵感源源不绝。他在家闭门写作，对于外界发生什么事情，他都没有兴趣，他的世界只充斥着杀人、诡计和案件。对他来说，他期待的东西只有两样——完成新作品和来自出版社的电话。

跟大叔见面四天后的早上，青年被门铃声吵醒。他每天废寝忘食地写稿，生活作息时间早已颠倒。他一边咒骂着敲门的人，一边打开大门。门外的光景却令他睡意全消——十多名穿制服和便衣的警员，正肃穆地瞪着他。当他回过神来，已经被带上警车，而且他连衣服也没换，脚上仍穿着拖鞋。两位魁梧的警察坐在他的左右两边，叫他动弹不得。

青年知道事情并未去到最坏的程度[1]，因为他没被锁上手铐，看

1 "去到……程度"，见于港澳地区，类似于内地"发展到……"。

来警方只是要他协助调查，并不是把他当成嫌疑犯。即使心慌，他仍保持着平和的神色，因为他深信没有留下对自己不利的证据。R大的大门有监视器，它可能拍到自己走进校园，不过，青年老早已想到借口。他是 R 大的老生，因为失业，打算趁机会回母校找进修的课程，应该可以叫人信服。他还特意到学生事务处拿了些章程。青年猜想，警方大概找不到嫌犯，便以渔翁撒网的方法，把所有进入过 R 大校园的人抓回去协助调查。他没有杀人动机，应该很快会被放走。

青年被带到警局的一个房间，房间里只有一张桌子和几张椅子，墙角的吊架还有一台附录像机的电视。其中一面墙镶着宽阔的镜子，他猜想这是单向镜，镜子后大概有一些警察在监视着，也许还有摄像机在拍摄。青年坐在椅子上，却没有人来盘问他，他只好安静地坐着。他怕主动说话会露出马脚。

等了差不多一个小时，青年打起瞌睡。突然有一位刑警大力地打开门，走进房间。青年看到这位刑警一脸恶相，面颊还有一道疤痕，不由得心生恐惧。

“不用怕，他没有证据。”青年心想。

刑警坐下，确认了青年的身份后，劈头便说：“人是你杀的吧？”

“刑警先生，你说什么？”青年问。

“别装傻了。你便是凶手吧！”刑警大声地嚷道。

“什么啊？谁死了？”青年反问。他知道从家里被带走，至这位刀疤刑警进来，警员只说过“有一宗案件需要您协助调查”，没有提及 R 大和女生，如果自己先提起，便落入刑警的圈套。

“当然是 R 大的谋杀案！杀死那女生的便是你！”

“R 大谋杀案？是新闻里说的那一桩吗？”

刑警没说话，反而微微一笑。

“唔，你这小子倒有两下子，不但用了如此意想不到的方法杀人，连被盘问也毫不紧张。”

“刑警先生，我真的不知道您在说什么啊。”青年托着腮，说，“您一早把我找来，说什么 R 大 T 大的，到底是怎么一回事？我以为您抓我是因为我下载了盗版……”

“我们认为你跟 R 大的谋杀案有关。”刑警冷冷地说。

“我是嫌犯吗？”青年大胆地问。

“唔……不，只是请你来协助调查。”刑警一下子被问到核心问题，只好如实作答。

“刑警先生，既然我不是嫌犯，您刚才吼什么？是诱导我自白吗？我倒没想过会遇上这种电视剧才看到的事情哪。”青年得势不饶人，讽刺对方。

刑警脸上一阵红一阵青，没想过被这小子反将一军。

“我们在大学校园的监视器影片看到你，所以怀疑你跟案件有关……”刑警说。

“我只是回母校拿个章程罢了！”青年装出一脸无辜。

“拿个章程要花几天吗？而且你在 R 大逗留的时间不短，我们比对过你到达和离开的时间。”

青年没想过对方竟然比对了几天的记录，不过他也有所准备：“我第一天去的时候是星期天，学生事务处没有办公，翌日再去，才发现忘了星期一也是公众假期。我星期二才拿到章程，回家后发觉课程不合适，星期三便去拿其他学系的。星期四和星期五我除了去学生事务处询问详情外，还到了大学书店买书。至于逗留时间，我不觉得长啊，我只是在校园溜达，到餐厅吃个饭，到书店看看书，或者在广场晒晒太阳睡午觉呢。我想我不用解释我每一个行为吧？”

刑警无法反驳。

“对了，您说的谋杀案在哪天发生的？”青年问道。

“是…… 星期四。”

“嘿！”青年以夸张的表情，说，“星期四！我星期五也到过 R 大啊！难怪那两天校园的气氛怪怪的。如果我是凶手，我会不会笨得逗留在案发现场，还要在案件发生的翌日回去？刑警先生，别跟我开玩笑吧。”

青年忍住兴奋的心情，把准备好的说法一口气说出。万一被捕，他预备了一些借口，好让自己减轻嫌疑。不过，他没想过真的派上用场。

刑警搔搔头发，一脸困恼的样子。良久，他说：“那么，请问你在星期四当天有没有看到可疑的人物？”

青年知道自己胜利了。他摇摇头，表示没看到，并对帮不上忙感到抱歉。

刑警继续询问一些无关痛痒的问题，青年也很聪明地回避所有令人怀疑的答案。过了大半个小时，刑警发觉他没法问出半点端倪。

“好吧，先生，谢谢你的合作。我们将来有可能会找你协助调查，今天浪费了你这么多时间真不好意思。”刑警把记录笔录的文件夹合起来。

“不打紧，协助警方是我们市民应尽的责任。”青年笑着说，缓缓站起来。

这时，一名便衣女警走进房间，在刑警的耳边小声说了几句，把一个文件夹交给他。刑警听到女警的话，脸上的沉郁一扫而空，双眼透出闪闪光芒。

“那我先走了。”青年感到一丝异样，想及早离开。

“等等，先生。”刑警伸手拦住青年，指示他坐下，“现在我们正式拘捕你，你有权保持缄默，不过你所说的将会成为呈堂证供。你可以要求律师到场，亦可以要求法律援助处给你提供律师。”

刑警冷峻的声音，令青年的自信完全崩溃。青年不知道那女警说了什么，但他感到对方胸有成竹，他似乎不知不觉间走到一条满布荆棘的小路上。

“刑警先生，您在说什么？别开玩笑吧，您刚才也知道我不是犯人嘛。”青年保持镇定，不慌不忙地说。

“你便是犯人。”刑警双眼炯炯有神，说，“别小看我们警方，我们有很厉害的调查人员，也有很广阔的情报网络。即使你要了一些把戏，我们亦能看穿。”

青年感到微微抖颤，可是他仍然装出冷静的样子。

“你可以保持沉默，我仍会清楚地把你的邪恶行为一一揭开。”刑警站起来，把脸孔凑近青年，“你刚才的戏演得真好，我几乎便相信了。”

“让我先揭破你的杀人手法吧。”刑警见青年没答话，便说，“利用钢管和绳子，隔着气窗杀人，这种手法真不寻常。而且更令人想象不到的，是死者自己亲手套上绞索。”

一阵晕眩直冲脑门，青年没想过对方能一语道破这个诡计。

“别小看现代的科学鉴定方法，”刑警继续说，“你这种杀人手法，也许在二十年前能够瞒天过海，今天可不能了。你用的是尼龙制的白色三线扭绳，大约三厘米粗。鉴识人员在气窗的窗框上、钢管的边缘和死者的指甲里找到少量样本，一经核对，三者互相吻合。绳索摩擦时会留下碎屑，死者挣扎时指甲也会刮下部分绳索表面，只要知道往哪里找，便可以找到线索。”

青年呆住，没想过警方凭此推敲出他的手法。

刑警看到对方的脸色有异，再说：“与其想象凶手消失，不如想象成凶手没在室内杀人。因为是绞杀，绳子可以从外施力，唯一的可能便是密室的洞——‘气窗’。凶手可能是个孔武有力的家伙，可是，周围的环境还提供了帮助。只要猜想凶手利用一些重物，便可以让自己的诡计更顺利——那根沉重的钢管是这案子的关键证据。”

刑警坐回座位，意气风发。

“再来是如何让死者套上绞索。我们曾想过凶手是死者的同学，特意把死者装成他们正在演的戏剧《钟楼怪人》的结局，把女主角吊死，可是，死者并不是女主角，而是女主角的妹妹。我们只能猜想，死者是被设计害死的。凭那个绞杀机关，我们以为凶手是戏剧社的成员之一，不过排演的录像片段显示了他们的清白，房间内外亦没有留下什么时间装置，凶手一定要亲自在气窗外才可以完成。我们逐一盘问过证人，亦没有人有杀人动机，他们都伤心得不得了。”

“他们可能在假装啊。”青年发出微小的声音。

“嘿！他们是犯人的可能性比你低！”刑警听到青年答话，瞪着对方道，“你当我们是什么？是侦探电影中那些无能的警察吗？百分之九十九的犯人，在盘问时会露出马脚！就像你，虽然我们之前没有实质的证据，我已经很怀疑你了！如果你是无辜者，不会乖乖地待个一小时也不作声！正常人这情形下也会抱怨一下吧！”

“这……这只是因为我认为帮助警方是市民的责任啊！”

“对啊，你是一位有教养的好青年。”刑警以讥讽的语气说，“无论如何，我们相信凶手不是在场的社员之一。我们猜想，死者是为了投入演绎角色而自行把绞索套上，凶手就像钓鱼似的，等待死者把已调包的真绞索戴到脖子上便杀人。当然，这只是一项假设，我们没有证据证明，也许死者被凶手下了催眠术，或者她跟凶手认识，凶手隔着气窗骗她套上绞索，但总之，死者被从气窗伸进房间的尼龙绳绞杀是不争的事实。”

青年静默地听着刑警的分析，即使愈听愈感到项背发凉，仍不断思考争辩的方法。

“我们考虑到凶手是陌生人的可能。有人提出，凶手很可能是跟踪狂，所以我们细心观察凶案发生前数天的监视器片段。暑假期间，进出校园的人数比以往少很多，不过每天都到 R 大的人还不少。”

“我刚才也说过，我到 R 大是为了拿章程……”青年反驳说。

“那只是掩饰。”

“单凭我到过 R 大便把我当作凶手？每天也有数百人进出，难道你把每一位请来协助调查的市民当成犯人吗？”青年特意提高声调。

“你是唯一被带回来盘问的人。”刑警冷冷地说。

“什么？”

“你是本案唯一的嫌犯。”

青年愕然地注视着刑警的双眼。

“我是唯一的嫌犯？你说过只是请我协助调查吧？而且你们不是把校园监视器所拍到的人都请来协助调查吗？”青年努力地保持本来的声线，问道。

“因为之前的证据不足以把你当成嫌犯。不过，你是‘唯一’符合条件的人，我们才没有把所有进出R大的人请来调查——你是唯一一个。”刑警冷笑着。青年感到十分诧异，他无法想到自己在什么地方留下指向自己的证据。

“从录像记录来看，你上星期第一次到R大，是星期日吧。”刑警说。

“对。”

“之前你没回过你的母校，对不对？”

“我星期六才下决定，之前当然没有回去过，有什么问题？”

“在星期日中午的片段里，当死者和她的姐姐经过大门后，便看到你。”

“又如何啊？我根本不认识她们。你们不是单单以一个巧合便把我当成嫌犯吧？”

“如果只是一次，当然可以说成巧合，可是两次便很可疑了。”

“天啊，我刚才也说过，我那几天每天也回R大是为了拿资料，如果你说的那位死者每天也回校，即使在校门遇见两三次也不奇怪吧！”青年紧张地站了起来，看到女警似乎有所动作，他又徐徐坐下。

“不是校内，是校外。”刑警拿出遥控器，把电视和录像机打开。青年看到黑白的画面，头皮立时发麻。

那是书店的防盗摄像机的画面。画面中，青年看到自己正在付款，死者两姐妹在他身后走过。他掉下硬币，站在一角看杂志也给拍下来，当两位女生离开后，便看到他放下杂志，离开书店。

刑警按下暂停，说：“这当然可能是巧合，可是，这亦可能是凶手跟踪死者的经过。”

“这、这不过是巧合罢了！我根本没留意到那两个人！”青年有点焦躁。

“当我们做出‘凶手是跟踪狂’的假设后，便询问死者的姐姐有关死者的生活习惯。我们除了翻查十数天的校园监视器记录，也根据他人的供词，调查过这个月内死者到过的地点。我们相信，如果凶手是跟踪狂，他一定曾跟在死者的身后，被一些防盗摄像机或监视器拍到的可能性很大。你是唯一出现两次的陌生人。”

“不……不对！”青年抗议说，“如果我是跟踪狂，我不应该在她们进入书店前便在店内吧！那只是巧合！”

“或许你早知道死者会去书店，特意在店内等她吧？我们利用书店的顾客资料，得悉你的身份。不过这不打紧，我们的确认为这只是一个可能而已，所以我们今天找你时，只是找你协助调查，并不是把你逮捕。”

青年想起自己的书店会员卡，他入会时填写的当然是真实的资料。

“既、既然如此，你们没有证据拘留我啊！我要回家了！”

“你知道我们为什么如此匆忙地把你带到警署吗?”刑警突然问道。

“是……是要协助你们调……”青年感到自己堕进了圈套。

“我们连衣服和鞋子也不让你更换，便是为了搜查你的住所，不让你有时间毁灭证据。你不用担心合法性，我们有法院的搜查令，这是副本。”刑警拿出一页文件，“我们在现场找到重要的鞋印，这个鞋印是凶手留下的破绽。”

幸运之神还未离去——青年心想。强忍着松一口气的表情，青年默然不语。青年清楚知道，墙上的鞋印都是他用现场的旧靴子印上去的，他在储物室其间特意戴上鞋套，再三确认过自己没留下脚印。

“哦?你提起鞋印，我便记起了，好像说那起谋杀案凶手的脚印走上了墙壁嘛!我怎可能做出这样神奇的事呢……”

“不，不是墙上。”刑警打断青年的话，把文件收回，继续说，“刚才我说过，现场那根钢管是关键的证物。我们在钢管上，找到一个很特别的痕迹——一个鞋印。”

刑警从之前女警交给他的文件夹中，拿出一幅照片。

“这个鞋印就像是有人用力踹一脚，把钢管踢下山坡似的。而刚才我们在你的家里，把你每一双鞋子也拿到实验室，比对鞋底的纹路，这一幅是你的运动鞋的鞋印。”

刑警再拿出一幅照片，两个鞋印的形状一模一样。青年惊讶得无法作声。

“你大概会反驳，说这种运动鞋坊间有售，不少人也穿相同的款式，这当不成证据。可是，鉴识科的同事告诉我，除了刚出厂的鞋子，每一个人步行的着力点也有不同，鞋底的磨损程度和位置也因人而异，只要经过测试，即使同款的鞋子所造成的鞋印也能找到分别。而你的运动鞋和钢管上的鞋印，完全吻合，如果说这是巧合，在概率上来计算，只有一成左右。”

“那、那还有一成的可能……”青年脸如死灰，做出无力的争辩。

“可是，这报告的第二页把这余下的一成概率也消除了。”刑警翻开第二页，说，“在你的运动鞋鞋底，我们找到少量的泥土样本，经过测试后，成分和凶案现场外的地洞的泥土吻合。那儿的地底因为有水管渗漏，令水管生锈，翻出来的泥土成分虽然不算是全世界独一无二，但在整个R大校园也找不到第二个地点有这种泥土。你有可能跟踪过死者，死者被杀时你在凶案现场附近，杀害死者的机关上有你的鞋印，你的鞋子证明你曾到过凶案现场外的小径。基于以上种种因素，我们已有足够的环境证据去提出起诉，你有罪与否，留给法官和陪审团决定吧。”

青年茫然若失，没料到对方握有如此有力的证据。他没想过警方竟然做出大胆的推理，在树林里看出有问题的叶子，更搜集它们，用它们点亮一盏明灯，照出隐藏着的真相。失败了，失败了——青年眼前只有“挫败”二字。

“你如果跟我们合作，坦承罪行，法官可能会酌情减刑。你看，这是死者的照片。本来还有大好的人生，唉，真可怜哪。你有没有话要补充？”刑警把死者的一幅生活照放在桌上，旁边却是死者伏尸储物室的照片。

青年看到生活照上女生的笑容，忽然一阵苦味涌上喉头。挫折感渐渐远离他的思绪，取而代之的是一股不安，一股无法言喻的不安。他的额角冒出汗珠，恶心和战栗打击着他的五脏六腑。他惊觉自己夺去了一个人的性命，令一个人失去未来。他不是杀死一只蚂蚁，或是屠宰一头家畜，而是剥夺一个跟自己平等、相同的人类的生命。那女生是个喜欢推理小说的编剧，说不定她也有机会成为推理作家？如果有人为了自己的利益，把他牺牲掉，他又会愿意接受命运吗？这半个月以来，青年第一次清楚意识到一个事实。

伤害他人，应该只存在于虚构的作品里。

青年开始啜泣。刑警看到这情景也有点错愕，他没想过这个冷静布局的杀人犯会突然崩溃。接下来的十五分钟里，盘问室里只有青年的哭声，刑警和女警没有说话，默默地让青年宣泄情绪。

“我……我愿意……把一切说出来……”良久，青年呜咽着说，“我这样做，是为了……是为了成为作家……”

刑警本来以为对方会说出“我太爱那个女生了”或“我忍不住便干了”，没想过是如此一句风马牛不相及的自白。

“作家？”

“是……编辑跟我说，只要我杀人，便、便可以出道……”

刑警和女警面面相觑，他们没想过青年会说这样的话。

“你为了当作家而杀人？那位编辑叫你杀害死者？”

“不……他说我只有试过杀人，才能写出好的推理小说……他说杀什么人、用什么方法也没关系……他还告诉我，不少作家出道前也杀过人……”

刑警望向单向镜，跟镜子后正在监视盘问的同僚摇摇头，打个手势，表示不能理解。

“你说有不少作家曾杀过人？”刑警奇道。

“是的……你可以检查我的皮夹，第三格有一张名片，便是那位编辑叫我这样干的……”

刑警向单向镜示意。青年的皮夹已被警方扣查，不一会，有一位警员拿着青年的皮夹来到房间。刑警打开皮夹，一如青年所说，有一张 K 出版的名片。

刑警离开房间，留下青年、警员和女警。青年想，虽然自己走错了路，但可以制止出版界的这股歪风，也算是一种救赎、一种补偿。

不一会，刑警走回房间，脸色十分难看。

“怎样，找到编辑先生吗？”青年问。

“你什么时候见过这位编辑？”刑警反问道。

“最早一次是上星期日，即是我在书店遇见死者那天……”

“啪！”刑警一巴掌拍在桌上，发出巨大的响声。

“你这浑球事到如今还要说谎！”刑警勃然大怒，骂道，“戏弄我们很好玩吗？自己明明是个变态的跟踪狂，却推说什么当作家要杀人，我刚才还因为你的态度相信你！”

“我、我说的是真话啊！”青年焦急地说，“你找不到编辑先生吗？”

“名片上的人的确在 K 出版工作，”刑警怒目而视，说，“可是他三个月前因病去世了！他的号码没人接，我打给接待处，公关人员跟我说得很清楚！我之后还用电脑查过死亡记录！他的鬼魂回来，叫你杀人是吧！”

“他……死了？”

“再谈下去只会令我头痛！反正证据已足够，你就尽管胡扯下去吧！”刑警把桌上的文件收起，对警员说，“带他到拘留所，明早便会提出控诉，检察官接手，我们的工作完了。跟这种人渣谈下去，简直浪费自己的精神。”

说毕，刑警离开房间。他没回头看，只听到青年歇斯底里般的叫嚷。

*

在B出版社的会议室里，著名的推理作家C氏独自一人，正在闭目养神。

“老师！”一名年轻的编辑匆忙地打开门，兴奋地说，“您的推理全中，警方刚跟我联络，说您推理的‘气窗绳索杀人机关’和‘凶徒是跟踪狂’两点完全正确，他们抓到凶手了！您建议调查死者遇害前一至两星期的行踪，令他们逮到犯人的尾巴呢！”

C氏缓缓张开双眼，一副理所当然的样子。

“这些警察也有两把刷子，这么快便抓到人。”C氏懒洋洋地说。

“老师您真厉害，单凭报道便推理出犯人的手法。那位刑警先生跟我说，他把您分析的要点向犯人逐一指出时，犯人被打得落花流水，毫无反驳余地！”

C氏微微一笑，问道：“那么，那位刑警先生有没有说过，我可不可以拿这个案子改编成下一部作品？”

“他说只要在审讯后才发表便没有问题，因为审讯前出版的话，可能会妨害司法，影响判决。”编辑愉快地说，“可是我真的想不到，原来推理作家真的能替警方破案！那么说，Q 氏的作品也是真事改编的喽！”

“笨蛋，怎可能哪？”C 氏笑说，“你看推理小说看得太多吗？现实中怎可能有作家去查案的？这跟‘推理作家为了灵感杀人’一样荒谬。有空去破案，不如多写两页原稿吧。”

“但老师您这次……”

“碰巧罢了。”

“不过作品出来，以‘大师作家侦破的真实案件改编’作为噱头，一定大热！老师您近年的作品都卖得……”编辑本来想说“卖得不好，这本一定能吐气扬眉”，可是话到嘴边，却发觉万一得罪了面前这位前辈，总编辑知道的话一定炒他鱿鱼[1]。

C 氏听得出这位年轻编辑的意思，但他的心情很好，没有动怒。

“说起来……”编辑看到 C 氏的脸色没变化，便壮着胆子继续说，“老师选择在我们这家出版社推出新作，不怕得罪 K 出版吗？老师的大作一向由他们出版……”

“我在 K 出版出书，也只是因为我的老拍档而已。”

“是三个月前去世那位‘文四’的‘副总编’吗？”

“是啊，我们合作多年，叫我当‘蒙面作家’也是他的主意，说这样可以增加神秘感哪。”C 氏说，“你不用担心我和 K 出版的关系，这阵子我每个星期也上他们的出版社一两次，他们要为我的旧作出精装版，我便在我老拍档的旧办公室校对和处理文稿。”

1　炒鱿鱼：粤语用法，即解雇。

“啊，是这样吗……”

C 氏站起来，径自地往门口走去。

“老师，您要去哪儿？”

“烟瘾来了，在这儿抽烟会弄响警铃吧。”C 氏掏出口袋中的烟包。

在 B 出版社的屋顶，C 氏独个儿叼着香烟，遥望着一片绯红色的晚霞。这次的出版计划应该能再创《蓝色高楼》的高峰吧？他心想。没有几位推理作家能在现实中侦破案件。他最意想不到的是，这起案子竟然如此复杂、如此像推理小说的情节。他本来料想的，只是一些简单的杀人事件。

他的老拍档常常挂在嘴边的话，再次浮现在他的脑海。

“人啊，分成两种。‘利用他人的人’和‘被他人利用的人’。”

C 氏以夹着烟蒂的手指，摸着下巴的胡楂，嘴巴呼出一个圆圆的烟圈。他想起那个被他利用了的青年。

“我说过，‘你的故事将会成为畅销全国的大热作品’，我可没有说谎哟。”

Var.VI Allegro patetico

必要的沉默

Liszt

---

12 Grandes Études, S.137, No. 4 in D Minor, Allegro patetico

被关进这个鬼地方已有十年……不，十一年了。岁月令我们的记忆淡化、模糊，我上星期问老王记不记得十一年前的事，他苦笑着摇摇头。也许他不是忘记了，只是不想记起。至于我，我是真的忘记了。老王曾告诉我，当一个人遇上难以承受的痛苦，脑袋便会自动忘记一些事情，这叫作什么“保护机制”。我不知道这是不是真的，但听说老王进来前是个外科医师，我想他的话应该有点道理。

“你知道吗？第二营姓周的死了。”昨晚老王边抽烟边对我说。

“那个高个子？”我问。

“对。”

“怎么死的？”

“当然是被守卫们打死的。”老王吐出一个烟圈，眼看着铁枝后的夜空，语气没带半分感情。

“他干了什么吗？”

“听说有一位上了年纪的营友被守卫们找碴，姓周的看不过眼，呛了守卫一句，结果被活生生打死了。”

又是这种鸟事。

“所以说，烦恼皆因强出头，想活得久，沉默较好。”老王再吐一个烟圈。

今天早上，我和老王随大队到矿洞工作。我负责挖掘，老王负责运送挖下来的石头。我从来不知道我们为什么要挖那些闪亮的石头，只知道如果不工作的话，我们就会饿死。在这个营里，第一铁则是“有工作才有饭吃”，第二铁则是“不要问问题”，所以我们只好默默地用十字镐不断挖掘，开采那些我们一无所知的矿石。

在工作期间，我都会尝试回忆被丢进这个地方之前，我到底是什么人。我叫什么名字？在哪儿居住？工作是什么？有没有家人？还有最重要的，为什么我们会被关进这个地方，被一群恶形恶相的守卫奴役？

我好想知道。

可是，在这个地方，“知道”是危险的，寻找真相是会害自己被杀的。

“轰！”

左方突然传来一声巨响，令我回过神来。我往左后方一看，有一根支撑洞穴的梁柱断了，半边岩壁塌了下来。老王被大石压住，动弹不得。

“啊！老王！”我丢下十字镐，赶忙跑过去救他。

“喂！你别多管闲事！”一个肥胖的守卫嚷道。

“长官，他被石头压住了！”我说。

“那又怎样？你快回岗位！”

“可是他……”

“限你十秒内回去工作，否则依照法规第一章二十三条，我就地治你死罪！”守卫掏出手枪。

“长官，请你给我半分钟，我便能拉他出来……”

“十、九、八……”

“老王他平时工作很认真，他早一天养好伤，我们这营的工作会更顺遂……”

“七、六……”

“长官！请你行行好，让我救他一救。”

“哎，你真烦。好吧。”守卫停止了倒数。

我正想跟他道谢，可是他却举起手枪。

“砰！”

我呆立当场。

子弹不是打在我身上。守卫朝老王的额头开了一枪。红色的血液从弹孔流出，而老王连一声也没吭便死了。

“现在你可以回去工作吧？”

我好想揪住守卫，质问他为什么要这样做，想问他到底有没有丁点良知，有没有一丝同情心。我们是一批不会反抗的奴隶，我们只会一直顺从严苛的命令，他犯不着杀死老王，做这种损人不利己的蠢事。我好想向目睹这幕仍低头工作、装作看不见这暴行的营友高声疾呼，力陈他们的懦弱只会为自己带来恶果。

可是，我沉默了。

在目睹老王的下场后，我决定沉默了。

在这个时候，沉默是必要的。

我拾起十字镐，回到原来的位置，继续挖掘那些石头。

差不多到午休时，那肥胖的守卫叫住我。

“你，把尸体运出去，埋了。”

他指了指仍被大石压住的老王，还有旁边的一台手推车。

我花了好些时间，抬起石头，把老王放在手推车上，再推到洞穴外。我将老王的尸体丢进一个坑洞，当我想把老王埋起来时，我看到一件闪闪发亮的东西从老王口袋掉了出来。

“长官，我在老王的口袋里找到一件东西，想交给营长。”回到洞穴里，我对那守卫说。

“是什么？”

“我……我不能说。我想直接跟营长说比较好。”我边说边望向岩壁上那些闪亮的石头。

胖守卫挑起一边眉毛。

“你跟我来。”他说。

他带我走到矿洞中一个未开发的地方。

“你拿出来。”他命令道。

“营长在……”

“我叫你拿出来。”他又掏出手枪。

我叹了一口气，从口袋掏出那闪闪发亮的东西。

在守卫有反应前，我已用那东西在他脖子上划了一下。

那是一柄外观粗糙，以金属片和木条制成的自制手术刀。

我没有让守卫有呼救或反抗的机会。在一秒钟之内，我已扳过他拿枪的手，再在他脖子的另一边划上第二个切口。

殷红色的血液，从他的颈动脉喷射出来。

我没有让血液沾上身上。这对身为专家的我来说，并不困难。

看到老王被杀的瞬间，我赫然记起我十一年前的专业了。

沉默是必要的。

尤其是当你想下杀手的时候。

Var.VII Andante cantabile

今年的跨年夜，特别冷

Rachmaninoff

Rhapsody on a Theme of Paganini, Var.18. Andante cantabile

今年的跨年夜，特别冷。

可是我的心却很温暖。

阿恩被我抱在怀中，以水灵灵的双眸瞧着我。

我想我是世上最幸福的男人。

在这个只有数盏路灯的公园，我俩依偎在褪色的木长椅之上，遥望着头顶上一片星空，静候着新一年的来临。

公园附近的广场有倒数活动，游人都往那边跑，看表演，准备在零时的一刻狂欢。不过阿恩讨厌人多的地方，她宁可跟我在这个杳无人迹的角落，享受我俩的二人世界。

啊，我真是个幸福的男人。

“冷吗？”我问她。

她摇了摇头，继续把脸庞靠在我的胸膛上。我轻轻地用手指抚摸她的俏脸，指头传来一阵温热。虽然天气冷得让呼气都化成白烟，但我们感受到彼此的体温，就像整个世界已然消失，只余下我们两人。

就算明年是世界末日，也没关系了。只要让我继续抱住阿恩，哪管天崩地裂，我都毫不在乎。

阿恩抬头瞧着我，就像看穿了我的心意。她的一双眼珠子清澈明亮，我从没见过比这双眼睛更漂亮、更叫我入迷的事物。

就连我们头顶上的星星，也远远比不上。

或许，我就是因为这双眼眸，而爱上她的。

我真是个肤浅的男人啊。

不过是个幸福的肤浅男人。

我轻轻吻了她的脸颊。也许因为害羞，她的脸庞有点发烫。

她避开跟我的眼神交接，再次把脸埋在我的胸前。“啪”的一声，她似乎撞到我放在腋下的保温瓶。

“抱歉。”我苦笑一下，稍稍移开瓶子，让她舒适地躺在我怀中。

“十、九、八……”远处传来倒数的声音。

“阿恩，倒数啰。”我说。

阿恩摇摇头，似乎对那些嘈杂的事情没兴趣。

我双手搭在她纤细的肩头上，抚摸着她白皙的颈背，轻轻按着她那性感的锁骨。

“……四、三、二、一……新年快乐！”

就在新年到来的一刻，我紧紧搂着阿恩。

我真是个幸福的人。

*

【本报讯】元旦清晨有路人于 ××× 公园发现尸体。死者方翠华，女性，十七岁，被发现时手脚遭捆绑，口部被胶带封住，伏尸在公园一个隐蔽角落的长椅之上。今早六时，六十岁王姓女士如常到公园晨练期间，发现死者，王女士随即报警，警方到场搜证后将案件列作谋杀案处理。死者昨晚与友人相约出席通宵派对，但晚上十时半离家后音信全无，直至尸体今晨被发现。死者遭人用手勒毙，　　　　预计死亡时间为晚上十二时至一时。警方发言人指，本案与上月发生的三宗案件相似，认为是同一人所为，正全力追缉凶徒，并呼吁各位女性晚上切勿在人少的街道上单独行走，请尽量找人陪同。

警方正通缉一名嫌犯，该名男性叫孙宪智，二十六岁，为同类型案件第一位死者何婉恩的同居男友，他在女友遇害后失踪。任何人如发现该男子，请尽快跟警方联络。

…………

“老总，为什么删去了一句？”

“警方说有一项情报不可以说，怕引起恐慌。说起来，这变态已经挖下了八个眼球，天晓得他是不是把这些鬼东西放进瓶子里带着四处走……”

Var.VIII Scherzo

加拉星
第九号事件

Shostakovich

Two pieces for String Octet, Op.11, II. Scherzo

“麦肯雷，你这是什么意思？”

莫莫哥司令怒气冲冲，向麦肯雷总督质问道。虽然麦肯雷总督是最高领导者，但莫莫哥一向恃着自己势力庞大，从不给他好脸色看。

“莫莫哥司令，难道你不想事件早日解决吗？”麦肯雷总督淡然地说，“你‘含冤受屈’半年了，早日还你一个清白，不是好事吗？”

“你……”莫莫哥为之语塞，狠狠瞪麦肯雷总督一眼，再不屑地对着总督身旁的矮个子啐了一口。

这个矮小的家伙就是令莫莫哥司令光火的原因。

他叫杜宾宾，自称“侦探”。

“侦探”这种落后的名词本来已叫莫莫哥司令反感，而最叫他抓狂的，是麦肯雷总督居然堂而皇之让这个杜宾宾踏足神圣的总督会议室，跟自己平起平坐。

身为“发展派”的精神领袖，莫莫哥吞不下这口气。自从粒子动力技术成熟、引力塌缩引擎成功研发、长距离宇航船突破光速界限，发展派便成为社会的主流势力，担任新时代的领航员。发展派主张管理、拓展、牺牲小众以达到整体的进步，在过去一百年压倒坚持自由、多元、重视独立思想的“保守派”。发展派实行微调管理，所有民众都被分配合适的岗位，去推动文明和科技发展，往外宇宙探索，进行殖民。

在发展派的字典里，只有“被委任的调查员”，从来没有“侦探”这两个字。

对莫莫哥来说，保守派都是垃圾，是不可理喻的废物。他们无视整体的福祉，以“自由”为名去进行莫名其妙的活动。例如有聪明的家伙宁可花时间创作虚构的故事，也不愿意把精力放在研究光子定位系统之上，明明后者比前者对社会有更多好处。自由地接受委托、进行调查、一年里可能只有两件工作的“侦探”当然也是多余的玩意，而保守派里就有以此为“职业”的笨蛋，模仿这种古老的、被时代淘汰的角色去生活。

不过最离谱的，是保守派反对探索外星系，把往外星殖民、发掘资源形容为“污染宇宙”，这完全违背了莫莫哥司令的理念。

“这班蠢货到底知不知道我们为了谁才押上性命往外宇宙冒险？”每次莫莫哥听到保守派的言论，他就很想破口大骂。

莫莫哥司令多年来担任外宇宙探索军总司令，找寻拥有丰富资源或适合移民的星球。从找到这些星球，再到观察、收集资料、登陆、建立基地，当中的工作非常艰巨，宇宙探索军要冒极大的风险，偏偏这些保守派垃圾好吃懒做，虚耗粮食和资源，还要说三道四反对军队执行神圣任务，莫莫哥认为保守派都是忘恩负义的大混蛋。

然而，近年保守派有抬头的迹象，社会上拥戴或同情保守派的声音，一天比一天响亮。

莫莫哥更没想到，新当选的总督居然是个保守派的。

麦肯雷没有打着保守派的旗号来参选，他亦从不承认自己是保守派分子，但他对保守派宽容的态度却没有半点修饰。他不反对发展派的政策，表面上给足面子，但经常提出修订，而修订内容，都是倾向保守主义的。

“总有一天，我要除掉这眼中钉……”莫莫哥司令不下一次对自己的亲信说。

“总督阁下、司令阁下，抱歉我们来迟了。”声音打断莫莫哥的思绪。进入房间的，是加洛森议长和毕杰农教授，他们都是加拉星第九号事件调查小组的干部。

“这位是……”瘦削的加洛森议长看到杜宾宾，向麦肯雷总督问道。

“他就是那位侦探。”总督回答。

“啊，你好。”加洛森议长一直保持中立，没有靠拢保守派或发展派，所以能在议会担任要职，平衡双方势力。他并不像莫莫哥鄙视“侦探”这种落伍的身份，不过他亦不会主动接触这些“反动分子”。

“哼，好啊，原来你早跟议长提过，就只有瞒着我？”莫莫哥司令再次向总督发难。

“我、我也不、不知道。”毕杰农教授插嘴道，连忙为自己跟总督划清界限。毕杰农教授不擅长说话，但他是万中无一的天才，亦是发展派的坚定拥护者。管理民众、策划发展、支援宇宙探索的中央情报运算系统“眼睛”就是他多年前的研究成果，如果没有他，“眼睛”就不会出现，没有“眼睛”的话，宇宙探索计划的步伐最少要慢六十年。

“司令阁下，请别生气，”加洛森议长礼貌地说，“虽然这位杜宾宾侦探是保守派分子，但如果能洗脱阁下的污名，让事件真相大白，对外宇宙探索军有百利而无一害。”

“哼。”莫莫哥只丢下一个字。

加洛森议长是“眼睛”委任的事件调查小组组长，莫莫哥纵有不满，也不能反驳对方的决定。加洛森了解，被分配这份额外的工作是“眼睛”整理数千数百份情报后得出的最佳结论，他亦坚信自己能有效率地让事件的真相曝光——他认为，虽然“眼睛”是发展派的研究产物，但既然它让中立的自己负责调查，就表示它不反对让保守派加入调查小组。

可惜“眼睛”只能记录情报、进行分析和预测，并没有推理出真相的能力——加洛森议长暗想。“眼睛”收集情报、记录画面的终端机遍布各处，无论是公共机关还是民众的住宅，每天的情报都有可能被收进资料库，“眼睛”可以从情报分析出各种可能，但它不能指出可能性高达百分之九十九的选项就是事实，概率只有百分之一的结论就是假象。机器虽然强大，但在某些关键之处，它仍显得非常无力。

“我们开始第四次调查会议吧。”加洛森议长说。加洛森议长、麦肯雷总督、莫莫哥司令和毕杰农教授就是调查小组的核心成员。杜宾宾是这个小组成立以来，第一位旁听内部会议的外来者。

麦肯雷总督找来杜宾宾，是因为他信任杜宾宾的能力。

在保守派的圈子里，杜宾宾的名字可说家喻户晓。无论事情大小，只要有谜团出现，杜宾宾都能轻松提出解答。他甚至不用到现场，只要听一遍情报和线索，就能指出实情。对保守派来说，杜宾宾是比“眼睛”更厉害、更完美的“情报运算系统”。

当然，在发展派眼中，杜宾宾只是个无视中央分配岗位、一无是处的游民而已。

“我想向杜宾宾侦探说明一下现有的所有资料，所以议长可以从头再说一次吗？”麦肯雷总督说。

“好的，总督阁下。”加洛森议长有礼地回答。

“真麻烦。”莫莫哥抱怨道。

“杜宾宾侦探，请你听一下议长的说明。”

“嗯。”杜宾宾一副从容的样子，似乎不在意莫莫哥司令的不满。

“我们要调查的这个‘加拉星第十号事件’发生在半年前……”

“议长，是第九号。”麦肯雷插话道。

“啊，对，第九号，我老是改不了口，毕竟我觉得加拉星第九号事件指的是一年前那起事故……”议长眨眨眼，回忆起那场灾难。

加拉星是外宇宙探索军十多年前发现的行星，经过数年的观察和资料搜集，五年前派出自动侦察飞船，进入大气层进行探索。初步判断，加拉星拥有丰富的资源，环境适合殖民，不过距离派出舰队、建立基地还有漫长的道路。最主要的原因，是加拉星像跟外宇宙探索军命运相克，军方在加拉星探索上老是遇上意外。短短五年间，他们就经历了大大小小共十宗事件，破了外宇宙探索军探索单一星球遭遇事故的纪录。军方里有个说法，说加拉星虽然美丽，但会带来不幸。

其中“加拉星第三号事件”的影响最为深远。四年前，一艘自动驾驶侦察艇在加拉星大气层内离奇爆炸，让外宇宙探索军失去大量宝贵资料。虽然这次事件幸好没有造成伤亡——因为是自动侦察艇——但爆炸在加拉星某种叫作“巴布”的低等生物的一个巢穴附近发生，杀害了不少巴布。发展派并不重视这意外，但保守派却以此作为话柄，攻击发展派漠视外星生物的生存权利。其实外形丑陋怪异的巴布平均寿命不到一年，爆炸没发生它们也活得不长久，但发展派提出这点后，保守派更痛批外宇宙探索军冷血无情。当时保守派提出，如果无法跟异星的生物共存，殖民就和灭绝种族的侵略没有分别。

或许因为保守派惹怒了莫莫哥司令，他才没有认真审视这意外。直到现在，他仍深深后悔当年太大意。

一年前，外宇宙探索军遇上加拉星探索计划中最严重的挫折。大型探索舰韦丁丁号在加拉星爆炸坠毁，全舰一百八十六名成员无一生还。这次爆炸规模比第三号事件大上数千倍，甚至些微减慢了加拉星的自转周期，更遑论大大影响了加拉星上的资源和生态环境。坠毁地点本来是外宇宙探索军选定的基地所在位置，这一次灾难，令整个加拉星开发计划不得不暂停，回到早期搜集资料的步骤。这事故本来叫作“加拉星第九号事件”，但调查结果出来后，它被除名，跟第三号事件合并。

因为两次爆炸的原因是相同的。

外宇宙探索军的舰艇都搭载了316型引力塌缩引擎，让船舰做长距离宇宙飞行，没料到这款一直表现优秀的引擎竟然就是元凶。就连毕杰农教授这位天才也没有留意，原来加拉星的磁场中有一种会跟316型引力塌缩引擎核心产生交互作用的量子，有零点零零零零零零零零一的机会导致引力塌缩超过负荷，引发连锁反应，令引擎崩溃。只要进入加拉星的大气层范围，磁场中的量子强度就有机会诱发意外，而第三号事件中的自动侦察艇，以及大型的韦丁丁号，都用上316号引擎——只是韦丁丁号的引擎比自动侦察艇的大上三千倍。

之后，316号引力塌缩引擎很简单地改良成317号引擎，轻易排除了那个致命的故障，外宇宙探索军的宇航船都换上这新装置。就是因为这个问题极其容易修正，更打击了外宇宙探索军的士气。军队上下都以为加拉星计划中不会出现比这更糟糕的意外了，怎料不到半年又出现状况。虽然肇祸程度不及韦丁丁号的意外，但带来的麻烦，却是有过之而无不及。

"加拉星第九号事件——事发在半年前，探索舰卡罗卡号抵达加拉星，进入大气层后，就出现了意外的情况。"加洛森议长说，"韦丁丁号发生意外后，'眼睛'发出'探测星球表面、收集因意外改变的环境数据'的简单指令，将计划倒退回初期阶段，军方便派遣新研发的卡罗卡号执行任务。这艘小型探索舰上只需三名船员操作，是次任务由弗斯德舰长率领那那路士官和普迪可通信兵负责，而在进入加拉星大气层后，卡罗卡号跟'眼睛'的通信便离奇中断，失去联络。支援舰随后到达，发现卡罗卡号停泊在大气层边缘，机件大致上正常，但航行记录被删除，舰长和两位队员失踪。舰上其中一艘登陆艇亦不知所终，于是救援队进行星球表面搜索，最后只成功回收一枚探测记录仪……"

探测记录仪是探索舰的常规装备之一，卡罗卡号配置了六十个。这些如微尘般大小的机器能独立运作，在星球大气层之内飘浮，自动收集星球的数据，包括记录影像和声音。

"……而那个记录仪的内容，之前已被广传了。"加洛森议长哀愁地说。

杜宾宾知道议长所指的是什么，毕竟那是震撼社会的新闻。记录仪收集到的片段相当零碎，记录了登陆艇坠毁后，弗斯德舰长和两位队员从机体残骸中挣扎求生的过程。那那路和普迪可刚爬出机舱就死去，而受了重伤的弗斯德舰长虽然没有毙命，但他的下场比两位部下悲惨百倍。他被那些异形外星生物巴布发现、抓走，然后活生生地被肢解。看过影片的民众无不感到骇然，那恶心的画面令社会上下震怒。按道理，这片段可以让发展派争取不少同情，令舆论倾向支持开发加拉星，反驳保守派提出的“外星低等野兽也有生存权”论点；可是，公开这影片的并不是发展派或外宇宙探索军，而是议会内的保守派分子。

因为这影片的最后，有严重打击发展派威信的一幕。

被肢解中的弗斯德舰长，痛苦地留下一句遗言：“莫……莫哥……你……”

于是莫莫哥司令暗中铲除异己的谣言不胫而走。

“说来讽刺，在跟卡罗卡号失联之前，总督阁下还特意到军方司令部向弗斯德舰长发贺电，预祝他任务顺利。”议长黯然道。

“毕竟这是韦丁丁号出事之后首次派船舰往加拉星，无论是不是军方，都重视这次的成果吧。怎料……唉。”麦肯雷总督叹道。

“总督阁下发了什么贺电？”杜宾宾问。

“就是祝贺卡罗卡号顺利抵达加拉星宙域，并且祈求任务如期完成之类。”麦肯雷总督说，“还有一些寒暄，但我忘记了。就是短短数句的问候和鼓励。”

“哼，麦肯雷你没记住，但我记得一清二楚。”莫莫哥司令插话道，“你说卡罗卡号是韦丁丁号坠毁后的新希望，祝改良后的引擎一切正常，证明技术开发部拥有优秀的能力，让民众对加拉星探索计划重拾信心……你明知宇航员最怕触霉头，偏要提这个，我看你是居心不良，恨不得卡罗卡号像韦丁丁号一样有去无回吧？”

麦肯雷总督直视莫莫哥司令，平静地说：“军方的发展派中，我跟弗斯德舰长最要好，我怎会想他出事呢？我又不像某位军方高层，视弗斯德舰长作绊脚石。”

总督语调平稳，但杜宾宾也听得出他话中有话。

“议长阁下，请问惨死的弗斯德舰长，跟嫌犯莫莫哥司令的关系如何？”杜宾宾问道。听到“嫌犯”二字，莫莫哥司令脸露不悦，但没有说话。

“弗斯德舰长虽然是军方的老臣子，事事维护军方，但他并非发展派的强硬分子，”加洛森议长说，“自从当上舰长后，他渐渐改变立场，在外宇宙探索军中是少数的中立派。他曾在内部提出跟保守派妥协，尝试建立一套保守派也接受的外星探索方针，但结果被莫莫哥司令阁下驳回。”

“当时已有过半数的干部支持，不过莫莫哥司令运用否决权，驳回提案。”麦肯雷总督说。

“换言之，莫莫哥司令确实有设计杀害弗斯德舰长的动机？”杜宾宾问。

“哼！对啊，我就是讨厌弗斯德这老家伙！”莫莫哥司令按捺不住，大声骂道，“这种死法倒便宜他了！强悍的外宇宙探索军竟然出了这种软弱的废物，我真的要多谢那些巴布！”

“所以莫莫哥司令阁下认罪了，我不用帮忙调查啰？”杜宾宾嘲讽莫莫哥道。

“你……”莫莫哥无言以对，顿了一顿，悻悻然地说，“我没有杀弗斯德。”

“议长，意外坠毁的登陆艇上面有没有线索？”杜宾宾改变话题，问道。

“登陆艇的残骸被巴布消灭了，我们所知的很少。”加洛森议长说，“卡罗卡号搭载了两艘登陆艇，坠毁的是一号，根据‘眼睛’的记录，出航前检查一切正常。”

“‘眼睛’会检查每一艘出航前的探索舰吗？”

“对，它会逐一检查，不会放过任何细节，就连照明系统也会进行测试。不过‘眼睛’只针对舰艇在功能上有没有问题，像系统界面配置或舱房分配是否方便船员使用，它就不会理会了。”

“所以卡罗卡号和登陆艇出发前都功能正常，没有异样？”

“没有。”

“那、那应该是意外。”一直没作声的毕杰农教授说，“登、登陆艇不像探、探索舰，没有高、高性能的宇航引擎，如、如果从探索舰射、射出时高度太高、气压过低，很容、容易出意外。”

“如果是新手，这说法还说得通，但弗斯德舰长经验丰富，驾驶登陆艇的次数在军方数一数二，连其其欧星那种恶劣的环境他都能以登陆艇穿梭各基地，他怎会犯这种低级错误？”议长说。

“可以说一下卡罗卡号被救援队发现时的状况吗？”杜宾宾似乎对登陆艇失去兴趣，改问关于探索舰的事情。

“可以。”加洛森议长向着房间中央说，“‘眼睛’，给我卡罗卡号的蓝图。”

房间正中央亮起立体的全息图，显示着卡罗卡号的模型。

“卡罗卡号被发现时，无论是引擎还是自动导航系统，都没有异常。”议长指着模型中的各个部位一一说明，“唯一奇怪之处是遥距通信系统，通信模组连同收发器被拆下，寻遍整艘舰亦找不到。或许通信系统故障，普迪可通信兵不得不把它拆下来修理，不过我不明白，为什么他会跟随弗斯德舰长登陆，没留在卡罗卡号上维修，反而带同模组一同出发到加拉星表面。”

“或许他需要舰长或另一位队员协助，才能修理模组？”杜宾宾道。

“不，通信兵受过训练，能独力修理通信仪器。”加洛森议长说，“而且，现在消失的是跟我们联络用的遥距通信模组，弗斯德舰长和那那路士官乘上登陆艇，仍能透过局域通信系统跟留在主舰的普迪可通信兵联络，所以我想不通他的行动有什么意义。”

“刚才你说过，卡罗卡号的航行记录被删除了？”杜宾宾问。

“是的，不过修改或删除航行记录需要很高等的权限，在船上只有舰长有这样的权力。”

“余下的两位队员做不到吗？”

“做、做不到，因、因为系统采用眼球辨识等生、生物认证，在舰上只有舰、舰长才能办到这种事。”

“教授，你说‘在舰上只有舰长才能办到’，难道‘不在舰上’反而可以做到吗？”杜宾宾转向毕杰农问道。

毕杰农教授瞥了莫莫哥司令一眼，犹豫地说：“是、是的。利用‘眼睛’的远、远距传输协议，军、军方可以发出删除航行记录的指令。”

“但发出指令者必须是高级干部。”麦肯雷总督补充道。

“你们！你们就是想诬蔑我是主谋吧？”莫莫哥嚷道。

“但从目前所知的情报来看，”杜宾宾冷静地一笑，“司令阁下就是凶手啊。”

“什么凶手！因为弗斯德临死说了两句废话，所以我就要被你们污蔑吗！混账！”

“我才不会做没根据的推理。”杜宾宾说，“排除一切不合理的猜想，目前所有线索指向的结论只有一个——‘你是主谋’。首先你有动机，为了遏止军方中日渐抬头的保守派势力，你想早日除去煽动同僚的弗斯德舰长。制造意外杀死对方是相当方便的手法，尤其在那个偏远的星球动手，就可以瞒过‘眼睛’的法眼。”

“那除了我以外，军队里还有成千上万的发展派同志有相同的动机！”莫莫哥冷笑道。

“但能发出删除航行记录指令的，就只有军方高层的寥寥几位吧？”杜宾宾反击道，“那就是你施行诡计的关键证据。”

“诡计？什么诡计？”莫莫哥焦急地说。

“如何利用共犯进行谋杀的诡计。”

“共犯？”加洛森议长诧异地嚷道。

杜宾宾不怀好意地笑着。他望了四位一眼，发觉他们都追不上自己的思路，于是缓缓说道：“我慢慢说明吧。刚才议长说过，弗斯德舰长驾驶登陆艇的经验老到，不可能出意外，我认为那是毋庸置疑的事实。他亦不会愚蠢地在不适合飞行的高度发动登陆艇，那么余下的可能性只有一个——登陆艇出现严重的故障。”

“可、可是‘眼睛’在出、出发前进行了全面的检查……”

“所以那个‘故障’是在卡罗卡号出发‘后’才被制造出来的——那是舰上的内鬼的杰作。”

“共犯是舰上的队员？是死者之一？”加洛森议长讶异地说。

“莫莫哥司令跟普迪可通信兵串通，要对方到达加拉星后下杀手。”杜宾宾说。

“荒谬！”莫莫哥不快地骂道。

“你是说，普迪可受莫莫哥司令指示，在登陆艇上动了手脚？”麦肯雷总督诧异地问。

“正是。莫莫哥司令给予普迪可一件，唔，我想是某种定时装置吧，要他安装在登陆艇上。由于打开登陆艇动力系统，加上多余的装置会在航行记录中留下痕迹，所以司令运用他的权限，远距删除了卡罗卡号的航行记录。”

麦肯雷、加洛森和毕杰农惊讶地瞪着杜宾宾，对这个赤裸裸的指控感到震惊。

“普迪可完成布置、司令删除记录后，这个通信兵只要找借口留守卡罗卡号，就可以让舰长和士官死于‘意外’。”杜宾宾继续说。

“慢、慢着，普迪可通信兵也、也死了啊！哪有共、共犯明知登陆艇有危险仍愿、愿意坐上去！”

“教授你说得对。这就是司令高明之处——他的共犯不止一位。那那路士官也是他的爪牙。”

“咦？”

“司令对那那路士官的指令应该更简单，大概是登陆后找方法杀死弗斯德舰长和普迪可通信兵。普迪可和那那路都不知道对方同是司令的卧底，同样地收到杀害对方——还有舰长——的指示。因为有这个指令，那那路士官运用他的官阶权力，要求普迪可通信兵同行。我想弗斯德舰长对这点没有什么意见，反正卡罗卡号有完善的自动导航系统，不用普迪可留守亦没有问题。”

“哼，那么普迪可会因为上级的指示而甘心去死吗？这样牵强的说法我还是头一遭听到！”莫莫哥司令不屑地说。

“很简单啊，你只要在一个关键之处欺骗普迪可就可以了。”杜宾宾双眼闪过一线光芒，“你告诉他，定时装置会在‘回程’途中发动。”

莫莫哥瞪大双眼，直视着杜宾宾。

“你的计划从一开始就打算把共犯灭口，只有死者才不会说多余的话，不会留下将来要收拾的麻烦。”杜宾宾淡然地说，“普迪可认为登陆艇在回程时才会出现‘意外’，只要他留在加拉星，就不会受牵连。”

“你有什么证据？”莫莫哥收敛了之前的怒气，问道。

“被拆下来的通信系统。那是普迪可为了自救的行动，只要登陆艇爆炸坠毁，完成任务，他就要考虑自己的处境。如何在荒芜的异星上得到救援？只要有通信仪器就不用怕了。他拆下通信仪器，令卡罗卡号跟军方失联，军方必定派出救援队视察，到时舰长和士官死去，他找个理由搪塞一下就可以瞒天过海，静候救援。他只是没想过，定时装置在‘去程’而不是‘回程’发动，即使拆下了通信系统也无用武之地。我想，登陆艇失控时普迪可才发觉自己被利用，在危急关头透露了真相——于是弗斯德舰长知道莫莫哥司令的阴谋，让他在临死的一刻，仍咒骂着害死自己的凶手名字。”

麦肯雷总督、加洛森议长，甚至是毕杰农教授都以不信任的目光瞪着莫莫哥司令。侦探的结论非常有力，加上舰长的遗言，事件的真相似乎已完全曝光了。

"你没有证据！"莫莫哥突然现出本性，目露凶光，骂道，"你的一派胡言没有实质证据支持！一切都只是空想罢了！"

"实质证据吗……"虽然莫莫哥丢下难题，杜宾宾却没有退缩，"议长，请问我可以请'眼睛'替我搜索一些资料吗？"

"可以。'眼睛'，执行以下杜宾宾所提出的指令。"

"了解。"房间中央传来空洞的声音。

"'眼睛'……搜索莫莫哥司令过去两年，跟普迪可通信兵会面的所有记录。"

"莫莫哥司令过去两年跟普迪可通信兵并无任何正式约见的记录。"房间中央传来"眼睛"的回答。

"'眼睛'，把搜寻范围包括莫莫哥司令宅第。"杜宾宾同样以不带感情的声音说。

"你！'眼睛'！中止指令！我受到军队宪法条例保护，就连议长和总督也没有权力调查我的私生活！"

"找到一笔记录。"

莫莫哥并没有来得及阻止"眼睛"提交结果。

"'眼睛'，播放记录。"说话的不是侦探，而是议长。他严肃地凝视着莫莫哥，露出一副"就算违宪也在所不惜"的表情。

全息图显示莫莫哥和普迪可在宅第里言谈甚欢，莫莫哥又拿出一个箱子，交给普迪可。由于宅第里只有画面记录，"眼睛"无法提供他们的对话内容，不过位高权重的外宇宙探索军总司令跟一个低级通信兵有这种纠葛，已显示了他们之间有某些不正当的交易。

"我听说'眼睛'的资料库记录了海量的情报，只要问对问题，就能找到铁证——这说法果然是真的啊。"杜宾宾道。

“警卫，拘捕莫莫哥司令。”加洛森议长发出不留情面的指示。

“等等！我没有！我没有杀死弗斯德！”莫莫哥慌张地说，“我承认我有见过普迪可，但我只是要他当我的眼线，要他替我监视弗斯德的一举一动！我没有要他杀死弗斯德！你们听我说！”

警卫进入房间，二话不说抓住莫莫哥司令。他的举动已经失去军方司令的气派，一副拼命求饶的样子比一个低级士卒更不堪。麦肯雷总督露出无奈的表情，毕杰农教授一脸困惑，而加洛森议长正气凛然地指示警卫工作。

“等等。”就在莫莫哥要被带走的一刻，杜宾宾说出这一句。

不对劲。

事情有点不对劲。

杜宾宾本来对自己的推理感到满意，一如他以往的做法，只要把所有情报集中起来，他就能像获得天启似的得到真相。

不过，他猛然发觉刚才的情报并不完整。

如果我的推理、我的结论甚至我自己都是情报的一部分的话——杜宾宾暗忖。

他猛然抬起头，望向丑态尽露的莫莫哥司令。

“原来是这么一回事啊。”侦探突然叹道。

“杜宾宾侦探，怎么了？”总督问道。

“我的推理还没有完结。议长阁下，请先让警卫们离开，留下莫莫哥司令，我仍要继续说。”

加洛森议长对杜宾宾的话感到疑惑，但仍如他所说，吩咐警卫退下。莫莫哥司令狼狈地瞧着杜宾宾，眼神流露着一丝不安。

“刚才我所说的，是没有我也能做出的推理。”杜宾宾在警卫离去后说。

"'没有我'的推理？"议长问，"杜宾宾侦探，你令我糊涂了。刚才的推理不是由你做出的吗？"

"是我做出的，不过，即使没有我在场，你们多开几次会议，终究会得出莫莫哥司令是凶手的结论。"杜宾宾说。

"那是什么意思？"

"即是说，那是预定中的结论，我不出现也会导致的结果。但我既然出现了，就代表这真相并不是事实。"

"等等，杜宾宾侦探，"议长讶异道，"你的说法好像把因果反转了？"

"总之，凶手不是莫莫哥。"侦探简单地回答。

"不、不是莫、莫莫哥司令？"教授道。

"'眼睛'，给我调出卡罗卡号上，弗斯德舰长能够阅读的所有官方文件。"侦探命令道。

房间中央出现了数十个球形的全息图像，每个球形旁边附有说明文字。

"没有航行记录真麻烦呢……"杜宾宾叹了一句，"'眼睛'，只列出记录了卡罗卡号规格的文件。"

球形从数十个消减至十数个。

"'眼睛'，展开这些文件。"

空中的球形展开，变成大量浮在空中的文字和图表。

加洛森完全无法理解杜宾宾的举动，问道："杜宾宾侦探，你这样做有什么目的……"

"找到了。"侦探打断了议长的问题，指着空中的一段文字。

“这是什么？‘卡罗卡号引力塌缩动力系统线路蓝图’……”

“不用看那一堆资料，只要看这一栏。”杜宾宾指着表格中的一行。

核心型号：316 型引力塌缩引擎

“咦？为什么……卡罗卡号搭载的是旧引擎？那款在加拉星上会爆炸、有缺陷的旧引擎？”议长惊讶地嚷道。

“不、不对，这蓝图上的线、线路是 317 型的新、新引擎。”教授指着文字下方的图则。

“‘眼睛’，找寻这份文件最后的修改记录，并显示修改者进行修改时的影像。”杜宾宾没理会议长，径自说道。

在空中的文字上方，亮出一个过去的全息图像。加洛森议长错愕地看着画面，因为画面里的场合，正是他们所在的总督会议室。

在终端机前修改文件的，是麦肯雷总督。

画面角落附着时间，那是卡罗卡号出发前的一刻。

而“眼睛”更把修改前后的差异列出。被改动的就只有引擎核心型号一项，从 317 改成 316。

“麦肯雷总督，你就是凶手，这是证据。”侦探平静地说出结论。

“麦肯雷是凶手？这怎么可能？”说话的是莫莫哥。他虽然痛恨麦肯雷，但他从没想过，事件的元凶竟然是对方。

“事件的真相就是总督窜改了舰上的文件，令弗斯德舰长以为卡罗卡号安装了旧式的 316 型引擎。”杜宾宾指着文件，“舰长发现这‘事实’时已进入加拉星的大气层，他很清楚316型引擎在加拉星大气层里会变成威力强大的计时炸弹。因为判断到卡罗卡号随时爆炸，他只能赌上一局，与两位部下在不适合登陆艇发动的高空下使用登陆艇逃生。很不幸地，他的驾驶经验这次没有助他跨过难关，登陆艇坠毁，全体殉难。这就是真相。”

“但‘眼睛’不是在卡罗卡号出发前检查过所有细节吗？”

“‘眼睛’会检查所有‘功能’上的细节，但作为标示用途的栏目却不会干涉。因为图则本身是对的。”侦探回答道，“总督更在发送给卡罗卡号的贺电中，刻意提起韦丁丁号，就是引诱弗斯德舰长检查引擎文件的手段。”

“那为什么我们会跟卡罗卡号失联？消失的通信仪器又是怎么一回事？”莫莫哥追问。

“弗斯德舰长预计卡罗卡号即将爆炸，于是命令普迪可通信兵拆下通信仪器，好让他们逃生降落加拉星后，跟军方联络。”

“等等，总督阁下不是军方成员，无法删除卡罗卡号上的航行记录啊？”加洛森议长问。

“航行记录是舰长自己删除的。”

“咦？”

“他大概以为替卡罗卡号装上旧引擎是莫莫哥司令的阴谋，目的是除掉自己，如果不删除记录，而卡罗卡号又‘幸运地’没有爆炸，船上被换上有危险的引擎的事情便会曝光。”

“如果卡罗卡号真的爆炸了，这事件不是一样会曝光吗？”

“弗斯德舰长一定打算另外找借口来解释意外和他们逃生的理由。”杜宾宾说，“议长说过，弗斯德舰长是个维护军队的老军官，即使他以为莫莫哥司令要对付他，他仍顾全大局，不愿意军方内讧。只是，他大概没想过自己会如此惨死，在临死一刻不由得吐出一句对莫莫哥的恨意吧。”

莫莫哥听到杜宾宾的说法，百感交集。他一直想弗斯德消失，但如果侦探说的是事实，这老军官的器量比自己大得多，叫他感到无地自容。

“莫莫哥司令和普迪可的会面……”

“就像司令所说，是安插在舰长身边的间谍吧。跟这次事件无关。”杜宾宾向议长解释道。

“可、可是总督没、没有杀害弗斯德舰、舰长的理由啊？”

“他并不想杀害舰长，”杜宾宾转向总督，以悲哀的眼神看着对方，说，“登陆艇失事真的是意外。”

“那他窜改资料是为了……”

“为了制造弗斯德舰长滞留加拉星一段时间的机会。保守派一直倡议跟异星生物共存，总督想借这个机会，让军中的温和派示范在外星跟低等生物接触，并不如发展派宣扬那般危险。”侦探顿了一顿，说，“不过，他错了。”

会议室中留下一片沉默。良久，加洛森议长说道：

“总督阁下，你……你有什么要自辩吗？”

“没有。事情就如杜宾宾侦探所言。”麦肯雷总督没有激动的反应，平静地回答议长的问题。

“那么……警卫，拘捕麦肯雷总督。”

麦肯雷总督被警卫带走，临走的一刻，杜宾宾看到他的眼中有着一份深邃的笑意。

莫莫哥司令对这样的结果感到难以理解，但想到自己的嫌疑被消除，不禁放下心头大石。既然得知加拉星第九号事件的真相，发展派和外宇宙探索军必须处理善后工件，莫莫哥司令就向议长告辞，联络亲信召开内部会议。

在毕杰雷教授也离去后，杜宾宾向加洛森议长问道："议长阁下，我相信你会如实公开这次的调查过程吧？"

"当然，我不会偏袒发展派或保守派，会把这个调查会议上发生的事情一一公开，向议会和群众汇报。"议长说，"我只是有点不明白，你之前所说的'因为你出现所以之前的推理是错误的'是什么意思。"

"无论我在不在，莫莫哥司令都有最大的嫌疑，而总有一天他跟普迪可见面的事情会暴露，或是出现其他对他不利的'证据'。于是，那个'共犯理论'会自然冒出来，即使审讯判他无罪，舆论都会把他当成凶手。"

"那又如何？"

"麦肯雷总督没理由不察觉这一点。他是隐藏身份的保守派，只要慢慢等一下，以逸待劳，发展派的势力就会随着谣言流传而缩减，即使加拉星第九号事件成为悬案，也不会对保守派有任何影响……"

杜宾宾眨了眨眼，再说："但他竟然来找我，要我帮忙调查了。"

"啊……"经杜宾宾一说，议长也察觉这一个怪异之处。

"总督他居然让一个保守派中颇有名气的家伙，堂堂正正走进总督会议室，跟莫莫哥这个发展派领袖对质，这有违他一向低调的处事手法。他从来没表明自己是保守派分子吧？当我看到莫莫哥被捕，露出一副狼狈的样子时，我就想到，为什么我在这儿？总督叫我来，就是要我提早了结莫莫哥，打击发展派吗？于是我把自己的存在当成跟事件相关的情报，就发觉推理的方向改变了。”

“方向改变了？”

“不是找出‘加拉星第九号事件’的真相，而是找出‘总督要我出席会议’的理由。比起前者，后者实在简单得多，只要理解发展派和保守派的瓜葛，就很容易猜到实情，于是连前者的答案也浮出来了。”杜宾宾缓缓说道，“总督要我出席，就是要让保守派立于不败之地。”

“如何不败？”

“因为事件的元凶是总督，只要查出原因，民众就会对保守派的观感大打折扣。就算总督不是故意谋害弗斯德舰长他们，社会仍会出现‘保守派比发展派更会耍心机’‘保守派不单会隐瞒立场，更会狠毒地使手段’等负面印象。所以，他要我加入调查，推理真相。如果我失败了，莫莫哥司令蒙冤，保守派没有损害。”

“但如果像现在，你推理出真相呢？”

“那么，莫莫哥司令就会因为我这个‘不务正业的游民’才洗脱嫌疑。”杜宾宾苦笑道，“这就是总督的策略，如果我成功指出他是凶手，发展派不但要背上‘依赖保守派才可以解决麻烦’的坏印象，莫莫哥受我的恩惠，更让民众觉得保守派主张公平正义，就算是同志亦不会徇私。无论我有没有发现总督所做的事情，保守派都得到利益。”

发展派鄙视的“侦探”查出“眼睛”亦不能找出的真相，这完全否定发展派的价值观。杜宾宾猜想麦肯雷总督被带走的一刻，一定因为这个大大讥讽发展派的结果而感到满足。

“当然，”杜宾宾继续说，“我猜总督还有一个理由而要我帮忙调查。”

“什么理由？”

“他因为意外害死弗斯德舰长他们而感到不安，受到良心责备，希望我能替死者申冤，找出真相。他如果自行认罪的话，会掀起轩然大波吧，到时两派的斗争可能会更白热化。这半年来，他应该感到很困扰……”

*

为了准备报告，加洛森议长送走杜宾宾后，立即投入整理资料的工作。

真是不幸的事件——议长心想。

无论是弗斯德舰长、那那路士官、普迪可通信兵，抑或是麦肯雷总督，在命运面前都毫无还击之力。或许真的像军方的说法，加拉星是个带来不幸的星球。

纵然它极之美丽。

议长想起韦丁丁号上无辜牺牲的百多个船员，然后再想起四年前因为侦察艇爆炸而死的上万只巴布。

其实我们跟巴布分别不大吧——议长在心中慨叹道。

“其实我们跟巴布分别不大，而且巴布的进化速度很高，虽然只有低级生物的智慧，但仍是加拉星上唯一能够进行文明演化的物种。它们也有自己的沟通模式，不过它们的沟通模式很怪异，是后天培育的。所以它们在不同部落、不同巢穴的沟通模式都不一样，你说这是不是很神奇？”议长记得麦肯雷曾跟他这样说过。麦肯雷总督对加拉星的事情很清楚，有时会跟同僚们谈及这些外星趣闻。

“巴布的寿命虽然不到一年，但一年间加拉星围绕它所属星系的恒星公转接近一百次，对巴布来说，它们觉得自己有七八十年的寿命。我们觉得它们的生命只有瞬间，它们大概会反过来，觉得我们长寿得不可思议吧。如果我们跟巴布共存，我们会比它们多活几十万岁啊。”

“巴布的确是种凶残的物种，但也有单纯的一面啦。像加拉星第三号事件，它们对我们的侦察艇爆炸毫不知情，还以为是上天对它们的惩罚呢！从‘眼睛’收集到的资料显示，那个巢穴的巴布首领认为灾祸是因为自己犯错，于是反过来向被它统治的巴布认罪……”

加洛森议长不断回忆起麦肯雷总督侃侃而谈、说着加拉星和巴布时的表情。他闭上灰黑色眼睛上的第二重眼睑，遥望着天上明亮的双子太阳。

“首领犯错，向民众认罪，我们跟巴布果然没有太大分别啊。”

【补充资讯】

／公元 1626 年 5 月 30 日，即明天启六年五月初六，上午九时，北京西南面王恭厂附近发生离奇爆炸，死伤者数字超过两万。当时天色昏黑，空中传出巨响，屋宇动荡，地上冒起巨大的灵芝状黑云。肇事原因至今仍然不明，而由于当时朝政腐败、宦官弄权，很多大臣认为这是上天发出的警告，明熹宗只好下“罪己诏”，希望能平稳民心，并下旨发府库黄金万两赈灾。《明实录·熹宗实录》《酌中志》《国榷》《帝京景物略》等古籍均有记载此事件。

／公元 1908 年 6 月 30 日上午七时，俄罗斯西伯利亚埃文基自治区通古斯河附近发生原因不明的大爆炸。超过两千一百五十平方公里内的六千万棵树焚毁倒下，爆炸威力约为广岛原子弹的一千倍。由于出事地点偏远荒芜，俄罗斯官方并没有做出详细的调查。根据事发地点八百公里外的贝加尔湖居民所说，爆炸发生前看到巨大的火球掠过天空，亮度跟太阳相若，而爆炸的冲击波震碎了方圆六百五十公里内所有窗户玻璃。有目击者指，爆炸后看到蕈状云。事件称为“通古斯大爆炸”，目前仍未了解原因。

／公元 1947 年 7 月 4 日，美国新墨西哥州罗斯威尔市发生怀疑不明飞行物体坠毁事件。有农民在现场发现大量特殊的金属碎片，而在数天后，一名居民声称发现一架直径约九米的金属碟形物残骸，并发现身穿灰色外衣、大头大眼的外星生物尸体。美国军方迅速进驻当地，封锁现场，宣称那是军方的气象球，并非不明飞行物体。然而，有传闻指这是官方隐瞒事实、防止民众恐慌而做出的虚假报告，尸体及飞碟已被军方接收，进行研究及解剖。

／所谓“年”，是指一个行星围绕恒星公转一周所需的时间。举例说，水星围绕太阳公转一周只需时八十八个地球日，换言之在水星过四个新年，地球才过了一年。时间和寿命的长短，都是主观和相对的。

Var.IX Allegretto poco moderato

Ellie, My Love[1]

Shostakovich

Suite for Variety Orchestra, Op.Posth., VII. Waltz No.2

//

1 即《我钟爱的艾利》。

“…… 于是，艾莉就把筷子当成叉子般往肉片刺下去，然后问服务生：‘是这样子吗？’”

“哈哈哈！”

在客厅里，我摇着酒杯，告诉东尼和苏我跟艾莉在旅行时遇上的笑话。艾莉是我的妻子，苏是她的妹妹，而东尼是苏的丈夫。

“真好呢，姐夫你们可以去外国玩。我跟东尼看来至少几年也不能出国了。”苏啜了一口红酒，说。

“待孩子四五岁，就可以带着他一起去吧。”我说。苏去年生了小孩，下个月就满一岁。这一晚她将孩子交给保姆照顾，所以她才能跟丈夫一起到我家做客。

“对了，艾莉呢？怎么一直不见人？”东尼问道。

“她在楼上睡觉。她说有点不舒服，吩咐我晚餐时才叫醒她。”

“咦？姐没有大碍吧？我还以为她未回来。”

“没事没事，我问她要不要取消聚会，她说取消的话，精心制作的羊排和马卡龙就要浪费了。”我放下酒杯，再说，“我先去看一看她。”

我走上楼梯，收起那副伪装的笑容。

其实，我跟艾莉并不像一般人眼中那么恩爱。

私底下，我跟她都是很好强的人，为着一点小事可以吵老半天。艾莉从来没有哭过，她只会歇斯底里地乱丢东西，狠狠地把香水瓶、手机、花瓶、盘子，甚至刀叉朝我的脸直丢过来。

但我们从来没有在人前表现出这一面。

结婚后，我才了解我有多讨厌艾莉的性格。我想，她也一样。不过我钟情她的肉体。无论样貌、身材，她都是不输好莱坞明星的大美人。虽然我在外面偶尔有拈花惹草——好吧，或者不止“偶尔”——但如果论外表，没有女人比得上艾莉。我自问也算英俊潇洒，跟她外出只会招来无数艳羡目光。我想，在喜欢对方外表这一点上，她也跟我一样。

我打开房门，望向躺在床上的艾莉。

她现在这样子就最美了。静静地躺在床上，亮出一张漂亮的脸，不会对我颐指气使，放狠话损我。

对，变成尸体的艾莉比以前更可爱了。

如果可以的话，我真的想把这样子的艾莉永久保存下来。好像要用什么防腐液的吧？可惜我没有这方面的知识，不知道网络上有没有新手指南。她死去不足二十小时，加上房间冷气充足，她这个动人的样子至少可以多保持一天半天吧。

我趋前靠近她的俏脸。我之前替她的脸上涂了点胭脂，让她的脸上添点血色，看来这些名牌化妆品不会一时三刻褪掉。如果没看到她颈上遭勒毙的瘀痕，任何人都只会以为她正在睡觉吧。

我检查了她身体下的布置，确定一切安好，才离开床边。现代的空调真好，附有除臭功能，房间里连一丝臭味也闻不到。我本来以为要喷大量香水才能掩盖尸臭。

我临离开房间前，回首一望。

“啊，好险。”

化妆桌上的日记簿仍然打开着。那是艾莉的日记，记载着她跟我的真实生活——包括我们的恶劣关系、吵架的经过、我的外遇，等等。她甚至有写过“搞不好某天我会被暴躁的丈夫杀死”这种恶毒的话。我是在她死后，才知道她写过这种东西。我把日记合上，锁进抽屉内。

我回到客厅，再次装出那个虚伪的笑容。

“艾莉仍在睡，我们继续喝吧。”我打开橱柜，取出两瓶红酒，“在法国买的，特意留给你们品尝。”

苏愉快地诉说着育儿的苦与乐，东尼则默默地听着，偶然点头附和。苏和艾莉的外表差不多，五官都很漂亮，只是腿没艾莉的长，胸部罩杯比艾莉小两号。不过她俩性格并不一样，苏比较开朗——并不是装出来的开朗。论外表是艾莉优胜，但论个性的话，苏一定较好相处。

东尼是个话少但精明的家伙。我有一位情人在夜店工作，见过不少男人，她说沉默但眼神锐利的男人都是厉害角色，不是黑道就是警察。遇上这种人，必须多加提防。东尼给我的印象便是如此，我现在就怕他看穿我的诡计。

我们在客厅闲聊了差不多一个钟头，该是进餐的时间。羊排早在烤箱里准备好——我从来没像今天那样子庆幸自己懂烹饪——沙拉和配菜也准备就绪，而马卡龙则是从外面的店买回来，假装是艾莉弄的。希望不会露馅。

“该吃晚餐了，”我往楼梯走去，“我去叫艾莉。”

“我们一起去吧。”东尼突然说道，“苏你不是说艾莉告诉你买了新的化妆桌吗？好像是意大利名师设计的？”

“啊，对啊……不过姐不舒服，现在去参观会不会不太好？”

苏的目光转向我。

“嗯……没关系，一起来吧。”我努力装出笑容，说道。要提防沉默但眼神锐利的男人哟——那位情人的话犹在耳边。

我们三人来到我跟艾莉的卧室。我打开门，亮起电灯，再大踏步往睡床走过去，坐在床边。我把艾莉的尸体放在大床上远离房门的一边，我坐在床上，就能阻隔东尼和苏的视线。

“姐夫你们的房间好冷！”苏边说边打了个哆嗦。

“你姐喜欢嘛。”冷气除了让尸体减慢腐烂外，更重要的是让艾莉合理地盖上厚重的被子。

“艾莉，要吃晚餐喽。”我靠在艾莉的尸体上，左手越过她的胸口，趁东尼和苏没注意，在艾莉的右肩旁抓住从被下冒出来的一段绳子。

“艾莉？”我假装用右手摇她的肩膀，再用左手猛拉绳子。我利用几个长方形的塑料盒子，垫在尸体右半身下面，左半身则用卷起来的毛巾垫高。绳子连着盒子，当我一拉，盒子跌倒，尸体就往右边转身——就像睡着的人翻身一样。

我装作亲昵，把脸孔贴近艾莉的肩膀，抓住艾莉原本已放在左肩上的右手，摇了一下。从东尼和苏的角度来看，就像是睡着的艾莉转身挥手，示意他们别打扰。

“她说她要继续睡。”我装作艾莉在我耳边耳语，然后离开尸体，“我们就让她睡吧，她今早说昨晚睡得差，从额头到脖子一直在痛。”

东尼和苏被我推出房间。我的布置没有失误，很好。如此一来，苏就会作证今天晚上艾莉仍然生存。没有东西比亲妹的证言更有力吧？

我让东尼和苏坐在餐桌旁，端出一道道佳肴。苏好像蛮欣赏我的厨艺，对香草羊排赞不绝口。

“东尼，再喝我就要醉了。”东尼为苏再斟了满满一杯的红酒。她双颊发烫，眼神有点迷茫，刚才已喝过不少。

“是你说今晚难得可以尽情玩乐，叫我别阻止你喝的。”东尼微笑道。

“但回家还要照顾孩子……”

“放心吧，大不了我明天请一天假，反正我之前常常加班，公司欠我假期。”

“亲爱的！你真体贴！”苏往东尼脸颊吻了一下，再大口灌一口红酒。她真的醉了。

我收拾盘子后，我们围着餐桌，继续喝酒聊天。苏已经不胜酒力，挨着椅背打瞌睡，只余下我跟东尼解决瓶子里剩余的琼浆。

“刚才的马卡龙出奇地好吃，足可媲美 Le Petit Chocolatier[1] 的啊。”

该死，我就是在 Le Petit Chocolatier 买的。

“哈，就是无法瞒过你。”我以尴尬笑容掩饰心虚，笑道，“羊排和沙拉的材料是昨天预备的，艾莉本来打算今天才弄甜点，但因为不舒服，所以叫我去买现成的。她大概想骗骗苏吧，没想到苏醉成这个样子，连什么味道也尝不到了。”

“原来如此，呵——”

东尼身上传出音乐声。他往衣袋掏出手机，边看边皱眉。

“是公司。”他说。

“喂……是。对，对。不会吧？这么晚……唉，好吧。”

1　一间源自法国的巧克力专卖店。

“怎么了？”我问。

“邻组的企划书出了大错，要重做，但明早要见客户。他们想我回去帮忙，因为我之前写过一份类似的。”

“那么你现在要回公司？”我问。

“对，不过……”东尼望向不省人事的苏。

“让她留在这儿吧。”

“不是这个问题，而是保姆十点半下班。”东尼指了指时钟。现在是九点五十分，“她从来不肯加班。”

“呃……可以找其他保姆吗？”

“通宵的较难找，不过我也有一位相熟的，之前就有请她来帮过我。”

“那你快找她吧。”

东尼拨了一通电话，说了几句，再回头跟我说：“她另外有工作，十一点才能到我家。可以麻烦你替我送苏回去，等这位保姆吗？”

“可是……”

“只是半个钟头的空当，麻烦你帮帮忙吧，姐夫。”

“那好吧。”

东尼再打电话回家，跟在家中的保姆交代了两句，就扶起苏，跟她一起往大门走过去。我从玄关墙上挂钩取下我的车钥匙，跟东尼一起到屋外。

“苏就拜托你了。”苏在我的车子的后座昏睡着，而东尼开着他的车子，一溜烟地离开了。

我扭动车钥匙，发动引擎，在路上开了一个街口的距离，停下，把车停在路边一个阴暗处。

我确认苏不会一时三刻就醒过来后，把她留在车里，然后直奔回家。我没打开电灯，直接跑进冰冷的卧房，打开抽屉，取出一把小巧的曲尺手枪，确认子弹已经上膛，再躲进衣橱里。

我知道，我不用等太久。

沉默但眼神锐利的男人，一定要小心提防。

不过五分钟，我听到楼下大门传来扭动钥匙的声音，然后就是“咯、咯、咯”的脚步声。脚步声的主人没有刻意放轻脚步，我清楚知道他何时来到房门口。

“咔。”

房门缓慢地打开，我从衣橱的缝隙看到电灯亮着，一个男人往大床走过去。

那是东尼。

就在他走近床边的一刹那，我霍然推开衣柜门。

“别动，东尼。”

我举枪指着他的后脑。他跟我的距离不过三米。

东尼缓缓地转身，看到我的手枪，没露出惊惶的表情，反而皱了一下眉。

“为什么你……啊，对，我被你看穿了。”东尼说。

“没错。你那个公司的来电是假的吧，我在收拾盘子时瞄到你为手机设时间，那不是来电铃声，是闹铃。”我说。

“那么艾莉她……”东尼瞄了一下床上。

“就如你所想的，死了。”

“嘿，你之前果然是在演戏！”东尼嚷道，“无论房间的冷气、艾莉翻身摇手，统统都是你布的局！”

"这一点你也不遑多让吧?"我冷笑道,"找什么'看化妆桌'当借口跟苏一起上来,又灌醉苏令我不得不离开房子,你也要了不少手段嘛。"

"好了,就当我们扯平吧。"东尼把双眼眯成一线,说,"你现在想怎样?"

"往浴室那边走过去。"我用枪威胁他,要他退到房间的浴室内。

"然后呢?"东尼站在浴缸旁。

"然后告诉我——"我逐个字慢慢说道,"你为什么要杀死艾莉。"

东尼露出冰冷的微笑。

"我要跟她分手,她就威胁说要告诉苏我跟她的关系。"

"就为了这点事?"我瞪大双眼。

"苏知道后,一定受不了。"东尼说,"换成其他女人还好,丈夫跟自己的姐姐有染,她会跟我离婚,然后夺去孩子的抚养权。"

其实我早知道艾莉有个秘密情人,不过反正我自己在外面也有一堆女人,就姑且睁一眼闭一眼。我知道这个男人都会趁着我在外过夜时,登堂入室,甚至有我家的钥匙。只是,我是到近一个月才发觉那人是东尼。他们似乎是在苏怀孕期间搭上的。

今天清晨,当我告别在酒吧结识的不知名美女,回到自己的家后,我赫然发觉艾莉倒毙床上。她是被人用手勒毙的。我当时连忙找手机报警,但幸好手机没电,在我手忙脚乱地找充电器时,发现化妆桌上艾莉的日记。

日记打开写着"搞不好某天我会被暴躁的丈夫杀死"的一页。我从来不知道艾莉有写日记的习惯,而翻开日记的每一页,我就愈看愈心寒——那是活脱脱来自死者的指控。如果警察来到,捡走日记，再以此视为我的杀人动机，我就百口莫辩。艾莉在日记里对自己的婚外情却只字不提，她那种不知反省的恶劣性格，连在日记也表露无遗；不过就是这一点，我被冤枉的可能性就大大增加。

读完日记，我才遽然想到日记在桌上的原因——那是凶手为了嫁祸于我的手段。这不是强盗或陌生凶手所为，而是熟悉艾莉跟我的生活的家伙做的，他甚至知道艾莉有这一本日记。任何人回到家，看到妻子被杀，都会第一时间报警吧，而犯人就利用这个盲点，将日记大剌剌地放在命案现场，制造出对我不利的证据。我很可能会被当成跟陌生女人上床后回家，妻子醋意大发，一言不合大打出手，最后错手掐死对方的恶魔丈夫。

于是，我决定反过来，利用这形势试探东尼。我让他以为艾莉没死去，在他逃离现场后醒过来。如果东尼是真凶，他一定会找方法确认艾莉的状态，例如查探艾莉没报警的原因甚至再下杀手。只有这个方法，才可以让我不被陷害。

而果然，东尼中计了。

"你想把我锁在浴室，然后报警吧？"东尼微笑着说。他似乎了解了形势，知道其实他仍站在有利的一方。"你在外面玩女人是事实，艾莉跟你关系不好也是事实。艾莉被杀，你的嫌疑最大，而我今晚耍的手段，可以说是察觉你的行为有异，设法揭破你的诡计而做的。"

"你说得对，报警的话对我很不利。"我说，"不过你似乎弄错一点——我跟艾莉关系不好，不代表我不爱她，即使我爱的是她的外表。我讨厌她的性格，但我更讨厌从我手上夺去她的性命的家伙。"

我跟艾莉一样，是很好强的人。

东尼眼中露出不解的神色，然后望向我手上的枪——他察觉到了。

枪嘴上附着消音器。

我没等他说话，直接往他胸口开了两枪。霎时间他的胸前染成一片血红，然后身体向前倒下。

在他仍在痛苦中挣扎时，我说："我会想方法让你们两人的尸体消失……就装作你俩私奔吧，难得你对保姆撒了谎，说公司有要事，警方只要查一下就知道是谎话。我要走了，免得苏在车上醒过来发觉有异。"

东尼想抬头，但他没机会这样做，因为我朝他的背后多开一枪。

我关上浴室的门，往卧室的门口走去，在熄灯的一刻，不由得再瞧一眼床上的艾莉。

防腐保存什么的就别闹了，虽然很可惜，但这副美丽的躯体还是尽早消灭比较保险。

不过不要紧，苏跟艾莉的外表差不多，说实话，她也挺对我的口味。

自己的丈夫跟姐姐私奔，然后跟关心自己的姐夫续缘，互舔伤口，发展再正常不过吧。

而且，我相信，跟苏一起生活，一定比跟艾莉轻松得多。

比跟我所钟爱的艾莉一起轻松得多。

Étude.2

习作·二

关键词

生病 / 船 / 衣服 / 人们相遇 / 一道陷阱

我生病了。

是一种名为“孤单”的病。

即使我身处人海之中，四周满是灿烂的笑靥，到头来我还是会落得孤单的下场。

为了逃避现实，我只能漫无目的地逃跑，从亚洲走到欧洲，从欧洲走到美洲，可是，任凭我落脚于任何一座热闹璀璨的大都会，我始终摆脱不掉命中注定的那道诅咒，无奈地继续这趟孤独的旅程。

我承认我是一个讨人厌的自私鬼，只是我不知道我是因为自私而变得孤独，还是因为孤独而变得自私。也许这疑问有点多余，因为人本来就是自私的，从来没有人愿意无偿地对他人付出。我不是要一竿子打翻一条船，但这是无可否认的事实，所谓爱，不过是一种渴求回报的付出罢了。人最终还不是要孑然一身地走完人生这条路吗?

我们每个人都是孤单地完成这惨淡磨人的旅途啊。

当我再访这城市时，一切已面目全非了，昔日的荣景恍如海市蜃楼，令人叹一句造物弄人。或者这正好，我想我该下定决心终结这段旅程，一个孤单的流浪人在一座破败的城市中逝去，也算恰如其分。

我走进一家不知名的百货店，希望能换上一套较光鲜的衣服，风风光光地离开这个世界。虽然人出生时光着身子，我想，死时还是体面一点较好。

我似乎被世俗荼毒了。就像恋人们相遇时在意自己的外表一样，我在试衣室的镜子前换了六件外套才选到合意的。穿上簇新的皮鞋时我不由得摇头失笑，讥笑自己就像蠢蛋一样。

反正换上再漂亮的衣装，也没有人会看到。

在离开百货店、经过柜台的瞬间，我再一次瞥见那张旧报纸。上面印着我的样子，旁边还写着斗大的字——

“危险人物！如发现此人必须立即通报！”

这是造物主对人类设下的一道陷阱吧……为什么他创造出这种能透过空气传播、无药可治的致命病毒，却让身为病原体宿主的我一直活着呢？我想那些企图抓住我、拿我解剖当白老鼠的蛋头学者[1]应该知道答案的，可是我已无从知晓了。

毕竟这世上仍活着的，就只有我一个人。

一个孤单的、被上帝指名当死神的人。

1　蛋头学者：对事物的认识停留在学术象牙塔，脱离现实的学者。

Var.X Presto misterioso

咖啡与香烟

Ginastera

Piano Sonata No.1, Op.22, II. Presto misterioso

我揉揉眼睛，环顾四周。

我的左方耸立着一棵老榕树，根须从差不多有三楼高的树杈垂下。树干底下的红色路砖被树根挤得歪歪斜斜，两只麻雀正在啄食地上的颗粒。我的前方是一片小小的花圃，种满红色、黄色的小花——我不是植物学家，所以除了“小红花”或“小黄花”外，我找不到更好的名词来说明。右边不远处有一道栏栅，旁边有个两米高的金属牌子，上面以半褪色的绿色油漆写着“康乐及文化事务署管理·差馆上街休憩公园”，下方贴了数张撕去一半的卡通贴纸，大概是住在附近的顽童的杰作。我坐在老旧的木长椅上，呆看着空荡荡，只有两张长椅、一棵榕树和一个小花圃的公园。

当我回过神时，一个问题在脑海浮现。

我为什么在这儿？

我再次回头望向四周，就是记不起自己为什么坐在这长椅上。事实上，我连我从何时开始坐在这儿也不知道。

今天是星期几？

我看看手表，日期显示是 7 月 26 日星期日，时间是上午十时零八分。我只记得上星期三赶着在休假前完成青少年滥药的专题报道排版，晚上十一时回家便睡，之后毫无印象。

这是失忆症？

我从裤袋掏出皮夹，熟悉的照片、身份证、驾照、信用卡、名片原封不动夹在本来的间隔里。我知道自己住在香港中环半山区坚道的嘉安楼七楼 B 座、在时事资讯杂志 *Focus* 的编辑部上班、半年前跟女朋友分手、父母和弟弟住在沙田、弟弟刚进大学修读工商管理……我连远至小学二年级时跟邻班的死胖子干架、被他脱去裤子的糗事也记得，却想不起过去三天我如何度过。

我摸摸口袋，想看看手机的通话记录，可是手机屏幕却漆黑一片。我按动电源按钮，屏幕只闪动了一下，接下来我按多少次也没有反应。没电了？可是我记得上次检查电量时，屏幕左上角的电池符号还有结实的两格——啊，不对，那是四天前的事。幸好系在腰间的一串钥匙还在，我想我现在能做的只有先回家，然后再做打算。

我站起身，走向公园外的人行道。虽然只是早上十时，但天气很热，太阳不算猛烈仍令我感到唇干舌燥。

好想喝一口冰冻的咖啡。

在大暑天，冰冷香滑的拿铁咖啡，从喉头灌下去的一刹，真是舒畅得笔墨难以形容。不，这一刻就算是摩卡咖啡、卡布奇诺、爱尔兰咖啡、黑咖啡，甚至是茶餐厅那些酸得难以入口的三流咖啡，我也能喝上三四杯。我的舌头渴求着咖啡的味道，身体每一个细胞也在呼唤着咖啡的香气。虽然我自问不是咖啡痴，但脑海里不断出现各式各样的咖啡，苦涩的、浓郁的、甘甜的、爽口的……我恍如几天没喝过咖啡，感到浑身不自在。

我翻遍全身的口袋，尝试找寻咖啡——当我意识到我的动作时，不由得停下脚步。奇怪了，为什么我会在口袋里找咖啡？难道我曾经买了罐装的咖啡，放进衣袋？即使失去三天的记忆，因为潜意识中仍保留了“口袋中有一罐咖啡”的片段，所以我才会这样做？不错，一定是这样子。Discovery Channel（搜索频道）的节目好像提过，这种短期的失忆症状是可能自然恢复的，也许这是一个征兆，我回到家便能把这三天的事情都记起来了。

只要走十五分钟，我便可以回到家。与其乘巴士回去，不如当作散步，好好思索一下。更重要的是，前方不远处有一间便利商店，我可以买一罐咖啡来止一止我的咖啡瘾。

好想喝咖啡。

“欢迎光临。”便利商店店员垂头看着杂志上穿得清凉的女模特儿，以平板没感情的声调说出公式化的四个字，连稍稍转个头、瞟我一眼的小动作也没有。便利商店里除了柜台后的店员外，有两个十五六岁的少年，挨在放饮品的冰箱前抽烟。现在的小鬼真没教养，年纪轻轻便大模厮样在公众场所抽烟，把烟灰弹满一地。政府不是通过了法例，禁止在商场、餐饮店、戏院，甚至公园和其他一些公共场所里抽烟吗？我记得这家便利商店一向不容许顾客在店内抽烟啊？看样子那店员跟他们是一伙，让他们一边享受冷气一边吞云吐雾，不用在酷热的大街上晒太阳。真是混账的小鬼。

那两个不良少年似乎看到我走近，稍微移开身子，我以不友善的目光向他们瞪了一眼，但他们没理会我。我打开冰箱的玻璃门，打算伸手拿我常喝的蓝山咖啡，却不禁呆住。

冰箱里，放满一包包的香烟。

我诧异地看着冰箱里的架子，从上往下，每一层也放着不同牌子、不同种类的香烟。有特醇的、薄荷的、特长的、浓味的、硬纸盒的、软包装的。每款香烟也整齐地陈列着，价钱牌更详细列明了产品的名称和折扣。香烟的包装上没有常见的警告字句，那些“吸烟可以致命”“吸烟导致肺癌”和用来吓阻抽烟者的骷髅图片、X光照片统统不翼而飞，取而代之的是颜色鲜艳的包装设计、详细的成分内容，以及斗大的品牌标志。

这是什么玩笑？这是电视台的整人节目吧？我望向店铺的角落，却没看到能容纳隐蔽摄像机的地方。旁边的冰箱依旧放满啤酒、汽水和果汁，唯独是本来放咖啡的冰箱给换上数百包香烟。我时常光顾这间便利商店，很清楚货品的编排，上星期这冰箱还是挤满罐装和瓶装咖啡的。况且，为什么把香烟放在冰箱里？香烟须要冷藏防止变坏吗？

“请问一下，”我走到柜台前，向那个心不在焉的店员问道，“冰箱里为什么放满香烟？”

店员抬起头，一脸不解地看着我，说：“有什么问题吗？”

“我说，冰箱里放满香烟。”我怔了一怔，重复说了一次。

“香烟放在冰箱是理所当然的啊。先生你想要没冷藏的香烟吗？”店员站直身子，认真地跟我说。

“不，不是，”我搞不懂这家伙是装傻还是坊间推出了“冷香烟”而我不知道，只好改变话题，“我是想问，咖啡放到哪儿了？”

店员脸色一变，问：“先生，你说咖啡？”

“对啊，咖啡。三百毫升的罐装蓝山咖啡。”

“我们没有卖这种东西。”店员皱着眉，仿佛我问了个不应该问的问题。

“没卖咖啡？不会吧？我上星期才在这儿买过啊？”我双手撑着柜台，身子向前倾。

“没有！我们没有卖！犯法的事情我们不会干的！”店员提高声调，紧张地说，“先生请你离开，否则我要报警了。”

我完全不明所以，只看到店员拿出电话，作势要报警。我退后两步，看到那两个抽烟的少年正注视着我们，好像把我当成找碴的麻烦顾客，投以鄙夷的目光。我这个一等好市民竟然被两个不良小鬼蔑视？这是什么道理？

为免小事化大，我连忙离开商店。这间便利商店一定有问题。难道他们正在拍电影？抑或是某种测试？对，香港大学就在这儿附近，或许是心理学系的“社会实验”？我多走两步便停下来，期望有拿着问卷的女大学生走过来向我说明一切，可是我站了一分钟，仍没有人来拍我的肩膀。

在这一分钟里，我发现了更多怪异的现象。

我站在一间西式餐厅外。这间餐厅店面采用开放式的设计，既没有橱窗亦没有大门，在人行道旁设有点餐处，往商店进去便是半自助式的柜台，提供三明治和法式面包等简餐。这儿附近有不少这类型的餐厅，毕竟这一带有不少外国人居住。店里只有五六位客人，疏落地坐在几张桌子前。他们之中有男有女，有长者亦有小女生，有本地人也有外国人，但他们都有一个共通点——正在抽烟。如果在西环街角的市井茶餐厅看到有顾客漠视政府禁烟条例，躲在一角抽烟便不足为奇，但这是位于中环半山区讲究格调的餐厅呀，为什么店员不阻止？

我开始察觉周围的异常。一路上，我瞧见很多店子——尤其是餐饮店里——有人抽烟，就连街上也多了烟民，当中更有不少是小孩子。最夸张的是有数个穿着整齐儿童军服的小孩，每人也叼着一根香烟，有说有笑地在我身旁走过。他们看来顶多只有十岁，而他们身后看来像领队的成年人亦咬着烟屁股。到底这三天发生什么事？烟草商发动政变，把所有禁烟的条例废除了吗？就算如此，街上也不会一下子多了一大批烟民，连未成年的小孩也加入抽烟的行列！我愈来愈感到焦躁，脚步也愈来愈快，从慢步变成快步，从快步变成奔跑。这个世界怎么了？我愈是焦急，就愈感到口干。

好想喝一杯咖啡。

当我跑到住所附近，看到那个熟悉的绿色标志，安心的感觉油然而生。我家楼下有两间连锁式经营的咖啡店，一间是星巴克，另一间是太平洋咖啡。我不假思索地走进较近的星巴克，一边掏出皮夹一边对收款处的女店员说："大杯装的冰拿铁。"

店员默不作声地盯着我，露出像是看到外星人的表情。

"小姐？"我拿出百元纸钞，再说一次，"我想要一杯大杯装的冰拿……"

我没把话说完，因为我突然发现这不是我认识的星巴克。柜台的另一端，有一位男店员正招待着两位衣着时髦的女生，他递给她们一个小盘子，盘子上有十数支香烟。我身后的六七位客人，每人也拿着香烟——不，有些人把烟放在面前的烟灰缸，从容地阅读书本，或是在使用电脑。他们面前都没有咖啡，只有香烟。店里原来摆满供顾客选购的咖啡杯和咖啡豆礼品的架子上，统统给换成放水烟壶、烟斗、滤嘴、烟丝，等等。告示板上写着"本日特选香烟：弗吉尼亚州烟草，阳光晒制"，餐牌上则列明"原味""特醇""超醇""薄荷""丁香烟"等等的价钱，还分"Tall：十二支""Grande：十六支"和"Venti：二十支"。从柜台后的机器流出来的不是咖啡，而是颜色深浅不一的烟丝，店员们以熟练的手法，把烟丝放在一张张烟纸上，加上滤嘴卷成"新鲜"的香烟。

"先生……？"女店员把看傻了眼的我叫住，"请问您点什么？我听得不大清楚。"

“啊……”我结结巴巴地说，“请、请问一下，你们这儿卖的是香烟？”

“当然了。”女店员微微一笑，一副理所当然的样子。

“你们本来不是卖咖啡的吗？”

女店员脸色一沉，说：“您说的是……咖啡？”

“对，咖啡。我上星期才喝过你们的卡布奇诺和双份的浓缩咖啡。”我感到这个环境的怪异，于是小声地说。

女店员没回答，她脸上虽然极力保持笑容，但眼神十分犹豫。她叫我稍等一会，不到半分钟店长来到我面前。我认得这位店长，过去每次光顾我也看到他在柜台后工作。看到认识的脸孔，我稍感放心。

“您好，我是本店的店长。请问您有什么需要？”这位高大的男士微笑着说，语气却带着威逼感。

“我不是来找麻烦的，”我轻声说道，“只是想问一下，你们一直也是卖香烟的吗？”

“是的，我们的美国总公司在四十年前已经开始贩卖香烟了。”

我感到一阵晕眩，“你们不是卖咖啡的吗？”

“我们公司从来没有贩卖任何跟法律抵触的产品。”店长依然和颜悦色，但说话的态度明显改变了。

“卖咖啡是犯法的吗？”

“当然。”他直视着我双眼，好像在质疑我为什么明知故问。他说：“香港地区和世界各国一样，禁止贩售咖啡。先生您是从外国回来的吗？我知道某些欧洲国家的香烟店或酒吧容许贩卖摩卡，可是这儿是香港。”

我实在搞不懂！什么时候咖啡变成违禁品了？这三天发生了什么事？

“天啊，只不过是咖啡罢了，又不是可卡因！”我再没法沉住气。

“可卡因？”店长表情略带讶异，说，“虽然政府有管制，但吸毒没犯法啊。相比之下，摩卡的祸害大得多了。”

咖啡比毒品更有害？吸毒不犯法？我瞪大双眼，无法相信自己的耳朵。

“怎么一回事！”我忍不住大嚷，“你们明明是卖咖啡的吧！别骗我！上星期你才亲自卖给我一杯卡布奇诺！我记得很清楚！你们是串通来戏弄我吧！”

店长的笑容消失，怒目而视，朗声说：“我们是正当生意，从来没有卖咖啡！你把我们当成药房还是咖啡贩子？请你离开本店，不要骚扰我们的客人。”

店长的话引起所有顾客和店员的注意，他们都放下手上的书本或工作，定睛地看着我。从他们的目光，我感到自己成为不受欢迎的人物……不，根本不能称为“人物”，对他们来说我是个“异类”。我心中的不安像雪球般愈滚愈大，我仿佛踏进了一个不属于我的世界。我不敢把视线移开，只好往后退，推开玻璃门，逃到街上。

站在大街，瞧着四周的景色，我丝毫感觉不到真实感，一切就像是梦境。人行道、灯柱、路牌、商店、汽车的噪音、废气的气味，我明明对身旁每一样事物感到熟悉，却又充满置身陌生环境的错觉。星巴克的招牌中，下方本来写着“COFFEE”的地方替换成“TOBACCO”，不远处的太平洋咖啡店，商标中央那杯冒蒸气的咖啡变成一支冒烟的香烟。抽烟的路人一个又一个路过，我总觉得他们都在偷看我，怀疑我跟他们不是同类。

过去三天世界给改变了，在我不知道的情况下改变了。人们的记忆和常识给偷换，灌输了“香烟是日常生活的必需品”“咖啡对人类有害”的想法。

还是这个世界根本不是我本来的世界？

搞不好这儿不是香港……不，这儿不是地球，而是一个和地球相似的星球？

我其实没有失忆，而是被外星人掳走，花上三天给带到这个有少许差异的环境，目的是观察我的行为和反应？

抑或这是平行宇宙？电脑的虚拟空间？美国政府阴谋下的实验场？

我的脑袋一片混乱，只想逃出这个诡异的空间，可是我无力离开。不知怎的，这一刻，我仍然渴望再次尝到咖啡的味道。如果下一分钟这个世界会崩溃、这个星球会毁灭、我的肉身会死去，我希望在消失前能嗅一下咖啡的香气。我隐约觉得，“咖啡”是这个困局的出口，即使理智告诉我这种想法毫无理据可言。

哪儿可以找到咖啡？

——你把我们当成药房还是咖啡贩子？

我想起店长的话。“咖啡贩子”是什么鬼东西我不清楚，但“药房”两个字却听得明白。这个世界里，因为咖啡是受管制品，所以在药房能买到吗？即是说咖啡有药用价值？我记得路口转角有间小小的药房，值得试一试。

三步并成两步，不一会我已来到这间药房前。细小的店子里只有一个穿汗衫的大叔在顾店[1]，在玻璃柜台后托着腮打哈欠。

“要什么？”他看到我走进店里，满不在乎地问道。

“请问有没有……咖啡？”我略带迟疑，但还是说出了来意。

那大叔先是一愣，望向店外，又上上下下地打量着我。

“什么咖啡？我们没有。”大叔回答道，可是我觉得他的态度并不像之前的便利商店店员和咖啡店店长，似乎在等我追问。

“没有吗？可是我真的很需要咖啡……”

“笨蛋，”他压下声音，说，“别那么大声。咖啡前咖啡后的，想你也不是条子。你想要什么货？”

我喜出望外，看来找对门路了。“任何一种咖……任何一种货也可以。”

“我只有M和C。本来我不做生客的生意，但最近手头紧得很。”

“M和C？”我奇道。

大叔稍稍皱眉，说：“摩卡和卡布奇诺啊！你不是外行吧？”

“啊，啊，那摩卡便可以了。是罐装还是瓶装？”

“哪有什么罐装瓶装！”大叔从柜台下拿出一个像药丸塑料袋的小包，说，“一包三百。”

“我要的是咖啡啊！你给我这一小包是什么？而且还这么贵？”我大惑不解。

“你要摩卡嘛。”他把胶袋翻过来，原来背面是透明的——小包里面是十数颗咖啡豆。

“啊！真的是咖啡！”我难掩兴奋的心情，即使价钱高昂，也

1　港台地区常使用“顾店”“帮我顾一下收银台”相关表述，类似于内地的“看店”。

心甘情愿付款。我想这是埃塞俄比亚的摩卡咖啡豆，Ethiopian Mocha 一向是顶级产品。只是看到咖啡豆的模样，我已经仿佛闻到咖啡的芳香，心底那股渴求咖啡的欲望要从胸口迸发出来。

当我掏出三张钞票交给对方时，两个短发的男人突然冲进店内。我还没来得及反应，肩膀已被其中一人抓住，手臂被扭到背后，我的头被按到台面上。

“干什么！”我意图挣扎，但那男人力气很大。大叔想往店里逃走，但另一个男人一步便跨过柜台，把他压在地上。

“我们是警察，现在怀疑你们正在进行咖啡交易。你可以保持缄默，但你所说的话可能被记录并成为证供。”我背后的男人冷冷地说道。我侧着头，看到这两个警察的样子——我认得他们，他们是刚才在星巴克的顾客之一。

“放开我！只不过是咖啡而已！你们都是疯子！”我用力反抗，可是没法挣脱。

“你不安分一点我便多控告你一条‘拒捕袭警’。不知道是你们倒霉还是我们走运，上班前抽支烟也侦破一桩咖啡贩卖。”

“跟我无关！”大叔喊道，“是这家伙拿这包东西出来，我什么都不知道！”

“我们躲在角落看得一清二楚，检查一下胶袋上和钞票上的指纹，你便没得抵赖。支援很快便到，到时搜一搜，我才不信会搜不出什么。你还是省口气，想想如何向法官求情吧。”

结果，我仍没搞清楚状况便给押上警车，给送到中区警署。我茫然若失地呆坐着，待了两三个钟头后，有两个年轻的警员带我到一个小房间做笔录。

“先生，藏有这么少量的咖啡，罪名不会重，”替我做笔录的警员跟我说，“顶多是罚款了事。不过我需要你的供词来指证那药房老板贩卖咖啡，所以希望你跟我们合作。”

我默不作声，盯着面前二人。这是一个什么荒谬的世界？喝咖啡有什么罪？为什么我想喝杯咖啡，却弄得如此下场？桌子上放了一包香烟，是我刚坐下时警员们放在我面前的。抽烟不是比咖啡更有害吗？那又为何容许？我不明白，一点都不明白。

“老兄，”另一位个头较高、一脸恶相的警员说，“你可以聘用律师，但老实告诉你，即使律师在场也没法帮你。我们对你犯的罪没有兴趣，主控官可能连起诉也省掉……”

“罪？我有什么罪？”我按捺不住，高声说，“你们都疯了！这个世界都疯了！小孩可以抽烟，吸毒没犯法，但喝杯咖啡却被当成罪犯！到底为什么？我上星期还在喝摩卡，在喝拿铁，每一间餐厅也在卖黑咖啡！为什么才几天光景，咖啡便和罪犯扯上关系了？混账！我要回去！我要离开！”

两位警员表情变得严肃，高个子说：“我们是警察，不用跟你辩论什么歪理，亦没责任和你研究法例的细节。我们的时间很宝贵，才不想在你这种有咖啡瘾的人渣身上浪费时间。你要是不识相一点，我可以拘留你四十八小时，慢慢招呼你，到时看看你愿不愿意说老实话。”

“实话！我句句也是实话！”我看到桌上的烟包，火上心头，一把抓起掷向他们。手心传来一股奇妙的灼热感，但我没时间多想，高个子警员把我的领口揪住，把我推至墙边。

“袭警！你好大胆子！”他打了我小腹一拳，但我不甘示弱，忍住痛用额头狠狠地撞向他的脸上。对方一拳朝我脸庞挥过来，我脚下一滑跌坐地上，他的拳头落空，打在玻璃窗上，碎玻璃撒满一地。

“你们在干什么！”房门突然打开，一位像是高级警官和一位西装笔挺的老头走进房间。那个恶警似乎没听到上司的制止，往我的腮帮子再补一拳，在我昏过去之前，我看到那老头和警官冲过来分开我们，混乱中玻璃碎片刺中了某人的手臂。那个在手表旁边、手腕上的伤口是我最后看到的情景，接下来漆黑一片，我失去知觉。

*

“你终于醒来啦。”

睁开眼睛，我发觉自己身处于一间像是私人病房的房间内，躺在床上，右手手臂插了点滴。那个西装笔挺的老头站在床边，他现在披上了白袍，一副医生的模样。

“你……是谁？我在哪儿？”我问道。

“我是陆医生，这儿是菲腊专科医院。唔，情况有点复杂，要花点时间来说明。不过，让我先给你这个吧。”老头递给我一个纸杯，一阵香气传来。

“是咖啡！不犯法吗？”我大喜过望。

“喝咖啡犯什么法？”他笑道。

太好了，我回来了，回到本来的世界了！我犹如久旱逢甘霖似的大口喝着，可是，我预期中的满足感却没有丁点儿。我之前明明渴求着咖啡的味道，为什么现在却没半点感觉？

陆医生似乎看穿我的疑惑，说："这杯咖啡和你想象中的不同吧？这也难怪，毕竟那是治疗的作用。"

"什么治疗？"

陆医生摸摸灰白色的髭须，说："先声明一点，这次事件你可不能追究责任，你之前签了字，我们不会做出赔偿。不过，院方会负责任做全面的善后处理。"

"签什么字？什么责任？"这老头总是在自说自话，到底他是如何把我带回这个世界的？

"这份合同。"他拿出一个厚厚的公文袋。接过纸袋时，我看到他左手手腕包扎了绷带，我想那是在警署时被玻璃割伤的吧？

我打开公文袋，在文件的第一页下方看到自己的签名。我的视线向上移，看到上方的文字——"IC 实验戒烟疗程"。后面的数十页都是法律条文，说明参加者要自行承担参与这医疗试验的风险，但同时无须支付任何费用云云。

"什么是'IC 实验戒烟疗程'？"

"IC 是 Insular Cortex 的缩写，即是大脑里的岛叶。你上星期参与了我们的实验疗程，尝试戒掉烟瘾。"陆医生说。

"参加疗程？我有烟瘾吗？我是因为参加实验所以给丢到那个奇怪的世界，让你们观察我的反应吗？"

陆医生微微一笑，说："这三个问题的答案，分别是'对，你参加了疗程''你有烟瘾'和'你从没有到过什么奇怪的世界'。"

我呆呆地看着陆医生，完全不理解这情况。

"虽然你上星期四参加疗程时我已说过一遍，但你大概失去部分记忆，我只好再说一次了。你不知道人类为什么会上瘾吧？"

我摇摇头。

“尼古丁或可卡因这类物质会刺激大脑分泌多巴胺，让人感到愉悦，然而一旦使用这些毒物，平时的多巴胺分泌便会减少，当分泌不足时大脑便会驱使人做出行动，找方法摄取尼古丁或可卡因——这便是烟瘾或毒瘾的形成。”陆医生坐下来，说，“有研究指出，负责把‘渴望’变成行动的便是大脑中的岛叶。我的治疗理论就是利用药物更动岛叶的运作。我不奢求完全禁绝岛叶对渴望的操作，只是改变渴求的对象，代替像尼古丁这种对身体有害的物质。只要利用药物，配合类似催眠的指令便可以办到。参与实验者根据饮食习惯分成四组，采用四种常见无害的食品作替代方案，分别是巧克力、可乐、辣椒，以及……咖啡。”

“咦？”我听到“咖啡”时不由得呼叫一声。

“治疗成功的话，只要三天便可以让一个人忘记对香烟的渴求，当烟瘾发作时只要吃巧克力或喝咖啡便能止瘾。这不是对抽烟者、吸毒者、酗酒者的喜讯吗？”

“即是说，我本来并不喜欢咖啡？”我问。

“应该说，你上瘾的不是咖啡，是香烟。”陆医生说，“根据记录你和普通人一样，每天或隔天也会喝喝咖啡。”

我突然明白了为何早上在口袋找“咖啡”——当时我一定是惯性地找香烟！

“原来我对咖啡的渴念只是烟瘾的替代品……但那些警员和咖啡店又是怎么一回事？是疗程一部分吗？”

陆医生没回答，从口袋掏出一支墨水笔，在公文袋上写了个“十”字，说：“我刚才干了什么？”

“你用墨水笔写了个‘十’字，怎么了？”

“你为什么知道我用墨水笔写了个‘十’字？”

“我看到啊。”这老头当我是小学生吗？

“不，我是问你，为什么你知道这是‘墨水笔’，我刚才的动作是‘写字’，写出来的是个‘十’字？”

我答不上，只能说：“我……我学过嘛！”

“假设有一个外星人，他看到我刚才所做的事，大概会说我拿了一根棒子，在一个平面上挥动，产生一个两条直线相交的符号。”陆医生缓缓地说，“我们对事物的认知，都是基于经验和常识，由大脑来分析。如果认知出错，便无法理解现实，更坏的情况是把现实诠释成另一种现实。”

他把墨水笔放到我面前，说：“如果你的大脑告诉你，这一支不是墨水笔而是吃饭用的叉子，你能分辨真正的叉子和墨水笔吗？”

“墨水笔能写字，叉子只能用来吃饭啊！”

“那如果你的大脑告诉你，我刚才的动作是‘吃饭’，你又分得出来吗？”

刹那间，我弄懂了陆医生的话，一阵寒意从心头涌起。我战战兢兢地说：“你是说，我今天一直把咖啡当成香烟了……？”

“我们在你昏倒时已替你注射药物做逆向治疗，恢复你的烟瘾，你的‘症状’已经消失。”陆医生说，“不过你说得对，你今天一直把香烟和咖啡搞混了，有点像万艾可令服用者误把绿色看成蓝色的情况。”

我讶异地聆听着陆医生的解释。

“一般实验者只会忘记‘自己有烟瘾’这事实，以及将对香烟的渴望转为对咖啡的需求，但我们察觉有部分人失去更多的记忆，以及对香烟的认知产生错觉，变成‘短暂失忆’和‘认知失调’等严重副作用。”陆医生神色略带尴尬，说，“很不幸地，院方弄错文件，让你没有做检测就出院，于是我们今天一直在找你。当追查至你家附近，知道你大闹咖啡店后被抓到警署，我便赶紧联络相熟的警官帮忙。”

菲腊医院就在差馆上街附近，我一定是出院后浑浑噩噩地走到那个公园去。周日早上十时多，难怪满街也有人抽烟……不，喝咖啡啊！

“慢、慢着！”我突然发现有些不妥，“纵使我把咖啡都看成香烟、把喝咖啡当成抽烟，买卖香烟并不违法啊？”

陆医生不好意思地抓抓稀薄的头发，说：“你的情况十分特殊。先告诉你一点，大脑中负责理解一项事实的部分和构成语言的部分是分开的。”

“嗯？”

“理解他人说的话和分析看到的影像，分别由颞叶的韦尼克区及枕叶的视觉联合区负责，而构成语言、让一个人正常地说话得依靠额叶的布洛卡区。把咖啡放到你面前，你会看成香烟，当你想说香烟时，却会说出咖啡。问题是，当你想说咖啡时，却说了另外的东西。”

陆医生站起来按着了房间角落的电视，说：“我以医学理由向警方拿到他们盘问你的录像带，也多亏这片段，我才能掌握你的情况，做出诊治。”

画面里出现那两位年轻的警员，桌子的另一边是我，我面前有一杯热咖啡，而不是记忆中的烟包。即使这个细节已叫我吃惊，接下来扩音器传出的声音才令我瞠目结舌。

“你们都疯了！这个世界都疯了！小孩可以喝咖啡，抽烟没犯法，但吸毒却被当成罪犯！到底为什么？我上星期还在抽大麻、在注射安非他命，每一间餐厅也在卖可卡因！为什么才几天光景，毒品便和罪犯扯上关系了？混账！我要回去！我要离开！”

“你把咖啡当成香烟、香烟当成毒品、毒品当成咖啡，而你说话的机制却又碰巧相反，把咖啡说成毒品、毒品说成香烟、香烟说成咖啡。天晓得你会不会把氯胺酮看成卡布奇诺，把可卡因说成薄荷香烟。验血报告显示你没有滥用药物，为什么你的意识让‘毒品’掺一脚我便不得而知了。”陆医生耸耸肩。

我上星期三离开办公室前的景象浮现眼前。

“我……在 *Focus* 当编辑的……”我掩面扶额，哭笑不得地说。

“是那一本时事资讯杂志吗？”

“我上星期的工作，就是撰写毒品问题的专题报道……”

“哦？看来患者的某些记忆片段会直接影响认知失调这项副作用……”陆医生自顾自地说道。

“天哪！”我突然惊觉自己干了什么，“我到药房买咖啡、不、毒品，那家伙给我的是摩卡……即是……大麻？”

“对呀。”陆医生点点头。

“糟糕了，我真的犯了刑事罪行！我还在警署袭击警察……我会被炒鱿鱼吗？我要坐牢吗？啊……我要找律师……”我慌张起来。

“别担心，我会替你呈上精神报告，警方不会提告。”陆医生亮出笑容，“我在这方面总算有点权威。”

我舒一口气。

“幸好陆医生你及时赶到，否则我要不明不白地进监牢了。”我带着歉意，微笑道，“我还害你的手腕受伤，真是过意不去。”

“什么手腕受伤？”

“你左手包扎了绷带嘛，是之前在警署被玻璃割伤的吧？”

陆医生看看手腕，顿了一顿。他把绷带解下，放到我的耳边。

“嘀嗒、嘀嗒。”

“我想，”陆医生说，“你的治疗还有点问题要解决哩……”

Var.XI Allegretto malincolico

姐妹

Poulenc

Flute Sonata, FP 164, I. Allegretto malincolico

当我从电话听到阿雪那慌张的声音，我便知道大事不妙。

“你别乱动，我立即过来。”

我赶到阿雪家，掏出钥匙打开大门，只见阿雪失神地跪坐在客厅正中，满手血红。在她跟前，阿雪的姐姐阿心躺卧在血泊之中，旁边还有一柄八英寸[1]长的刀子。

“嘎！”阿雪好像没听到我开门的声音，她抬头时发出怪叫，双手抓起那柄染血的刀子，颤抖地将刀尖朝向我。

“阿雪！是我！是我！”

阿雪愣了愣，刀子随即往下掉，然后面容扭曲，号啕大哭。我立即关上大门，确保没有邻居听到声音，再走到阿雪身旁，紧紧抱住她。她在我胸前号泣，令我的T恤沾满她的泪水——还有阿心的血。

我环视四周，这情况真是太糟糕了。

阿雪是我的女友，我们交往两年，相识纯粹出于偶然。我们住在同一幢大厦，两年前电梯故障，我跟她被困电梯内，没料到这意外造就了一段恋情。阿雪和姐姐阿心住在三楼，房子是她们去世的父母留下的，而我住在五楼，不过我只是个劏房[2]租户。虽然今天的社会不再讲求门当户对，但阿心对我诸多挑剔，对我的职业颇有微词。我在电脑商场当推销员，收入不稳定，阿心便经常指桑骂槐，讥讽我三十岁还要住劏房。其实阿心根本没资格小看我，她自己也是个无业游民，就是靠阿雪在旅行社当文员的薪水生活。我听

1　约20.32厘米。

2　劏房：粤语用法，尺寸很小的分租房间。因为香港房价飙涨，部分房东为了谋求最大利润，将房子分割成更小的空间出租，每个房间面积往往只有几平方米。

阿雪提过，她们父母知道大女儿不务正业，所以指明房子由阿雪继承——他们怕两脚一伸后，阿心便会变卖房子花光积蓄，害自己和妹妹流落街头。

两位老人家真有先见之明。

阿心是个控制狂，对阿雪诸多管束，自己却挥霍度日，不时即兴到外地旅游，两姐妹经常吵架，我总害怕有一天会一发不可收拾。

只是我没想到事情会糟到如斯地步。试问谁想得到姐妹间也会萌生杀意呢？

或者是我太天真吧。

我好不容易安抚了阿雪，面对阿心的尸体，不得不想方法收拾这烂摊子。

报警不是选择之一。我才不要让我的阿雪坐牢。

我只能想方法弃置尸体，令阿心消失。

可是，在这个人口密度高得要命、监视器镜头多如繁星的城市里让一个人——和她的尸体——消失，实在太困难了。

我盯着尸体，苦思一个钟头，勉强想出一个办法。死马当活马医，就只能试试看。

我将计划告诉阿雪后，她再次露出震惊的表情，但她只能同意。

她很清楚，事件一曝光，未上法庭媒体便会将她塑造成冷血的杀姐凶手，她的人生就完蛋了。

翌日中午，我租了一辆白色的日产客货车，到北角的夜冷店[1]

1 夜冷店：二手店。

买了一台看起来蛮簇新的绿色冰箱。那老板人很好，用封箱捆膜把冰箱捆住，看起来更像新货。我付过钱后，打开客货车的尾门，铺上斜板，有点狼狈地用手推车把冰箱推进车子里。三十分钟后，我回到坚尼地城我和阿雪的家附近，穿上准备好的工人服，戴上假发、假胡子、帽子和眼镜，期望这伪装能瞒过大厦管理员耳目。

“送货，三楼 D 座姓马的。”我推着冰箱，压下声线对管理员说。他戴着老花眼镜在看马经[1]，瞄了我一眼便示意我继续走。

呼。

我家大厦日间管理员是个有点糊涂的老伯，说话有一搭没一搭的，我一直觉得管理公司该换个正常一点的员工，可是这一刻我却对他的存在深深感激。假如是精明的管理员，大概要我出示身份证用作登记，尤其近日附近有不少闯空门的案件发生，管理公司有下指示。万一我真的被要求出示身份证，我只好推说皮夹遗留在车子里，货车停得老远，一来一回很花时间，逼老头放行。还好我不用说这种乌借口。

我在电梯一直垂着头，以防镜头拍到我的样子。到三楼阿雪家门前，甫按下门铃，大门便应声而开。

门后是穿着阿心衣服的阿雪。

阿雪和阿心的外貌相似，只是阿心平日戴着一副圆形眼镜，把头发绑成一个髻，而阿雪习惯将长发散在肩上。这刻戴上眼镜、扎了发髻的阿雪，乍看犹如死去的阿心。

我将新冰箱放在客厅一旁，再将阿雪家原来的白色冰箱放上手

1　马经：介绍赛马消息的刊物。

推车。两个冰箱尺寸差不多，但白色的较重——因为里面放着阿心的尸体。

昨天我将阿心的衣服脱光，在浴缸放血后，用三个黑色垃圾袋将尸体包好，再塞进冰箱里。还好阿雪家的冰箱够大。

我跟阿雪确认计划的后半部后，便独个儿推着白色冰箱离开。经过管理处时，糊涂老伯还说了句“这个街尾夜冷店应该会收吧”。

我将冰箱放上客货车后，关上车门，再小心翼翼地从冰箱拖出阿心的尸体。万一垃圾袋破了洞，流出血水，那便很麻烦。幸好那三层垃圾袋够厚。

我把尸体塞到车厢一角——看起来就像包着黑色塑料袋、很普通的杂物——再开车到中环结志街垃圾收集站，把冰箱丢弃。或者有清洁人员会将它送去夜冷店赚它几百块，甚至放在员工休息室使用，总之有不知情的人接手，那便消除了一项证物。

解决冰箱后，便要处理尸体。我开车到租庇利街中环街市旁，等了十五分钟，看到那个熟悉的身影。

挽着一个名牌手提包、装扮成阿心的阿雪正急步向车子走过来。

我打开车门，阿雪迅速上车，我便立即开车。

“还好吗？”我问。

阿雪点点头。“管理员以为我是姐姐，还问我今天是不是又出门旅行，我便点头示意，没出声。”

好，那正好。

车子经过红隧[1]时，阿雪已将身上的衣服换下，穿回她放在包包里自己的衣服。我让她在油麻地下车，叮嘱她留在家里，等我回来。

“记得别搭电梯。”我再三提醒她。电梯的镜头没拍到她外出，假如拍到她回家，那就留下难以抗辩的证据。

阿雪离开后，我将车开往西贡，余下的便是将尸体丢进大海了。

我在车子里一直等到深夜，等待其间进行了准备作业。我替车厢铺好两层防水帆布，再谨慎地打开垃圾袋。由于尸体在冰箱冰了半天，意外地没有什么臭味，不过我还得小心血水或体液沾到车厢。替阿心穿上之前阿雪脱下的衣服相当困难——因为阿心四肢呈屈曲状——但我还是完成了任务。我用两条很粗的索带扎住尸体脚踝，再用铁链穿过去。之后将尸体塞回三层垃圾袋便大功告成。

凌晨一点，确认附近没有人后，我便将尸体拖出车外，用手推车推到海边。在微弱的灯光下，我将装着砖块的帆布袋绑上系着尸体的铁链，用小刀在垃圾袋上刺几个小洞，再将尸体丢进漆黑一片的大海。砖块会令尸体沉到海床，留下破洞的垃圾袋会让海水和生物钻进去侵蚀尸体，也让微生物产生的气体能顺利排出，不会令尸体浮起。除非碰巧有潜水员留意，否则尸体被发现时，已化成难以查证死因的白骨。

我驾车离开西贡，一路回去港岛时，一直对未来感到忧心。

我们将阿心伪装成出门旅行失踪，而之后便要考虑什么时候报警。姐姐消失了，妹妹不可能不闻不问吧。一星期后，阿雪一定要

1 红隧：红磡海底隧道。

报警。我最担心的是阿雪的谈吐表现会不会令调查人员起疑——这类案子露出破绽的地方，九成不是环境证据，而是犯人的表情。

我只好在接下来一个星期好好训练阿雪了。

这真是个糟糕到极点的计划，我本来的设计明明排除了这些不确定因素的。

就在我将刀子刺进阿心胸口的刹那，我已设计好一个更简洁更少破绽的做法。

我和阿雪打算结婚。当我们告诉阿心时，她一如我们所料，十分不高兴。

但我后来发现，原来我一直误会了她讨厌我的理由。

某天我在阿雪家帮忙打扫时，在阿心的床边发现一本笔记簿，里面写着一堆很恐怖的计划。

杀死阿雪的计划。

里面有一堆毒药的名字、模仿阿雪字迹撰写的遗言、阿雪的保险单号码和资料，等等。

我一开始以为是阿心用来发泄的戏言，但看到最后一页，我便知道这是真的。

笔记簿夹着地产公司的传单，还有这一幢大厦其他房子的成交记录。

阿雪这个四百平方英尺[1]的房子，因为西港岛线地铁通车的关系，楼价已突破六百万[2]。阿雪一死，作为唯一亲人的姐姐便拥有继

1 约三十七平方米。
2 约五百万元人民币。

承权。然而，我跟阿雪结婚，阿雪很可能将我的名字加进屋契，就算她没这样做，只要我们有了孩子，阿心也会完全失去财产的继承权。

我拿走了笔记簿，待到阿雪在公司加班的一天，直接跟阿心对质。

她看到笔记簿时，脸色发青，但之后便恼羞成怒，以荒谬的理由指责我这个外人抢夺本来属于她的家产。当我说我会拿笔记簿给阿雪看时，她竟然从抽屉拿出一柄八英寸长的刀子，向我刺过来。还好我眼明手快，夺去刀子，将她制伏。

“哼，你以为你赢了吗？我呸！阿雪是我的妹妹，就算她再讨厌我，她还是会听我的！因为她就是无法反抗我！她一辈子也得活在我的阴影下……”

阿心说得对。我凝视着她，发现真正的解决办法只有一个。

我今天不干掉她，他日她便会对付阿雪、我，甚至我们的孩子。

我用枕头压着阿心的脸孔，一刀插进她的胸口，她在枕头下的低沉喊叫不过短短几秒，房子便回归平静。最近这附近经常有小偷钻窗户偷窃，这正好可以用来伪装。我把环境布置成犯人闯空门却遇上户主，错手杀人后落荒而逃。

在这个人口密度高得要命、监视器镜头多如繁星的城市里让一个人消失，实在太困难了。嫁祸给不存在的凶手较容易。

我换上平时放在阿雪房间的干净衣服，沿楼梯回到自己的劏房。我庆幸之前也是走楼梯到阿雪家，没有在电梯的监视器留下记录。

我本来的计划是，跟阿雪一起发现尸体，再一起向警方报告。虽然阿雪讨厌阿心，但阿心被杀，她一样会伤心欲绝，警方不会认为她是凶手，而我有不露马脚的自信。

或者该说，就算有精明的警察识破一切，我也能确保阿雪不会遇害。只要阿雪安全就行了。

可是我没料到阿雪提早回家。

我刚回到房间，阿雪便打电话给我。她主管让她提早下班，令她失去在旅行社加班的不在场证明，她更笨到走进凶案现场，拾起凶刀，让自己沾满一身血。

连糊涂管理员都知道她们姐妹不和，她毫无疑问会变成头号嫌犯。该死的。

逼不得已，我只好用这种冒险的方法去弃置尸体。

明天阿雪一定会后悔，认为自己应该报警。可是如今骑虎难下了。

"……她一辈子也得活在我的阴影下……"

我想起阿心的这一句。

该死的。

Var.XII Allegretto giocoso

恶魔党
杀（怪）人事件

John Ireland

Piano Concerto in E-flat major, III. Allegretto giocoso

“大王！大王！不得了啦！大王！”

一连串的呼喊把坐在宝座上摇着酒杯、闭目发着白日梦的巴达大王唤醒。一脸墨绿色的皮肤，头上长着两根香蕉形的弯角，配上一个金色的爆炸头发型，任谁也想不到近年不断破坏世界安宁、扬言要征服地球的恶魔党元首巴达大王是这副滑稽模样。这天上午，他在战略室的王座上构思下一个侵略计划，但当他想到那几名处处跟自己作对、戴着古怪面具、老是装模作样摆出白痴动作耍帅的“假面战士”，思绪便徐徐远去，幻想有天把假面战士一号丢进马里亚纳海沟、把二号送上珠穆朗玛峰、把三号绑在火箭上射向月球，心里十分得意。巴达大王正在考虑如何说服老是骂自己想法不行的哥萨参谋，执行这个“马里亚纳·珠穆朗玛·月球”大作战，之后又如何奴役低等的人类，冷不防地下属冲进战略室大呼小叫，硬把他从春秋大梦抓回可悲的现实。

“洋葱怪人！你没看见我……不，你没看见‘朕’正在深思侵略世界的宏图大略吗！”巴达大王呛声骂道。虽然已复活三年多，他对人类的语言还是不甚了解，不知道为什么身为大王要自称“朕”。

“大、大王！”穿着古怪的褐色盔甲、和正常人类外表差不多、头颅却是一颗大洋葱的洋葱怪人结结巴巴地说，“薯、薯大哥他死了啦！大王！”

“什么！马铃薯他……”巴达大王吓得从宝座上跳起来，廉价红酒溅满一地。马铃薯怪人和洋葱怪人是恶魔党的重要干部兼战斗怪人，这阵子不景气，恶魔党收入大减，怪人们又老是被假面战士打得落花流水，以残暴的方式杀害，余下的都是组织的重要战力。如今洋葱怪人宣称马铃薯怪人遭逢不测，巴达大王也不禁乱了阵脚。

"就在薯大哥的宿舍！大王！请跟我来啊！"洋葱怪人双目含泪，气急败坏地说。洋葱怪人能发出催泪瓦斯攻击敌人，可是连自己那双死鱼般的眼睛也受影响，整天泪眼汪汪，他现在流泪是因为哀伤，还是被自己的毒气熏到，连巴达大王也说不上来。

恶魔党总部位于近郊一幢三层高的钢铁加工工厂地底，以经营钢铁加工业务作为掩饰，暗中进行征服人类的阴谋。大楼有十层地库，面积不广但设备齐全，有武器库、研究室、情报室、通信室、拷问室、囚室、作战会议厅、医疗室、食堂、休息室、健身室、电影院、小酒吧、保龄球馆、图书馆，等等。最低一层是首领巴达大王和干部们的专用楼层，战略室、怪人培植槽、巴达大王的寝室和干部们的宿舍也在这儿。

"天啊！真残忍！"巴达大王跟洋葱怪人走到马铃薯怪人的房间，看到残酷无比的情景。马铃薯怪人身首异处，土黄色紧身衣包裹着的身体俯伏地上，头颅的部分空空如也，身体旁边却有一大堆金黄色的、香喷喷的马铃薯泥。马铃薯怪人和洋葱怪人一样，身体是用超科技培植的仿生肌肉，头部则是巴达大王和哥萨参谋以其他生物为原料合成。巴达大王本来想制作凶猛的老虎怪人、毒蛇怪人，等等，但哥萨参谋丢下一句"我们哪来闲钱买老虎和毒蛇"，结果只有以洋葱和马铃薯这些在食堂唾手可得的材料来制作恶魔军团。

"大王！这一定是谋杀！一定是螳螂那混蛋干的！"洋葱怪人呜咽着。螳螂怪人是恶魔党的元老怪人之一，跟黄蜂怪人同时诞生。

“不会吧，螳螂他连开扇门也要人帮忙，怎会干出这种事呢……”巴达大王说。

螳螂怪人没有双手，只有一对像镰刀的前肢，锋利无比，削铁如泥，可是这令他的日常生活十分不便，连开门也要小心翼翼，一不小心便把门把切成两半，换来哥萨参谋的责骂。他的兄弟黄蜂怪人比他更不幸，巴达大王说要制造“会飞的怪人”，把巨大的翅膀加到人工身体上，不过他没认真计算过身高两米、体重一百多公斤的怪人要怎样才能靠翅膀飞起来，结果那双碍手碍脚的大翅膀害黄蜂怪人吃了大亏，初次出战便惨死于假面战士一号的“假面电磁剑”剑下。

巴达大王召唤所有怪人干部到凶案现场集合。这阵子恶魔党节节败退，怪人们死去十之八九，只余下洋葱怪人、马铃薯怪人、海参怪人、海胆怪人和螳螂怪人，但前天“夺取宝石作战”中海胆怪人英勇殉职，所以说集合“所有”干部，也只不过是传召海参和螳螂而已。恶魔党成立初期颇具规模，但近年受低迷的经济影响，作为掩饰的钢铁生意利润直线下跌，假面战士又一再打击他们的犯罪活动，资金紧绌，巴达大王整天被兼任财务官的哥萨参谋念得耳朵长茧。

因为财政困难，三个多月前巴达大王发出通告，指示恶魔党上下节省开支，全部资源减半——为了省减电费，四台电梯中关掉两台，食堂的料理种类删去一半，出战时的武器配给只及平时的二分之一，研究人员和医疗人员等后援员工也被辞掉一百人。为了阻止离职的人员泄露基地的秘密，他们离开前得要接受洗脑，有怪人干部提议杀死这群普通的人类一了百了，哥萨参谋就狠骂：“该死的，你们知不知道我花了多少工夫才找到这些有才能又愿意加入我们的人类？我们只有两个培植槽，每三个月才能够制造出两个像你们的战斗怪人，可是你们每次出动不是受重伤便是嗝屁了，谁替你们善后？把离职员工杀掉，你们以为余下的家伙还愿意替我们卖命吗？如果薪水不够高，他们老早向假面战士打小报告出卖我们啦！你们这群笨蛋！别老把‘干掉’‘干掉’挂在嘴边，怎么不见你们干掉假面战士？”

螳螂怪人和海参怪人赶到现场，看到惨遭毒手的尸体也一脸惊惶。螳螂怪人一身绿色的皮衣，两只长在额角的眼珠左顾右盼，神情紧张；海参怪人穿着黑色的橡胶盔甲，脸部正中央的大嘴巴一开一合，似乎想说些什么却又说不出来。

“臭螳螂！你为什么要杀死薯大哥？！”洋葱怪人走到螳螂怪人面前，愤怒地说。他不敢走得太近，毕竟螳螂怪人那双镰刀可以轻易地把他变成碎洋葱。

“我？你无凭无据别诬蔑我！”

“哼！你不用抵赖！这楼层只有咱们干部可以自由出入，能把薯大哥的头砍下来，再剁成马铃薯泥的，只有你办得到！你一定是眼红前天我和薯大哥立功，所以下杀手！”

螳螂怪人大吃一惊，复眼瞥见巴达大王一脸狐疑，心想这回百口莫辩。螳螂怪人一向跟马铃薯洋葱兄弟不对盘，自己在恶魔党里当了三年干部，却看到晚一届的两名后辈每次在激烈的战斗中也能逃过大难，又偶然走狗屎运完成一些无聊任务，深得巴达大王欢心，感到很不是味儿。前天的“夺取宝石作战”中，他们一行五名怪人袭击市中心的著名宝石展览，打算强抢大量宝石来应付恶魔党的经济危机，可是最后他们只抢得数颗钻石，海胆怪人还被假面战士二号的“假面激光枪”击中，返魂乏术，简直是偷鸡不着蚀把米。

这个宝石展览由政府主办，美国、英国、德国、法国、意大利、瑞士、加拿大和澳大利亚的珠宝商出借名贵宝石，给市民参观欣赏，政府又搞了个噱头，请每个参展国家挑选一位钻石切割师，各自切割一颗一克拉的钻石，把它们合起来命名为“钻石组曲”，作为这次展览的主题。相比起其他展出的宝石，这些一克拉钻石的价值很低，然而马铃薯怪人和洋葱怪人偏偏只抢到这套“钻石组曲”，那些三十克拉的巨钻、一千年历史的红宝石，等等，一概没得手，哥萨参谋知道结果后气得直跺脚。话虽如此，这次作战中马铃薯和洋葱两兄弟至少没有空手而回，失去兄弟的海参和老臣子螳螂自然更觉面上无光了。

“大、大王，”螳螂怪人结结巴巴地说，“我真的不知道发生什么事！我昨晚在酒吧见过马铃薯和洋葱后，便一个人回房间去。我真的没有杀死马铃薯啊……对了，如果说有嫌疑，海参也很可疑！”

“什、什么！”海参大声嚷道，“螳、螳螂你、你想把罪推到我头上来吗？”

“昨天在酒吧，马铃薯说死去的海胆坏话，我听得清清楚楚！”螳螂怪人说话像机关枪，一口气地说道，“我记得马铃薯说：‘海胆样子吓人，一头尖刺，却只懂得用头来撞人，那种垃圾早死早超生，干脆变成寿司好了。’那时海参也在场，还气冲冲地离开，说不定他是去武器库拿大刀和火焰枪，待马铃薯回房间后杀死他呢！”

“我、我、我没、没有！”海参一紧张起来，口吃的毛病便发作。

巴达大王一时间也没有头绪，只知道马铃薯怪人先被人斩首，再把他的头颅烤熟，剁碎成马铃薯泥。或者，凶手先煮熟了马铃薯怪人的头，再把它砍下……巴达大王的头脑一向不大灵光，这时更觉一筹莫展。

“洋葱，给我叫哥萨参谋过来！”巴达大王下令。

哥萨参谋是恶魔党的重要人物，仅位于巴达大王之下，是组织的军师。事实上，恶魔党是由他一手建立的，据说他曾在撒旦军团、地狱结社、恶龙组担任要职，当这些邪恶组织一一被假面战士消灭后，哥萨便努力找寻新的主子，扶助他成为新一代的黑暗霸王。巴达大王本来是个外星罪犯，被流放地球冰封了三万年，全靠哥萨把他挖出来，提供从前任组织得来的金钱和技术，建立恶魔党。巴达大王很奇怪为什么一个人类会全力协助自己，哥萨只答道：“人类都是愚蠢的家伙，我们征服地球，是让世界步回正轨的正确做法。”

“什么事呀？食堂那边刚跟我投诉说有小偷，我忙得很……哇！这是什么？”哥萨参谋拿着记事簿，一脸不情愿地走进房间，当看到马铃薯怪人的尸体时，也像巴达大王一样叫了出来。

“哥萨，有人杀死马铃薯了。”巴达大王说。

“该死的，这阵子还不够麻烦吗？”哥萨蹲下，仔细检查着尸体和马铃薯泥。哥萨的肤色苍白，脸型瘦削，眼神十分冷漠，一身黑色的西服，手上戴着黑色皮手套，活脱脱一副吸血鬼的模样。虽然他自认是巴达大王的手下，但他对巴达大王说话十分不客气，很多时候直斥其非，然而巴达大王清楚知道假如没有哥萨，恶魔党不用一星期便会瓦解，所以对他的劝谏从不发怒。

“参谋大人，这一定是螳螂做的吧？”洋葱说。

“死洋葱，你别乱说！”螳螂骂道。

“你们给我住口，我正在调查。”哥萨抬起头，冷冷地丢下一句。螳螂怪人总觉得这人类深不可测，有时开战略会议，双方闹得面红耳赤，他几乎想狠狠砍对方一刀，但哥萨参谋就是不怕死地站在他面前，令他不敢下手。

“这人类的气势真是可怕啊。”怪人们心想。虽然每次作战哥萨都躲在大后方，一次也没上过前线，但螳螂怪人从没质疑过他是因为怕死，不敢跟假面战士对战。

“凶手大概是先用刀把马铃薯的头砍下，再火烧头部，把它剁碎。”检查了好一会儿，哥萨站起来，说。

“为什么不是先烧后砍？”巴达大王问。

“颈项没有烧伤的痕迹。而且切口很干净，说不定凶手先把他迷晕再下手。”

“如果是臭螳螂的话，即使薯大哥清醒时，他也能瞬间砍下头颅啊。”洋葱说。

“这……”螳螂怪人不知该如何回答。如果自夸功夫了得，就像承认自己是凶手；但如果否认的话，又好像暗指自己的能力不到家，巴达大王对自己的印象只会更差了。

“啊！”海参怪人突然大叫。

“怎么了？”巴达大王问。

“除、除、除、除了螳、螳、螳螂外，还、还有人做、做、做得到啊！”海参好不容易把句子说完。

“谁？”

“假、假、假面战士一号。”

众人目瞪口呆，巴达大王的下巴几乎掉到地上。假面战士一号！的确，假面战士一号使用的“假面电磁剑”比螳螂怪人厉害，而且他的绝招“假面高热斩”能发出高温，把马铃薯怪人的头颅烧熟剁成泥更是易如反掌。

“假、假面战士潜进我们基地了？！”洋葱吓得面色发青，褐色的洋葱皮变得比大葱还要白。

“警报！红色警报！”巴达大王高声嚷道。

“冷静一点。”哥萨缓缓地说，“如果一号真的潜进基地，我们大呼小叫也没有用。看样子，马铃薯死了已七八个小时，一号若要杀死我们、攻陷基地，七小时前我们还在呼呼大睡时已干了。而且，我对我设计的基地很有信心，即便是假面战士，也不能无声无息地闯进我们基地中守卫最森严的第十层。”

巴达大王稍微安心，想到这个基地安装了一大堆防御系统，就像哥萨参谋所说，没有人能轻易潜进来。

“你们逐一告诉我昨天晚上至今天早上做过什么。”哥萨说。

螳螂怪人说他昨晚在酒吧喝酒，喝到晚上十二时便回房间，躺在床上看付费的电影台，看了两出电影才睡，他可以说出剧情证明自己有把电影看完。洋葱怪人说他跟马铃薯十时离开酒吧，各自回到房间，晚上十一时马铃薯还走到洋葱的房间，聊天至一时才离去。他今天早上十时醒来，打算找兄长一起吃早餐，却看到这个惨状。海参昨晚在酒吧被马铃薯的话气走后，独个儿走到健身室，在跑步机上忘我地跑了差不多一小时，差点脱水而死，还好守卫发现他，把他送到医疗室。他昨晚没回房间，医疗室的值班人员可以作证。

“这么说，嫌犯螳螂和海参也有不在场证明。”巴达大王说。

“那么，大王你昨晚又如何？”哥萨问。

“咦？”巴达大王怔了一怔，说，“你不是怀疑我吧？”

“不，我只是想问个明白。”哥萨边问边在笔记簿上记下重点。

“我昨晚……九时回到房间，打开保险箱欣赏前天作战的战利品……虽然价值不高，这七颗钻石可以解决我们的燃眉之急啊！在黑市出售，一颗大约值一万八千元，合起来便有十……十……十几万了。”

哥萨停下笔，盯着巴达大王。

“哎……哥萨老弟，你也知道我算术不好，你别想太多吧。我知道今天要把钻石交给你，让你找黑市买家，所以昨晚才会把它们拿出来欣赏一番……”巴达大王有点发窘。

“不，不。”哥萨放下笔记簿，说，“请你把刚才的话重复一次。”

“哦？我说我九时回到房间，打开保险箱欣赏马铃薯怪人抢回来的那七颗钻石……叫什么来着？对，什么‘钻石组曲’。我想每颗值一万八千元左右，合起来便有……十……十一万六千元了。”巴达大王努力地心算，可是他不知道自己还是算错了。

哥萨参谋忽然转身蹲下，再一次检查尸体。

“怎么了？”巴达大王问。

“你们别走开，我很快回来。”哥萨神色凝重地离开房间。

三个怪人和巴达大王摸不着头脑，却只好呆站在原地，等参谋回来。十分钟后，哥萨怒气冲冲，回到案发现场。

“解决了啦！”哥萨劈头第一句便宣告事情已完结。

“怎么一回事？”巴达大王问。

“参、参谋大、大人找到假、假、假面战士一号了？”海参怪人焦急地问。

“凶手不是假面战士！我说过了，他没办法闯进这里！”哥萨对海参愚蠢的发问感到十分不屑，“杀死我们面前这家伙的，是怪人干部之一！”

“我不是凶手啊！”螳螂怪人慌张地说。

“我没说是你。”

“不、不、不是我……”海参也连忙否认。

“连话也说不清楚的家伙，当然不可能是你了。”

“咦？”巴达大王、螳螂怪人和海参怪人惊讶地望向余下来的怪人干部。

“参谋大人！”洋葱怪人大惊，颤声说，“我不可能杀死薯大哥啊！我们情同手足，一直以来他又很照顾我，我没有……”

“不是你。”哥萨简单地说出三个字。

巴达大王回个头来，说：“什么？既然不是螳螂、海参和洋葱，难道是海胆？但海胆前天已殉职……”

“大王，你怎么想得这么远？”哥萨说，“凶手便是马铃薯怪人啊。”

众人发出诧异的呼声，怀疑自己听错了。

“薯大哥…… 自杀？”洋葱怪人问道。

“不，不是这么简单的。”哥萨顿了一顿，说，“刚才大王说他昨晚在房间欣赏那套钻石，对不对？”

“对呀。”巴达大王说，“那七颗可以让我们渡过难关的钻石……”

“钻石是马铃薯怪人抢回来的吧？”哥萨问。

“是啊，前天他在混乱之中，把展览厅中的玻璃箱子打碎，一手抓起所有钻石……”洋葱说。

“大王，这些钻石有什么来头？”哥萨问道。

“它们是参展各国的钻石切割师，各自切割一颗一克拉的钻石，组合成一套名为‘钻石组曲’的套装美钻……”

哥萨叹了一口气，说：“参展国家有美国、英国、德国、法国、意大利、瑞士、加拿大和澳大利亚。请问共有多少个国家呢？”

巴达大王细心一数，发觉差异时不禁呆住。

“八…… 八个……”巴达大王说，“你是说……”

“马铃薯怪人私吞了一颗钻石。”哥萨冷冷地说。

“薯大哥他……”洋葱欲言又止。

“经济不景气，恶魔党又要节省开支，马铃薯他一定很不爽吧。有机会拿到价值不菲的财宝，当然不放手了。”哥萨摇了摇头，说道。

“即使他私吞了一颗钻石，跟他自杀有什么关系？”螳螂怪人问。

“什么自杀？”

“你刚才说凶手是马铃薯啊？”螳螂怪人奇道。

“凶手是马铃薯，死者不是马铃薯啊，这算什么鬼自杀？”哥萨说。

哥萨参谋以外的人，无不大为惊讶。

“这不是薯大哥？”洋葱怪人问。

“你们跟我来吧。”

哥萨招了招手，带领众人离开马铃薯怪人的房间。

“大家还记得这儿吧？”众人来到怪人培植槽的房间，这里一向只有哥萨参谋和巴达大王出入，而近一年来巴达大王也对研制新的怪人失去兴趣，全权交由哥萨处理。

“当然了，我们都是在这儿培植出来的啊。”洋葱怪人说。

“你们的身体要花三个月才完成，最后结合头颅的部分只要一星期，所以我们最快每三个月才会有新的怪人诞生。因为我们有两个培植槽，所以怪人总是一双一双地出来，像洋葱和马铃薯、黄蜂和螳螂、海参和海胆，等等——”哥萨一边说，一边按动仪表板上的按钮。

“我们都知道，参谋大人你不用说啦。”螳螂怪人插嘴说。

“那么，我们来看看死者的双胞胎兄弟吧。”哥萨按动按钮，众人面前的金属墙壁打开，亮出两个镶玻璃的巨大水槽。左边的水槽里有一副差不多完全成长的无头人工身体，而右边的水槽却空空如也。

“这……你是说……”巴达大王惊奇地说，“死者是……右边水槽中的身体？”

“刚才我到食堂走了一趟，”哥萨说，“大厨说今天凌晨有人打开冰箱，偷走了一箱马铃薯。我也到过武器库检查，发觉有一把火焰枪不见了。这样很清楚了吧？马铃薯怪人偷走钻石，让培植中的身体穿上自己的衣服，在颈项简单地切一刀造个伤口，再把偷来的马铃薯烤熟剁个稀巴烂，制造被杀的假象。我看，他现在已经逃得老远了。”

“薯大哥为什么要这样做啊……”洋葱怪人困惑地自言自语。

“他可能看到海胆惨死，害怕有天步其后尘吧。”哥萨参谋露出悲哀的表情，说，“他太傻了，身为怪人，逃到人类的社会又有何用？唉，如果他回来，我也不追究他的过失就是了。”

“对，我们就像一家人啊。”巴达大王点点头。

三位怪人干部感到上司温情的一面，纷纷举手表示效忠。

“说到底，都是假面战士的错！如果他们消失了，我们的侵略计划也不会遇上这么多阻碍！”巴达大王激昂地说。

“对！我们要更努力地跟他们战斗！他们死了，薯大哥便会安心回来啦！”洋葱怪人说。

“下次我们要打倒混蛋战士！”

“打倒他们！”

“哥萨，我有个作战构想，叫作‘马里亚纳·珠穆朗玛·月球’大作战……”

*

扰攘过后，恶魔党基地回归平静。为了不影响军心，马铃薯怪人逃跑一事被列作机密，巴达大王假称派遣马铃薯怪人离开基地进行秘密任务。

凌晨一时，哥萨参谋离开房间，走到空无一人的通信室。他再三确认没有人后，打开通信机，戴上一边耳机，调至一个秘密频道。

“嗨，是我。”哥萨对着麦克风说。

“你还好吧？”耳机传来一个哥萨熟识的声音。

“还好。昨天真是好危险。”

“我老早说过有一天会被人撞破吧！”

“我真的想不到那‘薯’头‘薯’脑[1]的家伙这么精明，知道我跟你们通信。我一直以为抓包的会是螳螂。”

“那么，解决了吗？”

“当然解决了。干掉那家伙不难，难处是事后的布置。”

“你怎么办？”

“我想，与其处理尸体，不如干脆让他被人发现，制造假象误导巴达和其他怪人。我把马铃薯怪人的头颅剁碎，令人看不出原来的样子，再到厨房偷走一箱马铃薯，之后便指那些马铃薯泥是那家伙所布的局。不过看来这阵子我得每天偷偷在房间煮马铃薯当早餐了。”

“哈。那身体呢？”

“我说那家伙把培植槽的人工身体拿来调包。”

“但你如何藏起一副人工身体？你可以吃掉马铃薯，可吃不掉人工身体啊？”

“根本没有身体，水槽本来便是空的。”

“空的？”

1 薯头薯脑：粤语用法，形容人迟钝蠢笨。

“恶魔党财政困难，巴达下指令所有部门开支减半，我连怪人培植槽也关掉一个，那是三个多月前的事了。我记得曾跟巴达提过，但这家伙健忘得很，我早知道他忘得一干二净。”

“既然恶魔党缺钱，巴达又这么无能，不如干脆让我们毁掉恶魔党……”

“就是无能才好！他是我扶植过最无能的首领啊！我说什么他也言听计从，实在找不到比他更好用的坏蛋首领啦。你知道，成立恶魔党不是我的主意，是‘老板’的意思啊。如果这世上没有坏蛋，人民就没有可以憧憬的英雄，老板也失去针对的对象……社会一乱，好人坏人都没饭吃啦。”

“你忘了说，而且坏人消失了，老板也不会发薪水给我们哩。”

“嘿，说起来，幸好老板只找到七颗用来代替的赝品钻石让怪人们抢走，我才可以诬陷那家伙私吞了一颗，错有错着，这真是天降的好运。刚才巴达把那些假货交给我，叫我明天拿去卖给黑市商人。”

“所以你明天回来拿新的资金给巴达？”

“对，我们辞退了一百人，老板也觉得对就业市场有不良影响，毕竟一百人失业便影响一百个家庭。这点小钱，还不到注资进金融体系里的拨款十万分之一，老板轻轻松松便发下来。本来这边的钢铁加工厂可以自负盈亏，唉，不景气真要命啊……”

“真是辛苦你了。”

“不打紧，人生就是如此嘛。告诉你一个笑话吧，今天巴达又提出白痴作战方案，说要把我丢进马里亚纳海沟，把你送上珠穆朗玛峰，还要把老三绑在火箭上射向月球……”

Var.XIII Allegro molto moderato

灵视

Fauré

Pelléas et Mélisande, Op.80, III. Sicilienne

每逢工作完毕，忙碌过后，我都喜欢找个空旷的地方轻轻松松地抽一根烟，可是烟民在这城市里饱受歧视，车站、球场等等固然禁烟，就连公园和广场之类也一样被列作禁烟区。即使在游人不多的公园里，别说吞云吐雾，光是掏出烟包已会招来白眼，所以我只能找一些稍微绿化、安装了木长椅的路边休憩处满足我的烟瘾。

“呼。”

这天我来到东区的天桥底下，坐在长椅上好好享受这根“事后烟”。我对这边的环境不太熟悉，只知道面前十字路口左边不远处有一栋老旧的警察局，右边有一家不便宜但啤酒像尿一样难喝的酒吧。当我漫无目的地叼着烟、歪着头远眺街景时，无意间瞥见一个老头缓步走近。这老家伙看来七十多岁，衣着寒酸破烂，顶上的黑色棒球帽罩着一头肮脏打结的灰发，唇上唇下留着不长不短但总之很惹人嫌的髭须。他拖着数个胀鼓鼓的褪色塑料袋，从这身行头我猜他不是游民，便大概是个以捡破烂为生的潦倒可怜虫。

“少壮不努力，老大徒伤悲”就是这种人的写照吧。

我呼出一口白雾，没理会这老头，但我数秒后再回首，却发觉对方坐在长椅的另一端，直愣愣地瞧着我，表情怪怪的。他的视线似乎落在我指间的香烟上。

也许我今天心情好，抱着日行一善的精神，我从口袋掏出只余两根烟的烟包，向老头递过去。老头看到烟眼神都亮起来，喜滋滋地伸手接住，一边道谢一边以颤抖的手抽出一根，就像孩子收到糖果般急于放进嘴巴里。

“呼。感觉活过来了……”老头用他的抛弃式打火机点烟后，深深吸了一口，再缓缓吐出烟雾。他好像不舍得将那口烟呼出来，恨不得品尝久一点。

“最近政府又加烟草税，真混账。”我说。老头的谈吐举止蛮正常的，我就不介意聊几句。

“对啊，天杀的……要不是我当年犯错，赔上了事业，我今天哪用管他们加百分之五十还是五百，爱抽多少便抽多少……”老头一脸无奈，语气略带伤感。

“你以前是从商的吗？”

“不……”老头瞄了我一眼，顿了顿，再说，“我是个灵媒。”

我怔了怔。这家伙是神经病吗？还是个骗子？

“哦。”我不置可否地回答道。

“你一定以为我在胡扯吧。”老头微微一笑，亮出一排整齐但发黄的牙齿，“千真万确，而且我当年蛮有名气的，连条子都找我当顾问。前面不远那家分局我可是常客呢。”

“是吗？”我敷衍地回答。他应该是醉酒被抓到警局的常客吧？

“你一定不相信吧。不要紧，反正这三十年来我已经信用破产，这城市里再没有人相信我了。”老头耸耸肩道，“枉我当年替大家破了上百桩案件，逮捕了数十个冷血的杀人凶手……”

“你会对警察说‘我看到水’或‘凶手跟数字3有关’，然后让他们像无头苍蝇到处碰运气吗？”我吐槽道。

“不，说那种话的都是骗子。”老头没被我的话惹怒，反而点头赞同，“我既不懂预言也不会千里眼，我就只有一项技能——我能看到鬼魂。”

我盯着老头，感觉他在吹牛，可是他的表情很认真。

“比起那些什么侦探或刑警，我厉害百倍哟，我只要看看死者的幽灵站在哪个嫌犯身后，或是含恨地指着谁，真相便一目了然。你应该听过四十多年前的‘货车藏尸案’吧？那便是我的成名作，凶手是死者的老板，当时媒体和条子还一口咬定犯人是死者兄长哩。”

那案子我好像听过，有传闻说警察能破案全靠一个顾问，详情我就不清楚了。

“呜——”一辆鸣着警笛的警车在我们眼前飙过，往东面的游艇码头方向驶去。响亮的警笛声打断了我们的对话，而我们很有默契地闭嘴，默然地抽几口烟。

“你当年赚很多吗？”警车驶远后，我随口问道。

“悬案奖金可不少哇。”老头笑道。

“既然你说你是真材实料的灵媒，那你为什么落得如此下场？”我说话时以眼神在老头身上从上往下扫视一遍，好让他知道这谎难圆。

“唉。三十年前有起案子叫‘工程师豪宅命案’，听过没有？”

我摇摇头。

“任职工程师的A先生跟太太两个人住在南区一栋独栋豪宅，”老头自顾自地说起案情来，“某天A太太被钟点女佣发现陈尸家中，身上被刺十多刀，血流满一地。因为住所里有财物失窃，条子认定是窃贼杀人，但我后来获邀协助调查便判断他们弄错了——A太太的鬼魂一直站在丈夫身后，一副死不瞑目的样子，身上的伤口还流着血，有够难看的。我拿出道具装模作样请死者指出凶手，她面目狰狞地指向A先生。”

“警察这样子便相信你？”

“当然没有，就算我过往成绩优异，他们也不会凭我的片面之词来判别犯人。”老头吸一口烟，再说，“我向A太太问凶器在哪儿——对了，我忘了说条子找不到凶刀——她便指着花园。我依她指示，在园圃旁仓库小屋的一个暗格里，找到那柄染血的厨刀，刀柄上还有A先生的指纹。”

“为什么他要杀死妻子？”

“条子调查后发现，原来A太太的善妒在朋友圈中人尽皆知，A先生又长着一副明星脸，时常惹来狂蜂浪蝶，外人以为他们是模范夫妻，实际上二人在家中经常吵架，严重时甚至动手动脚、舞刀弄枪。A先生被捕的消息一公开，他的女秘书便主动投案承认是小三，生怕被误以为是共犯。”

“噢。”这种老掉牙的八点档剧情，在这城市里也见怪不怪了，“那后来呢？”

“最后A先生被判死刑。那年头的效率比现在高得多，案发后不到一年便全案审结，死刑在半年后执行，真是干手净脚[1]。现在回想，假如当时的效率低一点就好了……”老头苦笑一下，“谁也没想过，行刑后不到三个月便被翻案。”

“翻案？”

“真凶再犯案，但这次被抓了。”

“咦？真凶？谁？”

“那个女佣。”

1　干手净脚：粤语用法，即干净利落。

我讶异地瞪着老头。

“什么第一发现人都是假的，她根本就是凶手。”老头语气带点苦涩，“她是个偷窃惯犯，觊觎老板家中的金银珠宝，戴上手套趁家中无人大肆搜掠，怎料被提早回家的 A 太太撞破，她就杀死对方。她招供时说 A 太太平日态度蛮横，为了泄愤所以怒刺十多刀。之前失去的首饰在凶手家中寻回，人赃并获。”

“那、那女佣再犯案？又杀人了？”

“她后来在另一个家庭重施故技，又碰巧被主人撞破，只是这次她太大意，下手过轻却以为对方已断气。这臭女人还愚蠢得以为多招供可以获得减刑，于是告诉条子[1]A 先生案件的真相。”老头不屑地说，“自己倒霉就好，还要拖累我，害我变成过街老鼠，整盘生意都被她毁掉了……”

恐怕被毁掉的还有当年聘请你当顾问的警察分局吧——我想。捅出这种大娄子，可怨不得人。

“所以你那什么见鬼的超能力不过是幻觉吧？”我说。

“不，你还未明白啊……”老头叹一口气，“A 太太的鬼魂说 A 先生是凶手，不见得那是真话嘛。”

“咦？”

“对 A 太太来说，比起将杀死自己的凶手正法，她更在乎丈夫会不会和小三双栖双宿，代替她成为原配夫人。A 先生行刑当天我也在场，那时候 A 太太的鬼魂一副笑吟吟的样子，我还以为那是沉冤得雪的喜悦哪……”

1　条子：警察。

我愣了愣，半信半疑地瞧着老头。这故事结尾太恶毒了，也许一切都是胡说罢了？

老头从长椅站起，将已烧到烟屁股的烟再深深吸一口，依依不舍地将烟蒂弄熄。“谢谢你的烟啦，小哥，和你聊天很愉快。”

“嗯。”我想，还是别跟这妄想过度的吹牛皮大王扯上瓜葛较好。

“人不可信，幽灵也一样不可信，明白到这一点后我就不再说三道四了。”老头走了数步，再回首一脸感触地说，“所以，就算小哥你身后站着一大群鬼魂，我也不会胡乱猜测你们的关系……只是，那个瞎了左眼的胖子露出一副想将你碎尸万段的样子哩。”

我背脊一凉，猛然回头望向后方，可是我身后只有几棵瘦弱的矮灌木。当我再回头时老头已走远，虽然我好想追上去，但他这句话令我无法动弹，只能呆然坐在长椅上。

我刚才的工作，就是到码头替客户解决一个银行家。那家伙是大胖子，他的脂肪厚到我怀疑能够挡子弹。当然那只是玩笑话，我一枪便毙了他，轰掉他的脑袋。

那一枪的子弹，是从他的左眼射进去的。

Étude.3

习作·三

关键词

恶魔 / 父母 / 即将死亡 / 幸运 / 戒指

那些家伙不是人类，是恶魔。

是来自地狱的恶魔。

自从他们开着吉普车、装甲车，挥舞着长长短短的冲锋枪，大摇大摆地闯进我们这个村子时，我们就知道这儿不再有将来了。

他们仗着正义之名奴役我们，拷问我们，只要我们稍微尝试反抗，子弹便会贯穿我们的胸膛、我们的头颅。死亡已经是最好的待遇了，我知道有不少人生不如死——上星期有一个妇人为了乞求那些恶魔饶过她的孩子，跪在地上发疯似的不断磕头。当然她卑微的乞讨得不到半分回应，因为地狱里是没有“怜悯”这个词语的。

我想，对父母来说，看着躺在血泊、奄奄一息即将死亡的孩子，应该比子弹打进胸膛痛苦百倍。这些惨剧每天都在发生，你说，被一枪了结的家伙，是不是比起在活地狱受苦的幸存者来得幸运？

不过，即使我知道自己活不过明天，我也能笑着面对。

因为我知道那些恶魔永远得不到他们想要的。

我会在临死前告诉他们那个地点，好让他们挖出他们不欲面对的真相。

纵使那儿埋着的尸骨大抵已腐烂掉，如今已面目全非，那些恶魔总有方法认出她们的。比如残破的衣服、家传的首饰戒指之类。

那些被我们军团掳走的女孩子，他们是救不回来的了。

我没记错的话，那个在年迈母亲面前被行刑处决的弟兄，总共处置了八个小女生。他像屠宰家畜一样将她们解决掉。

既然以一抵八的他能笑着离开，那以一抵百的我更是死而无憾了。

嘿。

Var.XIV Finale:
Allegro moderato ma rubato

隐身的 X

Brahms

Piano sonata No.3, Op.5, V. Finale: Allegro moderato ma rubato

我讨厌星期六早上的课。

尤其是下着倾盆大雨、令忘记带伞的我无法回家、只能待在大学校园发呆的星期六早上的课。

C大校园远离闹市，坐落于香港新界吐露港旁的一个山丘上，校内大楼依山而建，充分表现出文化与自然结合之美——就是这个“文化与自然的结合”，害我在这个鸟不生蛋、从大学本部要步行二十多分钟才到达的偏僻大楼的屋檐下，呆看着从天而降的瀑布，苦恼着如何不弄湿衣服也能回去的方法。

星期六要早起已够讨厌了，下课后被迫待在这儿更叫人不爽。

这幢建筑物叫国风楼，我不知道是取名自诗经的《国风》，还是捐款者的名字叫王国风或赵国风之类。大楼楼高三层，有六个可以容纳一百二十人的演讲厅，平时作上课之用。星期六的课都是让学生挣学分的无聊通识选修课，这儿六个讲堂就只有两个有人使用，而且选修的学生极少——一般而言，老早计算好学分如何分配、有前途有计划的精英大学生都不会笨得选星期六早上的课……

我不是“有前途有计划的精英大学生”嘛，唉。

站在屋檐下，看着大雨没有丝毫缓和的迹象，我只好回到空无一人的讲堂里。虽然手边有些课本和讲义，但我实在没有冲劲去看。被困在这儿相当沉闷，我没关上大门，托着头，一边喝着从自动售卖机买来的罐装冰咖啡，一边瞅着外面豆大的雨点拍打着树叶，消磨时间。

真是颓废。

“咔嗒。”

讲堂外传来关门的声音。对了，二号演讲厅好像也有课。周六早上在国风楼只有三个课程，两个在八时半至十时的时段，一个在十时三十分开始，中午下课。我瞄了手表一眼，时间是早上十时二十五分，这么说来，旁边的演讲厅的课快要开始了。

横竖无事可做，不如去旁听一下吧？

我离开一号演讲厅，隔着二号演讲厅的大门玻璃瞧了瞧，再轻轻开门进去。教授似乎还未到，偌大的讲堂里零星坐着六七个学生，各据一方，看来彼此并不认识。新学年第一课，又是通识选修课，各人互不相识倒很正常。

我悄悄地坐在最后一排的左边，倚在椅背，好奇这是什么课。对，我连课程名字也不清楚便贸然进来旁听了，不过这样正好，我看电影也不喜欢看简介，我觉得这样较有惊喜。

五分钟后，一个满脸胡须、身材略胖、穿着浅蓝色衬衫的男人走进来，径自走到讲台上。他放下公事包和一沓类似讲义的A4纸，拾起桌上的蓝色水性马克笔，在白板上写起字来。

推理小说欣赏、创作与分析　耿旭文教授

“欢迎各位选修这通识课。”胡须男向各人微微一笑，他的样貌令我想起台湾的歌手张菲，就欠一副方形墨镜，“这门课是‘推理小说欣赏、创作与分析’，没有同学跑错棚[1]吧？”

台下传来夹杂笑声的回应，可是听起来有点敷衍。拜托，这课的题目很有趣啊！跟我刚才的“网络平台理论与实践”放在一起，

1　跑错棚：此处指“跑错地方”。另，在中国台湾地区也用来批评网民的留言偏离主题，沟通不在同一层次。

简直就像拿《名侦探柯南》跟《x86组合语言指令手册》来比较嘛。

“虽然我知道周六早上的课很不受欢迎，但我也没想过报读的同学只有七位这么少。”胡须男打了个哈哈，把印有修读学生名字的名单扬了扬，“不过反过来想，会选修这课的同学应该也对推理小说有点兴趣吧。有没有人完全没读过推理小说，纯粹是想拿学分所以修这课的？”

台下没有人回答。我本来想举手，说明自己只是来旁听，但我也读过一些福尔摩斯探案、看过几出侦探电影、追过好些日本推理剧集和动漫画，算是“有点兴趣”吧？

“这便好了。”胡须男露出张菲式笑容，说，“这个课程的内容包括分析推理小说的结构，简略介绍推理小说的发展史，让同学了解不同类型的推理小说的形式，讨论推理小说常见的误导手法等等。这课程没有教科书，但有一张书单，上面列出六本长篇小说和十篇短篇小说，各位同学需要把这些作品按时读好做上课准备。说不定你们已读过当中好几本，因为它们都是经典或具代表性的小说……”

“教授，”一个穿得花枝招展、头发染成金色的女生稍稍举手，插嘴说，“这个课程要不要交论文？有没有测验和考试？我主修的科目课业已很繁重，怕没有时间读这么多本小说……”

你是为了逛街拍拖唱K所以没时间吧——我想在场各人跟我一样很想这样子吐槽。

“这个课程没有考试和测验，但各位需要就每部作品写简单的读后报告，而学期结束前要写一篇评论文章或短篇推理小说，作为评分参考。”张菲没有表现出半点厌烦的神色，真不愧是金牌节目主持人……呃，不对，真不愧是教授。

有几位同学微微发出不满的声音。这也难怪，以通识选修课而言，这样的功课量算是很多了。电脑科学系办的“网络平台理论与实践”不但没有功课作业，就连考试和测验都只是四选一的选择题，按概率计算，掷骰子赌运气也有百分之二十五的正确率，而这课的合格分数就是定在二十五分。这才是给学生挣学分的通识课的典范嘛。

“教授，合格分数是多少？万一我没有时间读完书目的所有作品，我最少交多少份报告才能合格？”一个肥胖的男生问。

张菲没有回答这个问题，只是从讲台上走到各人面前，以不像张菲反而像吴宗宪调戏女明星的语气问道：“你们都怕没时间写报告，令自己不合格拿不到学分吗？”

这不用问吧，大家最重视的当然是学分啊。众人点头。

“好，新课程大赠送，今天我不讲课，跟大家玩一个推理游戏。只要在这游戏胜出，我便立即给那位同学打个 A 等的成绩。”喂，怎么张菲变了小燕姐，主持《百万小学堂》了？虽然我听说哲学系那边有位著名讲师，曾做出“谁能在我的课里抓到我说出逻辑错误的话，我立即赏他一个 A”的宣言，我倒没想过有幸目睹这种神奇的场面。

“什么游戏？输了会不会令我不及格的？”一个头发短得比军人还要短的男生问。

“不会，这是一个‘有赏无罚’的游戏，”张小菲教授说，“就说是大赠送嘛。不过胜出者只有一位，搞不好没有人找到答案，无人胜出也有可能。”

虽然我看不到台下所有人的表情，但我感到气氛刹那间改变了。

“这游戏叫‘隐身的X’，目的就是要找出躲藏起来的‘X’。谁先解开谜底便胜出。”

“X是什么？”胖子男生问。

“犯人的代号。”胡须教授亮出诡秘的笑容，说，“外面下着大雨，这种情境有够巧合的。我们假设这个演讲厅是一个山庄，各人也被困于此，其间发生了像主人被杀的案件，而犯人只会是被困在这个山庄的宾客之一。这是很典型的推理小说布局，将来我会详细说明当中的特色……先回到我们这游戏。犯人伪装成普通人，混在角色当中，侦探要凭着蛛丝马迹，找出X的真实身份。”

哦，这课蛮好玩的。如果每一课也是这样子，或许我以后也来旁听，过一过侦探瘾。

“是类似角色扮演的游戏吗？教授，那谁当犯人？当犯人的同学岂不是没有机会胜出吗？”金发女生说。从她的侧面，我看到她还化了像日本少女偶像的厚妆。你是想拿了成绩便逃掉余下的所有课吧。

“对，角色扮演。”教授竖起一根手指，说，“不过X不是由同学扮演，而是由这课程的助教饰演。”

“助教？这课有助教吗？”胖子插嘴说。大部分通识课没有助教，因为通识课不设导修课堂，助教的作用很小。“这样子游戏怎进行？既然我们知道助教就是X，他来了我们就不用特意找他出来吧？”

教授没回答，倒是露出一个深邃的笑容，视线向台下各人扫了一遍。

“啊！”一个穿红色外套的女生突然大叫，众人把视线移到她身上。那女生似乎有点不好意思，但她两手按着桌子，结结巴巴地说：“这、这应该是推理小说里最常见的那个吧？那个什么‘犯人就在我们当中’……助教早就扮成学生，坐在台下了？”

这太有意思了吧！我愕然地看着台下每一位学生，众人也像我一样，紧张地彼此对望。我记得在我大一的迎新营中，学长安排一位二年级生假扮新人混进新生的小组里，在第三天的活动中揭发事实，吓了大家一跳，开一个玩笑之余，亦能让前辈后辈之间更融洽。没想到现在竟然遇上类似的情况……

“大致上就如这位同学所说。‘犯人就在我们当中’……对，就像金田一漫画的名言一样，侦探要找出那些绰号既长且怪兼意义不明诸如‘来自地狱的恶魔酱菜’之类的犯人，不过咱们的犯人的代号只有一个简洁的‘X’。”教授步回讲台上，笑着说，“这个游戏很简单，只要有同学在下课——即是十二时——之前，像推理小说中的侦探指出谁是X，并且说明理由和证据，便算成功破案。不过，每人只可以指证一次，如果推理错误，冤枉好人的话，便失去比赛资格。”

“没有任何提示或线索，我们怎么可能找出X？”一个戴鸭舌帽穿黑色短袖汗衫、坐在第一排的男生问。

“你们可以互相发问，从说话里找寻漏洞或矛盾。”教授微笑着说，“不过，所有对话必须公开，因为推理小说讲求公平性，如果你私下跟某人谈话，取得关键证据，即使成功指证亦不会得到承认。你们可以细心观察彼此的动作和行为，这些细节很可能让你抓住X留下的破绽。”

教授摸了摸胡子，继续说：“这游戏容许说谎，就像犯人为了逃避侦探的追捕，会想尽办法自保一样。另外，你们要记得这是一个比赛，其他人是你的对手，不要笨得随便跟他人分享你留意到的事情或想法，你可以用方法欺骗你的对手。你不单要找出X，更要防止他人比你早找出X。”

“砰！”一声巨响从后方传来，叫我们吓了一跳。我回头一看，一个浑身湿透的男生狼狈地站在大门前，刚才的巨响应该是他不小心把门用力关上所发出的。

“对、对不起！我迟到了！”受到众人的注视，这男生涨红了脸，不好意思地坐在我前方一排的座椅上。

胡须教授先是怔了一怔，瞟了他一眼，再点点头，自顾自地继续说：“刚才谈到……对，X。你们也许担心X矢口否认身份，你们会无可奈何，所以我想到一个证明身份的方法……”

教授走到讲师桌后，从抽屉拿出一沓包装好未开封的A4纸，接着又掏出一个黄色的小盒。我坐在最后排，看不清楚那是什么。

“请问……”当我伸首张望时，坐在我前方的落汤鸡回头小声问道，“什么X？第一课便要测验吗？”

我看他一脸可怜相，衬衫的衣袖还湿漉漉地淌着水，不由得苦笑一下，向他约略解释目前的情况。

“是‘暴风雨山庄’吗？帅啊！”落汤鸡兴奋地嚷道，表情跟他那邋遢模样完全不搭调。

“这些白纸每人拿一张，还有马克笔也是。”教授把一沓白纸和数支马克笔递给鸭舌帽男生，示意他把物品传给各人。刚才那个黄色小盒原来是一盒十二支的油性黑色马克笔。

我们各人坐得零散，鸭舌帽男生把纸笔传给坐在他后两排的短发男生后，短发男生不得不站起来把东西交给坐在他后方的胖子和另一方的一个娇小的女孩。我坐在最后排，当白纸和马克笔辗转传到我手时，倒多了一些出来。

“你们坐得分散，这样正好。”教授举起白纸，说，“每人也有一张纸了吧？这张纸将会是你们的‘身份’。”

教授把纸放在桌上，用马克笔擦了两下，再把纸举起，纸的中心有个不大不小的“X”字。

“隐藏身份的助教会在纸上画下这记号，相反，各位‘无辜’的同学，你们可以在纸上写上‘X’以外的任何符号或文字，甚至让它留白。当你要指证‘X’，说出推理后，你指证的目标便要公开他的‘身份’，以示‘侦探’的推理正确与否。请记着，你们彼此是对手，让他人看到你的‘身份’对你相当不利——用‘消去法’得出答案也是容许的。”

胡子教授微微一笑，把白纸对折两次，放进胸前的口袋，像是示范我们应该怎样做。台下各人也拔掉马克笔的笔盖，在纸上涂涂画画。我提起笔，随意画了个拳头大小的圆形，把纸折好，放在桌面用冰咖啡的罐子压着。

我抬起头往右面一看，发觉各人都在折叠白纸，收藏到口袋之类，唯独胖子正瞅着我前方的某人。当他发觉我看着他时，连忙回过头，装作若无其事。这个色胚是在看女生吧？

“大家也写好了吗？很好。”教授坐在讲师桌旁的一张扶手椅，说，“游戏开始。我会好好观察你们的表现。”

教授交叠双臂，跷起腿，面带微笑地看着我们。演讲厅忽然充斥着异样的沉默，各人面面相觑，却没有人主动说话，仿佛一开口便会泄了底，让他人得知自己的身份，便宜了对方。

静默的一分钟过后，我按捺不住，说：“大家一直不说话也没有意思啊，不如轮流自我介绍吧？”

“对啦，大家连对方的名字也不知道，‘侦讯’便很难进行啦。”短发男生附和道。

“我反对。”打扮时髦的女生说，“虽然我们彼此不认识，来自不同的学系，但难保有人事先看过选课名单，知道这选修课的学生的姓名，如果我们报上名字，那个人便有很大的优势。”

“她说得没错，就算没有看过名单，假如有人听过我们其中一人或几人的名字，知道是学生的身份，也能排除部分嫌疑。”鸭舌帽男生回头向着众人说。看他的样子，他似乎是校内的名人，也许是辩论队成员或拿过某些奖项的运动好手，怕自己的名字曝光。

“连名字也不知道，那么我们如何进行讨论？”我有点不满，“难道我们设定各人编号，叫男生甲男生乙、女生 A 女生 B 吗？还是干脆叫你作‘喂’算了？”

“我们以推理小说的情境来考虑好了，”鸭舌帽男生没有反驳，保持着平静的语气说，“在这种人物众多的故事里，为了让读者留下角色的印象，光是名字是不够的，必须加入角色的背景和特征。陈大文是位留着八字胡的厨师、李小明是个高傲的警官、张志强是个阴沉不苟言笑的画家……就是这些描述才能让‘陈大文、李小明、张志强’变得立体，不是平板的名字。反过来说，让读者留下印象，与其用名字不如用特征——例如‘胡子厨师’‘警官’‘怪画家’，这样的代号便较容易分辨角色。我们都不会轻易透露自己的背景——即使说出来也可能是谎言——那不如用一些一目了然的外表特征来当称谓好了。”

“那么你便是‘鸭舌帽’吧。”我说。虽然他有点臭屁，但我也得同意他的意见，只好这样子寻他开心。

“我没异议，请叫我鸭舌帽。”他抓着自己的帽子，向众人微微一笑。这种装模作样的态度是要泡妞吗？可是这儿只有三个女生，而且她们现在跟你是争夺“A级特快通行证”的敌人，你就省下这爽朗的笑容吧。

“那我叫什么？”坐在第二排左方的红色外套女生主动向鸭舌帽问。啧啧，想不到这么快便有女生上钩了。

“你叫曼联吧。”鸭舌帽指了指自己的胸前，“你外套上的徽章是英国曼彻斯特联足球俱乐部的标志吧？”

女生忸怩地点点头，她的身体语言似是说着“啊，鸭舌帽哥哥你的观察力真好啊，人又帅又有头脑”。拜托，这男生是盯着你的胸部才会看到那徽章啦！这种男生我见得太多了。

坐在曼联后排右面、穿着入时化厚妆的金发女生说：“我叫‘幸田来未’好了。”

她话刚说完，讲堂另一边便传来扑哧的笑声，我也几乎大声笑出来。哪有人这样厚颜，替自己冠上日本偶像的名字啊？别说“幸田来未”，你就连幸田的妹妹、那个常常上搞笑节目《男女纠察队》的傻妞Misono[1]也远远及不上！我瞧了胡须教授一眼，看到他表情没大变动，但嘴角悄悄上扬，他也正在忍笑吧。

“嗯，大家可以叫我作‘和尚’。我昨天理发给剪坏了，那个师傅剪得太短，我的室友们笑说我像个和尚。”那个头发很短的男生苦笑着说。这样正好，我心底里老早叫他作“光头”“一休”几十遍。

大家似乎习惯了从前排至后排逐个自我介绍，所以这时候各人

1 Misono，即神田美苑，日本女歌手。

的目光集中在第四排左方的娇小女生身上。

“无所谓。”那女生只丢下冷冷一句。

“这位同学，这样子不行啊，你便合作一点想个绰号吧。”和尚说。

“什么都好。”那女生仍是冷漠地回应。

“那……我叫你‘熊猫眼’也行啰?”和尚以滑稽的表情说。因为我坐在最后的第七排，那女生没转过头来，到底她有没有熊猫眼、她的熊猫眼有多黑我也不知道。

“随便。”

和尚大概没料到对方接受这“屈辱”的绰号，表情有点无奈。他大概是班上的开心果，看样子是一年级生吧……不对，搞不好这态度是装出来的，也许他便是X。

轮到胖子发言，他站起来说：“大家可以叫我‘阿虎’，就是刘德华主演的那部老片……”

“你是胖虎吧!”和尚吐槽说。这次大家也没忍住，放声爆笑。胖虎脸上一阵红一阵白，但也没回答什么，悻悻然坐下，似是接受了这比“熊猫眼”更屈辱的称号。

现在只余下落汤鸡和我未做介绍。落汤鸡站起来，结结巴巴地说：“啊……我、我叫……叫……”

“叫‘口吃’吗?”和尚抢白道。刚才的对话好像让他的恶搞能力全开，就连不认识的人也全力吐槽。如果这不是装出来的话，他平时一定得罪很多人。

“不！请叫、叫我……”他似乎是个不善于面对群众发言的人，一紧张便口吃。

“你湿淋淋的，叫‘落汤鸡’吧。”我插嘴说。

落汤鸡回过头，却没有反对。他应该认为“落汤鸡”比“口吃”好一点？

最后到我。我拿起面前的冰咖啡，说：“嗯，叫我‘冰咖啡’吧，我看在座各位没有人跟我一样带了饮品进来？”

“喂喂，讲堂内不准饮食啊。”和尚说。

我耸耸肩，把罐子倒过来：“早喝完了，这只是个空罐子。”

各人的称号已定，算是完成了初步讨论的布置。讲堂的座位分左右两边，中间、左侧和右侧是通道，后排的座位比前排的略高，数目亦较多，座位的编排呈现扇形。我坐在第七排最左侧，前一排是落汤鸡，跳了一排靠近中央通道的是熊猫眼，她的前面有幸田和曼联。讲堂右侧的座位则坐着三位男生，分别是鸭舌帽、和尚和胖虎，坐在第一、第三和第五排。只有和尚坐在偏右的位置，其余两人都靠近中间。

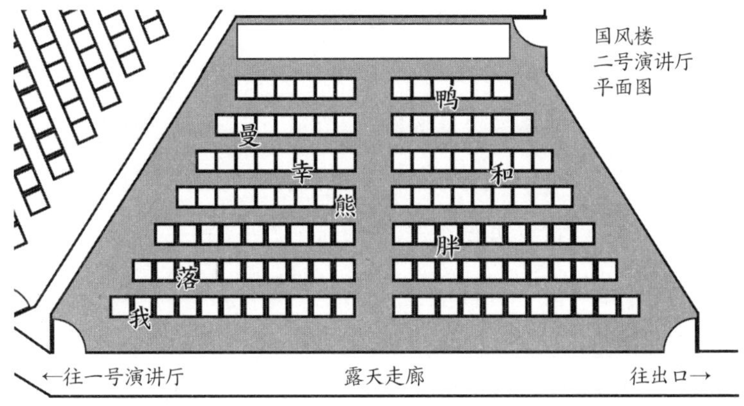

“好了，我们不如先分析一下 X 的特征……”鸭舌帽坐在桌子上，面对我们说。他老是装出领袖的样子，令我想起老电影《十二怒汉》里面那个主导讨论的陪审员。

“不必了。”胖虎忽然站起来，打断鸭舌帽的话，“我已经知道谁是 X 了。”

众人诧异地盯着胖虎，只见他冷笑一声，摆出胜利者的姿态。

“教授，如果我留意到某项其他人没留意的事实，这也不能说是不公平，我的推理仍会被承认吧？”胖虎向教授说。

“没问题，不过你要向各人说明你留意到的事实是什么。”

胖虎亮出欺负大雄时的招牌笑容——我想不到比这更好的形容词了——高声说道：“其实从刚才起，我一直怀疑某人便是 X。我们可以想象一下，犯人作案后会有什么行动？他当然是不动声色，躲在人群之中看好戏。他不会高调地让自己受到注目，更不会多说话，因为说得愈多，便愈容易露馅。所以，从教授说明比赛规则开始，我便偷偷留意这儿所有人的行为。”

我们没有人插嘴，默默地听着胖虎解释。

“刚才各位在纸上低头写上记号时，其实我紧盯着某个特别沉默的可疑人物。果不其然，那个人很大意，虽然她用身体遮掩，但从手腕的移动方向，我肯定她在纸上画上 X 的记号。这就像犯人大意留下证据，被我这个名侦探狠狠抓住。”

“慢着，你是走狗屎运碰巧看到犯人画上 X 吧！”和尚又一次发挥吐槽本色，“虽然你身材肥胖有点像名侦探波洛，但我看你跟他的唯一共通点就只有甜食！”

“你管我！”胖虎恼羞成怒，说，“总之我留意到犯人写下 X 的瞬间！运气也是侦探的实力之一！刚才教授也承认我的推理！”

教授说：“观察力和运气也是破案的因素，虽然有点反高潮，如果你的推理正确的话，我也会接受的。”

胖虎对着和尚哼了一声，然后说：“各位，我现在便要指出犯人 X 的身份。那个人一直保持低调，当我们不断发问时完全没有加入，又随便接受一个乱编的称呼，一副事不关己的样子——X 便是‘熊猫眼’！”

熊猫眼回过头，向胖虎瞧了一眼。从她的侧面我看到她没有做出任何表情，仍是一脸木讷。附带一提，她的确有一双熊猫眼。

“当教授说出这课设有助教时，大家一定以为助教是男性吧！这也是盲点之一！熊猫眼小姐，请你打开你的‘身份’给大家看，结束这无聊的游戏吧。”胖虎起劲地说，语毕还把左手放在脸上，摆出神探伽利略的动作耍帅。

熊猫眼缓缓站起，打开放在桌上的白纸，把它举起。胖虎的表情瞬间大变，那个福山雅治式姿势变成搞笑艺人的模仿版本，更是失败的版本。白纸上空空如也，别说 X，就连半点墨水也没有。

“为什么会这样！我明明看到……”胖虎结巴起来。

“我也没想过这么顺利，”熊猫眼说，“刚才我总是觉得有人盯着我，于是我特意假装在纸上画 X，想不到真的有人中计。我根本没打开笔盖。”

熊猫眼拾起马克笔，向胖虎挥了挥。

“你……你算计我！”胖虎大嚷，“教授，这种卑鄙的手段不容许吧？要取消她的资格吧？”

“很可惜啊，‘胖虎’同学，”教授摊摊手，说，“我说过这是一场互相竞争的比赛，每一个人也是对手，所以你已经输了。”

胖虎无力地跌坐回座位，左手扶着额头。对，这样子比伽利略式的动作跟他外表相衬多了。熊猫眼缓缓坐下，不发一言，继续静静地看着众人。

闹剧结束，鸭舌帽重掌发言权，说：“想不到这么快便有人出局了。这样也好，减少嫌犯和对手的数目，对我们来说不失为一件好事。我提议先分析一下 X 的特征，缩小嫌犯的范围。”

“谁知道他有什么特征？”和尚说，“我们只知道 X 是这课的助教，是男是女也不知道。我才不会假设助教是男的这么笨。”

胖虎沮丧地托着头，连和尚的讥讽也没理会。

“纵使所知不多，我们仍能做出有限度的分析。”鸭舌帽说，“让我抛砖引玉，先透露我的想法——X 应该是二十二岁以上，是文学院文化及宗教研究系的硕士生或博士生。”

“你怎知道？”曼联以仰慕的语气问。

“通识选修课虽然由大学通识教育部统筹，但科目内容都跟不同学系合作，而这‘推理小说欣赏、创作与分析’课是由文化及宗教研究系主办的，选修章程里注明‘文化及宗教研究系本科生不能报读’，这是通识课的常规吧。这一课是本学年新设的，耿旭文教授是客席讲师，我记得简介中的描述是‘本课由客席讲师 H 大中文系教授耿旭文博士主讲’。一般而言，系方不会邀请客席讲师的助手担任助教，另一方面，如果系方让属下有博士头衔的教授协助，按规矩会在课程简介中注明。所以我认为这位助教是文化及宗教研究系的研究生。近年我们也没听过有什么天才儿童或低龄入读研究院的新闻，那么把那位助教当成二十二岁以上应该也没大错。”

鸭舌帽一口气说完，就像舞台上的表演者表演完毕，期待着观众的赞赏。我是不想称赞他啦，不过他的一番话，的确有足够的说服力。

“你这分析好像很合理，”胖虎忽然复活，加入讨论，“可是，为什么你要把这宝贵的发现说出来？如此一来，你便失去优势了。你刚才说的是谎话吧。”

鸭舌帽再次亮出爽朗的笑容。“你知道什么叫‘纳什平衡’吗？如果每个人也争取最大的利益，到头来只会无人得到。相反，让对手共享一些益处，在整体上才能更有效地获得最大的成果。何况我有信心，在相同条件下我一定能够比各位快一步解开谜题。”

这家伙够胆[1]做出这种豪言壮语，看来他真的胸有成竹。也许他还留下一手，没把所有分析说出来。他只是说出部分结论，让大家放下心防，提供一些情报，好让他找到线索。

“假设你的推理没错，”幸田来未对鸭舌帽说，“但对我们有什么帮助？这比赛容许说谎，就算要我们报上年龄，也无法判定他是否说真话啊。”

“年龄可以谎报，但学系无法乱说吧？”鸭舌帽从容自若地说，“只要每人说出自己的学系，再说出一些专门知识或该系的特征，便能判断他有没有说谎了。”

“不对。”一直沉默的熊猫眼小声地说。讲堂里人少，她再轻声说话，也传进各人的耳朵里。

“你说什么？什么不对？”鸭舌帽稍稍皱眉，好像没想过提议

1 够胆：粤语用法，指胆量大。

会遭到反对。

“我说这方法不对。”

“有什么不对?”鸭舌帽有点着急，说，“我是资讯工程系的二年级生，我可以跟各位说明模拟及数据分析软件 MATLAB 的用法、Java 语言的物件导向语言特色和语法等等，这便能证明我没说谎吧?”

“谢谢你，你让我的嫌犯名单减少一人了。”熊猫眼木讷地说。

鸭舌帽错愕地定住，摸着下巴，坐回座位里沉思。我隔了五秒才明白熊猫眼的意思——她说得对，这方法可以证明一个人属于哪一个学系，问题是我们根本没有义务说明嘛！事实上，聪明人应该会反过来，谎称自己是某个学系，再故意露出破绽，引诱他人相信自己是 X。就像刚才熊猫眼用计陷害胖虎一样，这样子更能有效减少对手。

这游戏的关键不单是找出 X，更要防止对手找出 X。这比在暴风雨山庄里当侦探更难缠。

在鸭舌帽触礁后，我们有整整十分钟保持沉默。各人互相对望，大眼瞪小眼，却没有人愿意率先带起话题。

我看着身旁桌面上多出来的白纸和马克笔，再看看被咖啡罐子压着的“身份”，忽然认清一个事实。

我为什么这么认真去玩这个游戏啊?

我又没有必要争取优胜，即使胜出，我也没半点好处嘛?

我参加游戏只是贪玩，拿不拿到 A 干我何事?

想到这处，我做出一个决定。熊猫眼的话虽然有道理，但我很讨厌这种功利主义。也许我也是“纳什平衡”的追随者吧。

“各位！”我站起来，举起那张折起来的“身份”，大声地说，“我决定要公开我的身份，让大家知道我不是X。”

“咦？要自爆吗？你不是X吧？”和尚说。

“我当然不是X。”我说，“我只是不喜欢这种胶着状态，大家沉默下去，也不见得能找出犯人啊？就是有人先付出，不怕吃亏，事情才会有进展。更何况我公开身份，只是让大家减少一个怀疑的对象，这对大家也公平吧！如果其他人能仿效，我也有所得。这不是个零和游戏，对落败者而言，有人胜出跟没有人胜出是没有分别的，既然如此，何不成人之美？”

“可是我们可以主动公开身份吗？”落汤鸡问。

“教授只说过被指证时要公开身份，没规定我们不可以主动公开啊。”我回答。教授默默地坐在讲台上，露出微笑，没有否定。

我打开手上的“身份”，向各人展示那个圆形。“看，我不是X。换句话说，现在已肯定我和熊猫眼不是犯人了。”

我这行动就像在平静的湖面投下一颗石子，水波向外扩散，而且扩散的速度比我想象中更快。

“我也公开！”落汤鸡似乎克服了紧张，站起来打开白纸，上面是一个像硬币般大小的圆形，“我也不是X！”

“咦，真巧啊。”和尚举起四折的纸，打开，里面亦是一圆形，但画得扁扁的，“我也是画圆形。你们不是偷看到所以模仿我吧？”

嫌犯一下子减少至四人。我本来没想过这么有效，不过细心一想，抢先公开反而是聪明的做法，因为愈晚公开便愈要考虑得失，就像推理小说中的连续杀人事件，当所有证人都变成尸体，最后余下两人时，无辜者便能确定对方是犯人。

所以现在只余下最后一个名额，这做法把嫌犯减少至三人便得停止了。我相信大家也会明白这窍门。

可是，我突然发觉有点不妥……如果鸭舌帽现在不抢这个位置的话……

“我也是画圆形啊。”曼联高举白纸，圆形下方还加了一条底线。糟糕，我没想过她会凑热闹——

“我要指证！”幸田突然说道，“胖虎便是X！”

哎，果然是最坏的结果。这女生没错过这黄金机会。

幸田没有让我们插话，直接做出她的说明：“教授说过，用消去法找出X也是容许的吧。当你们公开证明自己是无辜者，余下三人时，这就变得相当简单了。首先，我不是X。”

她打开手上的白纸，上面除了折痕外没有任何符号。

“换句话说，X只会是鸭舌帽或是胖虎。然而刚才鸭舌帽做出分析，证明自己是资讯工程系的学生，这跟他推理的X的身份有出入，余下的唯一可能，便是一开始让自己出局，嫌疑最小的胖虎。”

“等等，”曼联问，“为什么你肯定鸭舌帽所说的是真的？他有可能是假装出来，误导各人啊？”

“不可能，因为刚才打断他的话的是熊猫眼，当时唯一确定的清白者。这一课就如鸭舌帽所说是文化及宗教研究系主办的，助教是该系的研究生这一点亦几乎可以确定，而他在情急之下说明自己是资讯工程系的学生，并且说出什么MATLAB的项目来证明，这便能证明他的清白。假设他是X，事先准备这番说辞，如果熊猫眼没打断他，其他人又要求他继续说下去，他便很容易露馅。万一我们之中也有熟识这些技术的人，这个谎言就更容易戳破。X可以用其他借口来误导我们，犯不着用上这种容易露马脚的说法。”

我太小看这个赶潮流的女生了。如果最后余下她、鸭舌帽和胖虎三人，她便拥有最大的优势。鸭舌帽就如她所说的清白，如果她是X，胖虎已出局，这时候她不会主动指证，因为我们无法判断犯人是她还是胖虎。虽然说如果她没指证胖虎的话会大大增加她的嫌疑，但我们必须考虑她是不是一个聪明人——她可能只是个愚蠢的无辜者，看不出胖虎是X的事实，还在怀疑X是鸭舌帽或胖虎之一。

想不到这游戏这样子落幕，只见胖虎一脸木然地从口袋掏出皱巴巴的纸团，打开，举起……

上面有一个拳头大小的圆形。

咦？

我回头望向幸田，她的眼睛瞪得老大，一脸难以置信的样子。

“我要指证！我指证鸭舌帽便是X！”和尚突然发难。我还没回过神来，和尚这家伙便先走一步，把指证的优先权抢下。既然胖虎和幸田也是清白，余下的人便是犯人了。

“一群笨蛋。”熊猫眼冷冷吐出一句。

和尚回头向她装出一个鬼脸，“嘿，你就干脆认输吧！装什么酷啊？没法把握时机只能怪自己，可不能怨人啦。”

“你以为这游戏可以用这么简单的消去法找出犯人吗？”熊猫眼说，“到目前为止，真正清白的人只有我和那胖子而已。”

“你说什么？刚才大家也出示了……”

“啊！”鸭舌帽一声惊呼，打断了和尚的话，“冰咖啡！你手上是不是有多出来的白纸？”

“是啊。”我抓起身旁的一小沓A4纸。

“有多少张？落汤鸡，你看着他数，验证一下。”

我数了一次，然后交给落汤鸡再数一次。我们得出相同的数字。

“二十三张。”我说。落汤鸡点点头，比了个 OK 的手势。

“教授，我可以看看你面前那包 A4 纸吗？”鸭舌帽神色凝重地说。

“请便。”教授扬扬手，示意鸭舌帽过去拿。

鸭舌帽拿着纸沓，手指不停翻着纸角。他来回翻了两次，然后一脸谨慎地说：“各位，这儿有六十七张。”

“这样又如何？你快点承认你便是 X，让我成为‘第一课便拿 A’的传说主角吧。”和尚意气风发地说。

“你笨蛋啊！”鸭舌帽骂道，“这是一百张 A4 纸的包装，刚才教授在我们面前开封，他拿了一张做示范，然后我们八人每人一张，到冰咖啡手上余下二十三张，那么，你认为包装里应该还有多少张纸？”

“你当我小学生么？一百减一减八减二十三，不就是六十八……咦？”和尚脸色一变，他注意到了。

“我手上这沓纸只有六十七张。你们想拿去核实再多数一次也可以。你说这代表什么？”鸭舌帽问。

“这包是不良品，只有九十九张吗？”和尚露出为难的表情，说道。他好像不想面对现实。

“有一张不见了。”胖虎插嘴说。

“不是不见，是有人多拿了一张。”我说。在鸭舌帽点算纸张数目时，我已知道熊猫眼的意思。“如果 X 多拿了一张，刚才出示的是‘虚假的身份’，我们表示清白的行动便没有意义。”

“等等！这是被容许的吗？”曼联讶异地问。

“教授说被指证的人要公开‘身份’，可是我们刚才的做法并不是指证，而是自愿公开。别忘了这游戏容许说谎。”鸭舌帽说。

“就算纸张数目一致，也不能排除犯人用自己准备的白纸假装清白。”熊猫眼难得打破沉默。

鸭舌帽打开他的“身份”，上面有一个三角形。“和尚，你出局了。”

“慢着啊，这太不公平啦！都是冰咖啡出的馊主意，害我被奸人所害……”

“很抱歉，‘和尚’同学，你已经输了。”教授做出裁决，和尚只好乖乖认命。

“说什么‘成人之美’，什么‘不是零和游戏’，到头来还是没进展！还害我们出局啦……装出一副明智小五郎的样子，骨子里不过是毛利小五郎罢了……”和尚叨念着，他似乎非常不甘心。当然我也不知道这是不是演技，或许他便是X。

“我怀疑冰咖啡便是X。”幸田突然说道。

“幸田小姐，你已经出局啦，还是快快回日本开演唱会吧。”和尚反讽她说。

“虽然我已经输了，但我仍可以讨论和发表意见吧？”幸田瞪了和尚一眼，说，“提议公开身份的是他，而他坐在最后一排，手上也有多余的白纸，动什么手脚大家也不会留意。他不是最可疑的家伙吗？”

众人纷纷望向我。

“不是我，”我连忙申辩，“我没有说谎啊。何况我根本没有意思争取胜利嘛。”

“直接拿A等的成绩不吸引吗？你这样说更代表你是X吧？”和尚也掺一脚。

“我只是来旁听，我本来就没办法拿什么成绩。”

“这一定是谎话。”胖虎落井下石。

被围攻下我有点不忿，于是从手提包中抽出“网络平台理论与实践”的讲义，说：“看，这是今天早上一号演讲厅的课的讲义。因为下着大雨我又没带伞，所以才进来听课打发时间。”

“如果你是清白的，你可以用鸭舌帽之前提出的方法，说明自己是哪一个学系，并且举出那个学系的知识，这样做我们便信你。”曼联说。

虽然明知是激将法，但我无法沉住气。我明明是抱着善意来提出方法，却被诬陷成狡诈之徒，这口气吞不下去。

“我是工程学院电脑科学系的，你们要问我什么软件硬件的知识尽管放马过来，像C语言的语法、软件工程的步骤、作业平台的漏洞、电脑病毒的发展、线上游戏服务器和用户端的结构、三维图像的演算法，等等，要不要我逐项慢慢解释？”

“好啊，横竖鸭舌帽是念资讯工程的，你是说真说假能轻松确认……”曼联边说边望向鸭舌帽，可是鸭舌帽没理会她，直愣愣地盯着我。

“……冰咖啡，你是来旁听的？”鸭舌帽谨慎地吐出这个问题。

“天地可表，句句属实。”我认真地回答道。

“他可能在说谎啦。”和尚补一句。

“如果他真的只是旁听生，我们很可能陷入教授的圈套了。”

鸭舌帽回头望向教授，说，“虽然有点鲁莽，但我想提出我的结论——这儿根本没有X或助教的存在，所有人也是清白的。这个才是这测试的终极答案。”

我们都被鸭舌帽的结论吓了一跳——好吧，熊猫眼似乎没有——他是说从一开始这个比赛的目的并非“找出X”，而是“找出X并不存在的证据”？

“你想如何验证这个假设？我当这是你的指控，所以你只有一次机会。”教授的表情没有变化，仍泰然自若地坐在椅子上，轻松地说。

“我要求余下未曾被指控过的人公开‘身份’。”鸭舌帽郑重地说，“如果所有人也没写上X，那便表示我的答案正确。”

“等等，如果你答错的话，这样做不就剥夺了其他人争胜的机会？”幸田说。

“那我先做出推理吧。”鸭舌帽回头面向我们，说，“教授一开始便提过，这课的内容包括分析推理小说的结构、了解推理小说的形式、介绍推理小说的发展史，以及讨论推理小说常见的误导手法——最后一项便是重点，从一开始我们已被他误导了。这儿各位或多或少都看过推理小说或推理电影吧，所以一开始教授说出‘暴风雨山庄’‘犯人就在我们当中’，我们便直接联想到那些犯人躲藏在角色之中的典型故事。问题是，近年有很多推理小说已经跳出了这种框架，读者推理的内容不是局限在作者提出的规格之内，而是在规格之外。”

“什么规格内外？”曼联问。

“简单来说，便是故事以一件案件作为表象，读者的注意力都放在‘谁是凶手’，然而故事的最大谜团却不是这一点，而是其他的事情，例如作者运用了叙述性诡计，利用视点模糊角色的身份和数量，使用语带双关的叙事手法来引爆更大的谜团。”

“这跟我们这个游戏有什么关系？我也读过好几本叙述性诡计的作品，像是绫辻行人或乙一等等。”幸田说。

“‘寻找X’便等同于‘谁是凶手’，然而真正的谜面在教授的言谈里透露出来，‘X’只是掩护他想我们找出的真相的幌子。”鸭舌帽挨着桌子边缘，说，“教授说的话其实充满着提示。首先，他说过‘这游戏的目的就是要找出躲藏起来的X，谁先解开谜底便胜出’，留意他所说的并不是‘找出X便胜出’，而是‘解开谜底便胜出’，游戏的目的跟胜负并没有直接关系，就像某些图版游戏，目的是到达终点，但胜负却是看过程中收集的点数。他从来没说过‘找出X的人便是胜利者’。”

“这……这太犯规吧！”胖虎嚷道。

“单单从教授这句话来分析，理由似乎有点薄弱。”幸田提出反对，但她的语气没有之前的强硬，充满怀疑。

“真正令我察觉的是另一道线索。”鸭舌帽回头看着我，“我一直没怀疑X不在我们当中，因为我们多出一人了。可是，刚才冰咖啡说出他是旁听生，这便大大地有问题。我们的人数根本不能容纳那位隐藏身份的助教。”

“什么多出一人？”曼联问。

“教授一开始便提过‘没想到只有七位同学报读这么少’，当时他还特意扬扬手上的学生名单。他在那时候已给我们提供线索，把学生的正确数目告诉我们。只是他没想过这天碰巧有一位旁听生，令这个情报沾上瑕疵。”

鸭舌帽把视线转向落汤鸡，继续说：“因为落汤鸡迟到，打乱了教授的计划。教授一开始看到我们七个学生，心想所有人已到齐，再假装不经意透露这一班的报读人数。如果冰咖啡没来，我们只有七人，只要有人留意到教授最初说出的情报，对照之下，便会察觉这个事实——我们之中根本没有什么隐藏人物。通识课本来就很少设助教，这常识也是巩固我的推理的理由之一。”

“慢着啊！”我问，“你说教授在临时决定进行游戏之前已刻意留下破绽？这不是本末倒置了吗？”

“什么临时决定！”鸭舌帽苦笑道，“这一切都在他的预料之中啦！就算没有人抗议功课太多，他也会主动提出游戏。你看看手上的马克笔，即使白纸是每个讲堂也有的东西，但马克笔不是啊！这是他老早预备好的道具！”

“国风楼的演讲厅都是用白板而不是黑板，有一盒新的马克笔有什么出奇？”和尚说。

鸭舌帽举起马克笔，说：“白板用的是水性可擦掉的马克笔，但我们手上的是油性的。”

啊！对！如果没有事先预备，教授怎可能忽然拿出一盒簇新的油性黑色马克笔？

“啪，啪，啪。”教授拍了三下手掌，说，“非常有条理的推理。你留意到很多细节。”

“那我在这游戏胜出吧？”鸭舌帽语气昂扬，看来他很高兴。

“不，你还要解决一道难题。”胡子教授亮出深邃的笑容，“你如何验证这个推理？就像‘幸田’所说，万一你错了的话，便剥夺了其他人得胜的机会。你有什么办法在不损害他人的利益下让所有人公开身份，确认当中没有 X 的存在？”

鸭舌帽沉默下来，坐回座位，低头沉思。他现在就是这舞台的主角，我们只是观众，期待他做精彩的表演。

“别管他吧，无法证明的推理就像娱乐新闻，听听就好，实际上干我屁事。”和尚轻佻地说。看来也有观众是来找碴的。

“教授，”静默了近一分钟，鸭舌帽开口问道，“你不可以直接说出答案吗？如果我是对的，你直接说便可以了，相反我是错误的话，你确认‘X 是存在的’这一点也无损比赛的公平性。”

“如果这是一本小说的话，角色如何能要求作者透露这项情报呢？所以很抱歉，你的要求我无法做到。”教授笑了笑，回答道。

“那么，我可不可以要求已出局的角色替我验证？让他逐一检查他人的‘身份’，再报告有没有发现‘X’的存在？”

“那也不行，出局的人仍可以参与讨论，假如你的推理错误，那便会让某人优先得知谜底，这也有违游戏的本意。同样道理，你自己也不能逐一进行验证。”

“我可以用一个箱子收集各人的‘身份’，然后确认当中有没有 X 吗？”

“这样做的话，如果 X 存在，令你出局，那余下的人又怎样在指证后确认身份呢？”

“我可以要求各人再画一张‘身份’吗？”鸭舌帽问。

“可以，不过游戏不能规定他们在写这张身份时诚实作答。”那即是没用了，检查可以作伪的身份没有意思啊。

连续被打四枪，鸭舌帽托着头，很苦恼的样子。教授的要求就像“在不擦亮火柴的情况下确认每支火柴也能擦得亮”，未免太难了。

“教授，我这个指证也是规则之内的指证，换言之他们每人也必须出示真正的‘身份’，不能伪造，对不对？”再隔了一分钟，鸭舌帽问。

“没错。”

“而我需要做的，是令‘可能存在的X’在不暴露身份下，让‘X是否存在’这事实曝光，是吗？”

“就是这样子。”

“好，我想到了。”鸭舌帽露出微笑，“除了曾被指证的熊猫眼、胖虎和我之外，我要求其他同学把‘身份’撕下一角，大小形状随意。”

“你是想收集那一角，看看有没有部分X的记号？你不能确定他撕下来的一角包括记号的部分啊。”曼联说。

“不，我要收集的不是那一角，那一角由你们保留，我要收集的是那一角以外的部分。”

“咦？”

“撕掉的一角便是新的身份证明。”鸭舌帽拿起自己画了三角形的纸张，撕去一个大约两厘米长的角，“我之后以不记名的方法收集大家的身份，再检查当中有没有X，便能确定X是否存在。万一我错了，其中一张身份上有一个X，那么之后再有人指证时，被指证的人在这些身份中选出自己的一张，补上撕下来的一角，如果两者吻合的话便能确认身份。由于把角落撕下来的手法是随意的，每人所撕的大小、形状、角度都不尽相同，这方法既能保留各位的身份证明，亦能让我检查 X 是否存在。”

“这样做可以吗？”胖虎举手向教授问道。

“唔，我想不到反对的理由。”教授摸了摸胡子。

“由于这是一次指证，所以各位不能作假，必须使用真实的‘身份’。这是教授刚才认可的。”鸭舌帽补充道。

我没想到可以用这一招。虽说两人撕下的一角有可能相像，但现在只有五人，形状大小碰巧相同的机会很小。而且，除了 X 外，大家也没有理由作假，而 X 想模仿他人也没办法，因为他不知道其他人的做法。我把“身份”的右上角撕下，大小就像半张名片。

鸭舌帽离开座位，走到白板旁的架子。架子上有些放 A4 纸的瓦楞纸箱，他抬起一个，把里面一包包的白纸放回架上。

“各位请把身份折好，放进这个纸箱里。”鸭舌帽拿着有盖的纸箱，走在中间的通道上。

“等等。”熊猫眼突然说，“不能由你收集和检查。就算你不动手脚，你也可能会暗暗记住每人放下的纸张的特征。”

鸭舌帽愣了一愣，说：“那你有什么提议？”

“让利益冲突最小、身份最清白的人负责。”熊猫眼指了指胖虎。胖虎是唯一已确认不是 X，同时已出局的人。我们没有异议，于是鸭舌帽把瓦楞纸箱交给胖虎。胖虎一脸不情不愿地接过箱子，慢慢沿着通道，走过来收集我们五人的“身份”。他左手提着箱子，右手抓住箱盖，只露出很小的空隙，让我们把折好的身份丢进去。

收齐后，胖虎走到左边第一排的空位，回过身子向我们说：“现在我开始检查，并且把每张身份向各位展示。这样子没有问题吧？”胖虎向熊猫眼瞪了一眼，看样子他还记着被设计的仇。

胖虎把箱子摇了几下，打开盖子，掏出第一张，打开，上面有一个很小的圆形，左上角缺了一角。第二张是一个扁扁的圆形，左边被撕下了长长的一条。第三张是个拳头大小的圆形，右上角被撕去——这应该是我的。第四张是一张缺了一角的白纸。

在公布了第四张身份后，我看到鸭舌帽双目炯炯有神，直盯着胖虎手上的第五张身份。胖虎打开纸张，瞄了一眼，表情没有什么变化，再把结果举起。在我们面前的，是一个有一条横线在上方的圆形。

“Yes！”鸭舌帽振奋地挥动手臂，整个人从座位弹起来，“这样便证明了我的推理正确了！X根本不存在！无话可说吧！”

“教授，我要做出指证。我指证胖虎便是X。”

一时之间，我完全搞不懂这情况。说这话的是熊猫眼。她无视鸭舌帽的欢呼、曼联的欣赏目光、教授的微笑、其他人的恍然大悟，自顾自地站起来，说出这句话。

“我指证胖虎便是X。”她再一次说道。

“你发什么神经啊？”曼联骂道，“鸭舌帽已经证明X不存在了，你还不认输吗？”

“他的推理有漏洞。”熊猫眼淡淡地说。

“有什么漏洞？”鸭舌帽说，“我已经证明所有人的身份也是清白，而且当中更是规则所限的，不容作假。相反，你指证一个早被证明清白的人是X，你是不是弄错什么了？”

“对啊，我不是已经指证了胖虎吗？”幸田插嘴说。

“那时候他不是X，但现在他变成X了。”熊猫眼说。

“什么变成X？这是新的推理小说，叫‘全部成为X’吗？”

和尚插科打诨道。

“鸭舌帽，我先问你一句，你有什么办法证明在座的所有人除了冰咖啡外就是选修这一课的学生？”熊猫眼答非所问，丢出一个新问题。

“教授不就给予提示，告诉我们这课有七个学生嘛！难道你说这提示是假的吗？”

“我的问题是，你如何确定我们七人就是名单上的七人？”

“呃……”鸭舌帽为之语塞。

“今天下大雨，又是星期六早上的课，你肯定没有人逃课吗？”熊猫眼说，“通识课一向不计算出席率，我们亦不用点名，如果有一位同学没上课，那我们这儿便有位置让 X 补上。”

“就当我大意，没有考虑这一点吧！”鸭舌帽反驳道，“可是，刚才的检查已证明我们当中没有 X，不是吗？”

“你算漏了最重要的一步。”熊猫眼没有展现任何表情，就像机器般说，“你没有考虑共犯的存在。”

“共犯？”除了鸭舌帽外，连曼联和和尚也一起不约而同地吐出这两个字。

“你没有考虑过，我们之中除了 X 外，还有另一位助教。”

“可是教授他说……”

“他只说过 X 由助教扮演，混在我们当中，他并没有说过有没有第二位助教扮成无辜者。我们不能假设 X 没有共犯。”

“即使有共犯又有什么关系？”鸭舌帽的语气有点激动，“即使有共犯，我们包括 X 在内也得依从游戏的规则，来处理那张身份证明，刚才的检查有共犯也没法干预啊！”

"你忘记了，教授说的是'X是由助教饰演'，并不是'X是由一位助教饰演'。"

"这有什么分别？"

"胖虎收集身份，每人也被规则束缚，必须投下真正的身份。可是，规则并没有规定检查的人不准动手脚。如果这位检查的人是共犯，刚才的结果就像之前冰咖啡提出的'公开身份'一样没有意义。"

"我可以怎样动手脚？"胖虎问。他的态度变得很沉着。

"你只要偷龙转凤，把画有X的身份拿走便可以。"

"但这样做对X有什么好处？"幸田问，"否定自己的存在，只会让鸭舌帽胜出吧？"

"推理小说中，侦探以为自己破案并不是结局。真正的结局是由作者告诉读者的。我认为鸭舌帽在高呼胜利后，教授会问我们对这个推理有没有异议，假如我们全部人也接受的话，他便会宣布X的胜利。"

"没错。"教授突然出声，露出狡猾的笑容。鸭舌帽听到教授的话，像是泄了气的气球，以不可置信的表情张望我们每一个人的脸孔。

"你说胖虎之前不是X，现在变成X是什么意思？"幸田追问。我猜她尤其不甘心吧，毕竟她是因为指控胖虎而出局的。

"胖虎本来是共犯，他跟X早料到有人会提出检查所有人的身份。X根本没有撕去他的身份的一角，相反，胖虎先把证明他是无辜者的身份的角落撕下，藏在左手掌心。在收集身份的步骤中，胖虎偷偷把纸角交给X，同时间X把他的身份投进箱子时，胖虎用握着盖子的右手接住，藏在右手和盖子之间。趁着没人留意，胖虎把自己的身份放进箱子里，画有 X 记号的纸则收进他的口袋。于是，胖虎由无辜者变成 X 了。”

“那谁是本来的 X？”和尚问。我们都被熊猫眼的推理吓住，毕竟这做法有够厉害，而且乍听之下还要合情合理。

“冰咖啡。”

我？

“为什么是我？”我大为愕然，焦急地站起来问道。

“你是唯一可以进行这阴谋的人。”

什么阴谋啊？别说得这么难听好不好？

“为什么他是唯一的？”落汤鸡问。

“刚才他发起的‘公开身份’行动里，虽然 X 可能作假，但被愚弄的无辜者占大多数。或许各位没留意每人展示的身份符号，但我一一记着。冰咖啡画的是一个不大不小的圆形，落汤鸡是小圆形，和尚是扁平的椭圆形，曼联是下方加了一划的圆形，幸田没有画上任何符号。虽然以上公开的身份未必准确，但配合刚才的检查结果比对一下，便会发觉完全吻合。”

“这不就证明冰咖啡没有使诡计，X 的确不存在吗？”鸭舌帽紧张地问。

“不，这证明了能使这个诡计，就只有冰咖啡一人。”熊猫眼首次亮出微笑，“幸田指证胖虎后，胖虎曾向我们展示身份上的图形，他画的也是一个不大不小的圆形，跟冰咖啡画的符号一模一样。要瞒骗众人，X 在先前作假的身份上必须和共犯使用相同的记号，如果他们画的是不同大小、不同形状的符号——比方说正方形——

那刚才的检查便会露馅。这便是事先串通、二人是共犯的证据。”

“等等啊！”我抗议道，“这是巧合啊！”

“你还有很多可疑之处。”熊猫眼很冷静地对我说，“先不论你提出公开身份，引诱他人掉进陷阱的做法，你的座位是我们当中最具优势的地方。你可以居高临下仔细观察情况，而共犯胖虎要跟你打暗号亦不容易被发现。更重要的是，你之前说的话有严重的矛盾，证明你在说谎。”

“我说过什么谎话？”我被她逼得紧了，愈来愈感到烦躁。没想过一个小女生可以让我如此焦急。

“你说你之前在隔壁上‘网络平台理论与实践’的通识课，因为大雨被迫逗留，可是，你却宣称自己是电脑科学系的学生。众所周知，本科生不能选修自己所属学系办的通识课，为什么电脑科学系的你可以修电脑科学系的‘网络平台理论与实践’？你留下这个谎言并不是意外，而是刻意露出破绽，让我们可以公平地分析和推理。你便是我们这一课的助教，亦即是本来的X。”

熊猫眼恍如名侦探般，一口气做出推理和解释。面对这个难以解释的矛盾，我想我只能认输，哭着承认我便是犯人了。

可是，我压根儿不是X啊！

什么鬼助教、什么鬼推理小说欣赏、什么鬼胡子耿博士，我也是今天早上踏进这讲堂才知道的啊！

“哎，请先让我解释一下……”

我的话突然止住。看着在场的众人，我张开口，没发出任何声音。他们的目光注视着我，但我毫不在乎，因为，刹那间我明白了这个谜团的答案。回忆中的每个片段、每句说话，也跟这个谜底相符、吻合，形成一个完整的图形。人家说读推理小说时，谜底揭盅[1]的一刻会让读者起鸡皮疙瘩，我发觉，原来现实里置身于类似的情境，那份感觉来得更强烈更难以形容。

就像在黑暗中忽然看到一线光明，而那道光线慢慢照亮了整个环境。

“……我想先问一下各位所属的学系。”我说。

“你又要扮成明智吗，毛利小五郎？你这时候应该要像夜神月那样垂死挣扎，否认自己是X嘛！”和尚讥讽道。

“如果我是负责评分的助教，你认为你这态度会不会让我留下坏印象？”我故意唬一下对方。和尚似乎没料到我这样回答，吓得伸一伸舌头，没再回嘴。

“我想大家说一说自己的学系，不用证明什么，即使是谎言也不打紧。”我真笨，现在才发现这个游戏的重点。我们不用怕无辜者为了减少对手误导他人，真正的重点是让想说真话的人说话。

“我是音乐系的。”落汤鸡说。

“医学系。”熊猫眼说。

“中文系。”幸田答。

“工商管理系。”和尚说。他回答得很干脆，也许怕开罪我。

“新闻系。我想当记者。”曼联说。

“资讯工程。之前说过了。”鸭舌帽说。

“化学系。”胖虎说。

“好了，这便足够了。”我说，“我不是X，但我已经掌握了谜

1　揭盅：粤语用法，即“揭晓”。

底。鸭舌帽跟熊猫眼的推理也有错误的地方，但他们都说对一些事情。我想，如果没有他们，我也没法子想到答案。”

“你说什么？”熊猫眼和鸭舌帽一起问。

“这游戏里的确有共犯。那便是幸田。”我指向那位穿得漂亮入时的金发女生。

“什么？她是共犯？她刚才连身份也没有投进箱子里，如何跟胖虎合谋啊？”和尚问。

“胖虎不是X。”我说。

“那谁才是另一位助教？”

“什么另一位助教？”

“你刚才说幸田是助教之一，是X的共犯嘛。”

“助教只有一位。谁说共犯一定是助教？”我回答。

“你是说教授一早找了我们一位同学当内应吗？”落汤鸡说，“因为幸田是中文系学生，或许曾到过H大听中文系的耿教授的课，所以他们事先串通好了？”

“不，我不是这个意思。”我笑着说，“‘幸田来未’小姐——不，应该说耿旭文教授——请你不要再假扮学生了，出来主持大局吧。”

众人发出讶异的叫声。最让我欣慰的，是连熊猫眼也露出惊讶的表情。我差点以为她是个无血无泪的机器人，他日毕业后会变成冷血女医师。

“你说幸田是……耿博士？”胖虎一脸错愕，指着“胡子教授”说，“那这位是……”

“就是助教X先生啰。”我笑道，“虽然我并不是这课的学生，没办法拿奖励，但作为游戏的参与者，我还是要认真地说一次：我指证台上的教授便是X。”

幸田和胡子教授露齿而笑。胡子教授说：“请说明你的推理。”

“鸭舌帽说得没错，这游戏并不是即兴，而是有预备的。除了马克笔是证据外，如果这是一个即兴的游戏，假扮X的助教也许会手足无措，不知道如何欺骗学生，毕竟奖励是A等的成绩，没有教授会如此鲁莽的。这份奖励就说明了，这个谜底一定不简单，比功课和论文更难，策划者一定有全盘计划才会执行。”

“这一点没有疑问，鸭舌帽也提出了。”幸田说。

“虽然鸭舌帽提出人数一点有他的理由，但熊猫眼的反驳亦非常合理。人数方面难以控制，所以‘教授’那句‘有七位学生’不一定是提示。不过，鸭舌帽的想法是对的，从‘教授’进入讲堂开始，他已经留下很多提示。这些提示并不是‘说了什么’，而是‘没有说什么’。他由始至终也没有做出自我介绍，只是在白板上写下课程和教授的名字，我们便假设他是‘耿旭文教授’。另外，大家记不记得谁最早叫他作‘教授’的？”

“是……幸田！”鸭舌帽嚷道。

“没错，就是说课业繁重，希望减少功课量的幸田。如果我们有人称他作‘耿教授’或‘耿博士’，便会损害了推理小说的公平性——亦即是这游戏一再强调的公平性。如果最后谜底解开，他告诉我们他便是X，我们一定抗议问为什么我们叫他‘耿博士’而他没否认。‘博士’是不可乱认的头衔，但‘教授’则比较宽松，而且他亦没有自称为教授，我们只是一厢情愿地如此称呼他……习惯性地依从第一个人提出的称谓来称呼他。”

“这太犯规吧！”胖虎再一次说道。

“只是我们没问罢了。”我说，“或者我现在问一下吧——教授，请问如何称呼你？你是哪一系的？头衔是什么？”

胡子教授笑着说：“我姓张，属于文学院文化及宗教研究系，五年前在澳大利亚 M 大文化研究系硕士毕业，现在在 C 大攻读博士学位。我在 C 大校外课程部主讲两门课，叫我‘教授’我可是当之无愧的啊。”

想不到他真的姓张。他不会跟张菲有亲戚关系吧？

“X 不是混在学生之中吗？”曼联问。

“他也没说过这一句，这句是你说的。他只是回答‘大致上就是那样子’‘犯人就在我们当中’，他从来没说过‘你们之中有犯人’。”

“光这一点又如何得知他便是 X？”熊猫眼问道。

“你们没发现这游戏有一点是多此一举的吗？”我举起那片撕下来的纸角，“为什么要犯人画记号？如果单纯猜谁是助教，我们只要用谈话，再由教授证实便可以了。鸭舌帽说得对，教授一早已给我们很多提示，包括这张‘身份证明’。身为主持人，他根本没必要示范犯人会画个怎样的 X，就算真的要让我们留下证明身份的实物，他也只需发纸给我们，说‘犯人会在纸上画个 X 字，你们可以画其他符号’便可以。难道我们连 X 字是什么样子也不知道吗？然而，教授不但在我们面前画上一个大大的 X，还说‘隐藏身份的助教会在纸上画下这记号’。这便是最大的提示，之后他啰啰唆唆地说什么消去法之类，都是转移视线的手法。真正的答案，一开始便公平地展现在我们的眼前，只是我们没留意而已。”

“那么，你又凭什么判断幸田便是真正的耿教授？”鸭舌帽问，

"你刚才的推理只推论出台上的教授是助教 X 假扮，但耿博士不一定在我们之中啊？"

"会设计这种游戏，让我们投入思考和推理的教授，并不是那种拍拍屁股把工作丢给助教的老师。如果我是耿教授，我一定会想方法在现场观察每位同学的反应，在助教 X 假扮自己进入讲堂前，留意学生之间的举动，向助教打暗号示意游戏是否进行——万一学生中有多人互相认识，这游戏便无法进行。而且，让自己混入学生之中，在揭露真相时会更有爆点，这才是推理小说的精髓。"我说。

"这些只是客观条件罢了，并不是支持推理的论据。"熊猫眼说。她真是个一板一眼的女生。

"正如我刚才所说，最早提出'教授'这称呼的是幸田，这是一个可疑之处。另外，我记得教授曾三次提到我们的绰号，分别是胖虎、和尚和幸田，就只有幸田没有加上'同学'，其余两人是'胖虎同学'和'和尚同学'。我认为这是他给予我们的另一个小提示。"

"可是这亦可能是巧合。"熊猫眼说。

"没错，所以刚才我便提出查问各人所属学系的问题。幸田说是中文系，跟耿博士一样，加上之前提过的嫌疑，我便推理出她是博士的结论了。"

"你没怀疑她会说谎吗？"

"这个是我最后发现的盲点。"我吁了一口气，苦笑一下，"我之前一直也认为你说得没错，这个游戏容许说谎，对手之间亦可以互相陷害，查问每人的资料似乎没有意义。不过，这些都是烟幕。教授强调的'容许说谎'，其实是用来扰乱我们的推理方向的，这句话的真正意义是‘就算说了真话，你们亦不能确定’。”

我望向幸田，继续说：“这个游戏和推理小说有一个最大、最关键的不同之处，就是没有‘案件’。我们只是单纯知道有一位叫作X的人混进来了，他干了什么吗？没有。在推理小说中，案件的特征就是谜面，无论是皇冠上的宝石被偷走也好，尸体旁边留下血字也好，甚至某人莫名其妙地被重金聘用抄写大英百科全书也好，这些谜面也可以让侦探追查下去。我们只要细心思考一下，这个游戏根本是玩不成的——犯人可以说谎，其他角色又互相猜忌，别说一个半小时，给我们一个半月也无法破案吧？这和最初的设定‘这游戏必须公平’有着矛盾。可是，如果换个角度去想，犯人和共犯会公平地说真话，只是我们不能确定那是否谎言，那么这游戏便可以玩下去。对策划者来说，他们真正的胜利是‘没有说谎或说最少的谎也能不被揭破身份’，所以，刚才我相信，真正的犯人是不会隐瞒所属的学系这项情报——因为他们已料到，如何在不说谎的条件下误导我们，即使实话实说，我们亦不能简单地找出谜底。”

“正确无误。”幸田——不，耿博士一边拍掌，一边离开座位，往台上走去。

“毛利小五郎怎可能会推理出真凶啊……”和尚嘀嘀咕咕地说。

“很抱歉，我这个毛利小五郎碰巧是剧场版的。”我回赠他一句。

胡子张教授再次打开他胸前口袋的白纸，向各人展示那个在我们面前画下来的X。“恭喜，有人破案了。耿教授跟我还猜没有人能看穿真相。”

“事实上我很高兴啊，”耿教授笑容满面，说，“鸭舌帽猜对了一部分，在座的人之中并没有X，而熊猫眼的推理虽不正确，亦相当合理，点出部分盲点和线索。”

“系方派我负责协助耿教授，当天第一次见面时我也没想过对方是女性，毕竟耿旭文这名字太男性化了。我们聊起性别的叙述性诡计，后来便想到，可以弄这样的一个游戏，让同学们参与一下，增加学习趣味。我们也知道星期六早上的课有点难熬，希望同学们觉得有趣，不会逃课啦。”张教授摸摸胡子，笑着说。

“多拿一张白纸的是我，不过我也没想过有什么实际效果。”耿教授从口袋掏出一张四折的白纸，“另外我们还留下一些线索，像我特意扣了个H大的胸章，张教授的公事包上挂了他的职员证，只是大家没有走过去侦查……”

“不好意思……”胖虎怯懦地举手，问道，“看样子耿教授的年纪跟我们差不多，你怎可能是博士啊？”

耿教授笑逐颜开，看来女人都喜欢他人称赞自己年轻，“我这个博士头衔蛮新鲜的，我只比你们年长六七岁吧！为了不被你们看穿，我才特意化这个夸张的妆，把头发染成金色。不过你们都认为教授是老人家吗？二十多三十岁的女生也可以当教授吧？”

“丁零零……”电子闹铃的响声响起。张教授看看手表，说：“不知不觉已是十二时了，今天的课就到此为止。你们离去前每人拿一份下一课的讲义，有时间的请备课，另外可以先阅读一下书目上的作品，我们在第三课会讨论爱伦·坡的《莫尔格街凶杀案》……”

众人站起来，向讲台前走去，他们各自交谈，好像在谈刚才的游戏的细节。我没离开座位，回头望向讲堂的大门，透过门上的玻璃，我可以看到正午的阳光。我不知道暴风雨是何时停止的，不过，这一个半钟头算是过得相当充实有趣。或者，我下星期也来听课吧？我想耿教授和胡子助教应该不会反对。

“喂，冰咖啡，你下星期有没有兴趣再来旁听啊？”幸田来未在讲台上招招手，示意我过去。讲堂里只余下耿教授、鸭舌帽、熊猫眼和我，他们三人都在讲台前愉快地聊着。

“好啊，你不嫌我打扰你们便行了。”我边说边走近他们。耿教授的妆虽浓，但靠近一看，她的样子挺好看。好吧，我愿意收回那句“连幸田妹妹也及不上”的评语。

“我有一点不明白，”熊猫眼面对着我，说，“你为什么要说谎？”

“说谎？”我讶异地问道。

“你如果是电脑科学系的，便不能修‘网络平台理论与实践’的通识课。这是矛盾吧。”鸭舌帽说。

“啊，这个啊……”我莞尔而笑，说，“如果熊猫眼没有做出这个指责，我也没可能想到谜底，这是令我察觉真相的关键。请让我自我介绍，我叫王迢之，四年前在P大电脑工程系取得博士学位，今年获C大工程学院电脑科学系聘请担任讲师，除了在学系教授‘电脑图像应用’及‘软件工程’外，亦负责教授通识选修课‘网络平台理论与实践’，这是我的名片……”

后记

不知不觉，原来我已出道九年多。撇除征文比赛的得奖作品合集，我正式以作家身份出版小说是在 2009 年，当年和友人高普合作在明日工作室出版科幻小说《暗黑密使》。那次出版我们遇上不少波澜（辛苦高普兄和编辑了），现在回想也真是啼笑皆非，但总之我就糊里糊涂地出版了第一本作品（虽然事实上只有“半本”，个人独立作品要到 2011 年才面世）。连同两本合著小说，我这几年间共出版了十部中长篇作品，其间亦写了好些短篇，于是我想是时候整理一下，为自己投身写作的首十年画下一个注脚，出版短篇合集。

本书起名《第欧根尼变奏曲》，是由于我不想将多部短篇随便塞进书里马虎了事，决定以组曲的形式来包装呈现，还要煞有介事地为每篇加上古典乐风格的次序题名（后面我会逐篇说明），而部分故事彼此虽无关联，却的确是以相近的主题做不同的“变奏”。至于选上“第欧根尼”这名字纯粹是我的个人趣味使然——第欧根尼是古希腊哲学家，犬儒学派创始人安提西尼的弟子，主张极简生活（也有说他只是追随了安提西尼的思想，二人从没见面）；传说特立独行的他住在一个大木桶里，过着流浪汉般的生活，某天亚历山大大帝慕名拜访他，说可以实现他的任何愿望，正在晒太阳的第欧根尼却只提出一个要求：“请你闪开，别挡住我的阳光。”后来，柯南·道尔爵士在“福尔摩斯探案”系列中虚构了一个名为“第欧根尼俱乐部”的绅士会所，会所里禁止任何人交谈，让会员们能在伦敦的喧嚣生活中拥有一片容许沉思的宁静乐土。

本作的短篇作品，都是我在“第欧根尼状态”之下，沉浸在自己的思海中创作出来的。虽然当中有参赛作品，也有杂志邀稿，但这些故事我都没有考虑太多，单纯地觉得“这样写就好了”而动笔创作。

我想，对一个作家而言，比起飞黄腾达、天降横财，能躲在大木桶中写自己喜欢的故事更教人称心快意。

以下有各篇创作的背景资料与后话，部分有剧透，请自行斟酌阅读。附带一提，我除了为每篇加上了古典乐风格的题名外，也差不多为每篇选配了一首我心目中认为气氛相符的古典乐曲，有兴趣的朋友可以使用以下链接（YouTube 影片名单）或自行搜索其他网站，当作 BGM[1] 跟内文对应逐一欣赏：

https://tinyurl.com/diogenes-op5

1　BGM：Background Music，即背景音乐。

Var.I Prélude: Largo
《窥伺蓝色的蓝》

／完成日期：2008 年 12 月

／首次发表:《神的微笑》(第七届台湾推理作家协会征文奖作品集)

第七届台湾推理作家协会征文奖决选入围作品。因为“台推奖”容许参赛者投超过一份稿件，那年我共投了三篇，而本篇正是最后一篇。事实上，我完成首两篇后距离截止日期只余八天，心想还是放弃算了，可是过了几天，思前想后我还是觉得不妨“冲一冲”，结果意外地只花三天便写完——之前两篇我各耗上一个月才写好的啊。

虽然本篇的时代背景略久，作中的网络元素如今都改变了，但大概将地下网站换成暗网、博客换成其他社交软件，故事放在今天一样行得通，甚至有过之而无不及。现代人一方面主张隐私不容侵犯，另一方面却更乐于“分享”个人生活点滴。为了得到更多人认同，我们好像对科技带来的危机麻木了。

“Prélude: Largo”是“前奏：最缓板”，配上本篇的选曲是肖邦的《二十四首前奏曲》的 E 小调第四号乐曲（*24 Preludes, Op.28, No.4 in E minor, Largo*）。作为组曲的第一首，当然选一首大家耳熟能详的作品较好。不过话说回来，这首乐曲的别称是“窒息”，我想，跟故事蛮匹配嘛。

Var.II Allegro e lusinghiero
《圣诞老人谋杀案》

／完成日期：2012 年 12 月

／首次发表：诚品站（http://stn.eslite.com/）

台湾推理作家协会曾跟诚品站合作，由会员轮流撰写专栏增加曝光率，我们除了写评论文章外，有时还会写一些两三千字的短篇小说。本篇就是圣诞档期我一时兴起之作，就是想写一个有点美式风格、带点奇幻趣味的生活故事。构思这故事时，因为背景设定在美国纽约，所以我连伏笔都用英语去想，结果用中文写出来后才发现其中一条伏线变得十分隐晦——“丢进停尸间一律叫作无名氏”（"all become John Doe in the morgue"）。附带一提，我最喜欢的圣诞故事是狄更斯的《圣诞颂歌》。

“Allegro e lusinghiero”是“快板及哄诱”，本篇我选配圣-桑的《哈瓦奈斯舞曲》第一乐章（*Havanaise in E major, Op.83, I. Allegro e lusinghiero*）。

Var.III Inquieto
《头顶》

／完成日期：2018 年 5 月

／首次发表：《无形》第二期

来自香港文学杂志《无形》的邀稿，主题是“鬼”。因为是文学杂志，所以本篇主题倾向严肃，故事没有什么逻辑推理元素，重点也不是放在惊奇感上，而是侧写对荒谬现实的惊悚感吧。我没读过几篇卡夫卡的作品，但构想本作时的确想起过《变形记》。别问我到底本作主角是真的看到异象还是单纯是个神经病，我不知道。有时现实里精神病患比“正常人”还要清醒吧？

“Inquieto”是“不安”，选曲是普罗科菲耶夫的钢琴曲集《瞬间幻影》第十五首乐曲（*Visions Fugitives, Op.22, No.15, Inquieto*）。

Var.IV Tempo di valse
《时间就是金钱》

／完成日期：2010 年 8 月

／首次发表：《皇冠》杂志第六八五期

第十届倪匡科幻奖三奖作品，初出其实是在比赛网站，但现在网站消失了，我只能确认差不多同一时期在《皇冠》杂志有刊载过。这故事的理念很简单，就是金钱和快乐其实跟时间一样，多寡从来都是“相对”的。我本来没打算在这儿阐明，只是坊间似乎有将本篇核心概念理解成“金钱到头来还是很重要，至少要有几百块才能抱得美人归”的微妙说法，我只好碎嘴一下吧。（笑）

虽然故事没后续，但我觉得，假如为本篇加一篇“后日谈”的话，立文大抵会在八十岁去世，但他死前十年的人生，会过得比以往七十年更精彩、更充实。我深信就算活到古稀之年，一个人的顿悟还不会来得太迟，毕竟，时间是相对的嘛。

在此要特别鸣谢叶李华老师和新竹的交通大学图书馆，让我无偿取回本作版权。虽然倪匡科幻奖现已停办，希望各位读者仍继续支持华文科幻小说的发展，让更多作者投身科幻小说创作的行列。

“Tempo di valse”是“华尔兹的速度”。我想，人的一生就像一首华尔兹，有人华丽地转圈，有人只能盲从其他舞者在舞池流动，可是不管华丽与否，终究只是一首华尔兹，有开始的一刻，也有完结的一瞬。曲子我选了德沃夏克的《E 大调弦乐小夜曲》第二乐章（*Serenade for Strings in E Major, Op.22, II. Tempo di valse*）。

Étude.1
《习作·一》

／完成日期：2011 年 3 月

／未发表

我虽然很少遇上“缺乏灵感”的写作障碍，却不时碰到“缺乏手感”的麻烦——简而言之，就是有觉得不错的点子，却无法写得有趣或满意。这些时候我会让自己转换心情，打开某个随机选出五个莫名其妙的关键词的网站，拿这些关键词串联起来写些乱七八糟的极短篇小说。我还规定自己必须依照次序让关键词顺序在文中出现。这些极短篇纯属游戏之作，不过趁此机会，挑了三篇“比较像样一点的”公开以飨读者。

这篇没有什么感想，纯粹是觉得好玩而已。故事背景应该是欧美社会吧？

“Étude”是“练习曲”的意思，因为是练习，所以就不配乐曲了。

Var.V Lento lugubre
《作家出道杀人事件》

／完成日期：2009 年 5 月

／首次发表：《台湾推理作家协会会讯 2011》

早期实验作品。因为想写的是纯本格推理的后设小说，所以特意抹去所有现实特征，连人名也省下来，故事放在中国台湾地区、中国香港地区甚至韩国或日本都大概说得通（当然，放在欧美则不大合理，因为西方的新人作家想出道，主要找上的是经纪人而不是出版社吧）。作中的作家名字、作品名称都是随便乱写，这次修稿时看到当年写的“S 氏作品改编成电影，又翻译成十二种文字外销”也不禁吓了一跳。因为科技进步的关系，这次追加了平面图和示意图。今天为推理小说的机关画插图真是比十年前轻松得多啦。

话说台湾推理作家协会在 2010 年办了个会内交流比赛，主题是“不见血谋杀”，我便以此篇参加。我的想法是，“谋杀”不一定如字面被解读成“夺去一个人的性命”，怂恿一个人犯下无可挽回的过错、彻底摧毁他的人生亦是一种“谋杀”，而且往往比杀死对方更为残忍。

“Lento lugubre”是“悲恸的缓板”，选曲是柴可夫斯基的《曼弗雷德交响曲》第一乐章（*Manfred Symphony, Op.58, I. Lento lugubre*）。

Var.VI Allegro patetico
《必要的沉默》

／完成日期：2014 年 4 月

／首次发表：脸书

记性好的香港读者大概记得 2014 年香港中学文凭试中文科卷二作文科出了一道备受争议的试题，要求考生撰写第一人称自述“选择沉默是正确的”的文章。忘了谁牵头，总之当时香港网络各界陷入了作文热潮，每人也掺一脚写自己的版本，一时间全港创意大爆发，我也凑热闹在今天已荒废了的脸书墙上写上一篇。基于完整试题受版权法保护，无法在此记录，但我想作文题目“必要的沉默”算是常见的语句，所以我就不避嫌，收录本篇于此。试题曾提供第一段要求考生续写，这儿自然将该段删去了——不过删掉更好，我觉得试题中那个开首写得有点，嗯，土里土气（出题的老师，得罪了）。

“Allegro patetico”是“哀伤的快板”，配乐我选上李斯特的《十二首大练习曲》的 D 小调第四乐曲（*12 Grandes Études, S.137, No.4 in D Minor, Allegro patetico*）。

Var.VII Andante cantabile
《今年的跨年夜，特别冷》

／完成日期：2011 年 12 月

／首次发表：脸书

2011 年我在明日工作室出版了好几本中篇作品，当时出版社要求作家们年末在脸书或博客弄一个串联宣传活动，撰写应景的短篇或极短篇，于是我便写了这篇小故事了。其实和我用来抓回手感写的练习极短篇风格很相似，只是没有关键词捆绑。

“Andante cantabile”是“如歌的行板”。因为是爱情故事（啥？），所以挑选了脍炙人口的拉赫玛尼诺夫《帕格尼尼主题狂想曲》变奏第十八号乐曲（*Rhapsody on a Theme of Paganini, Var.18. Andante cantabile*）。主角抱着女孩，在公园长椅上等新年来临，配上这首乐曲，不是浪漫得要死吗？

……希望不至于令大家以后无法正视这首动人的乐曲吧……

Var.VIII Scherzo
《加拉星第九号事件》

／完成日期：2012 年 1 月

／首次发表：《台湾推理作家协会会讯 2012》

我在拙作《13 · 67》的后记提过，该作的第一章本来是参加台湾推理作家协会的内部交流比赛的，结果因为超过字数，于是留下来续写成长篇，参赛的另外再写。本篇就是“另外再写”的那篇了。当年的题目是“安乐椅侦探”，但我在本篇里想写的题材却远超于这主题，结果变成“极北”[1]的问题作。（笑）

本篇可以以几个层面来解读，表面上是一部隐喻社会与政治的科幻寓言，但实际上我想写本格推理中的“后期昆恩问题”。“后期昆恩问题”详细说明的话可以写上万余字，故此暂且跳过，简单解释的话，就是侦探涉入案情导致角色不再处于局外，令读者无法倚赖他获取客观公平的线索，从而推论出本格推理的“公平性”根本不完备，客观的逻辑推理只是假象。我在本篇里将侦探角色设定成作者代言人，他不需要推理，只是将线索串联起来便能输出答案，可是在加入“将侦探自身当成线索”的一项条件后，所谓的“真相”便被逆转。我不是要借本篇来解答“后期昆恩问题”，只是想制造条件，尝试建基于“后期昆恩问题”创作出凸显本格推理不完

//

1　超出常规、离奇到自成体系的推理作品，日本文坛用“极北”来形容。例如日本推理四大奇书之一的小栗虫太郎《黑死馆杀人事件》，因为近似百科全书的庞大内容、炫学巧妙的诡计解谜，整部作品犹如作者自建的复杂迷宫，被视为“极北”之作。

备性的本格推理故事。

再往深一层钻下去，我在本篇还想写剧情以外的新本格诡计。故事运用叙述性诡计当然是这层次的一部分，但更重要的是，我刻意在本篇里回避使用“人”这个字。“犯人”“其他人”“众人”“军人”“人员”“人情”“人工智慧”等等全都不能写，老实说，这简直是自找麻烦，作品完成得很不容易，不过因为一开始便决定了这是一个“没有人”的故事，所以有必要贯彻这个后设文字游戏的始终。

最后补充一点：篇名使用“第九号”是因为我很喜欢1959年上映的著名科幻烂片《外太空计划9》（*Plan 9 from Outer Space*），算是一个小小的致敬。

“Scherzo”是“诙谑”，本篇配曲是肖斯塔科维奇的《两首弦乐八重奏》第二乐曲（*Two pieces for String Octet, Op.11, II. Scherzo*）。本篇的故事背景配上摇摆于“屈从于国家体制”与“勇于挑战意识框架”之间、既被谴责亦被褒扬的苏联作曲家的作品，我想应该蛮有意思吧。

Var.IX Allegretto poco moderato
《Ellie, My Love》

／完成日期：2012 年 9 月

／首次发表：诚品站（http://stn.eslite.com/）

可能因为我自小便看美剧，总觉得从夫妻恩怨发展而成的杀人案放诸西方社会比较有味道，于是这篇也循这个方向来写了（纵使故事里没明言地域为何）。虽然我是日本乐团南方之星（Southern All Stars）的乐迷，但本篇的篇名只是信手拈来，跟乐团的同名歌曲内容无关……不过将人名换成日本姓名，场景放在湘南海岸好像也可以？

"Allegretto poco moderato"是……"稍快板略微中板"（这个有点难译）。选曲是萧士塔高维奇的《多元化乐队组曲》第七乐章"第二圆舞曲"（*Suite for Variety Orchestra, Op.Posth., VII. Waltz No.2*）。我可不是因为这首乐曲曾被用作某对好莱坞影星夫妻合演的电影主题曲而选的，虽然感觉上真的很符合那种气氛。附带一提，这组曲一直被误当成《第二号爵士乐团组曲》（*Suite for Jazz Orchestra No.2*），至今仍有不少唱片误植。

Étude.2
《习作·二》

／完成日期：2018 年 1 月

／未发表

嗯，只是一篇有点科幻味的练习，没有什么特别的。

Var.X Presto misterioso
《咖啡与香烟》

／完成日期：2009 年 8 月

／未发表

本篇是写来参加第九届倪匡科幻奖，可惜只进入复选，没入围。某程度上，《头顶》和本篇是同一题材（“身陷异常”）的变奏，不过创作手法与故事最终的着陆点却南辕北辙。撰写本后记时，加拿大刚实施大麻合法化，也许对很多人来说是一件不可思议的事——这令我们反思，一般国家法律禁止大麻、不禁绝成瘾症状更严重的香烟，到底是出于冠冕堂皇的“为了人民健康”，还是牵涉到消费型社会中更广泛的利益冲突而不得不妥协呢？

“Presto misterioso”是“神秘的急板”，配曲是阿根廷作曲家希纳斯特拉的《第一号钢琴奏鸣曲》第二乐章（*Piano Sonata No.1, Op.22, II. Presto misterioso*）。

Var.XI Allegretto malincolico
《姐妹》

／完成日期：2015 年 2 月

／首次发表：《Esquire 君子》杂志

来自《Esquire 君子》杂志的邀稿，不过我不清楚最后有没有刊登，或是刊登在哪一期。因为写给香港读者，故事用上一些本土元素，诸如劏房、房价、地铁，等等，在地性有点强，所以本书的简体版不得不加上一些注释。本篇与《Ellie, My Love》是主题“姐妹与家庭”的变奏，而它们与《窥伺蓝色的蓝》更变奏自类同的故事构成。

“Allegretto malincolico”是“抑郁的稍快板”，配上的乐曲是普朗克的《长笛奏鸣曲》第一乐章（*Flute Sonata, FP164, I. Allegretto malincolico*）。

Var.XII Allegretto giocoso
《恶魔党杀（怪）人事件》

／完成日期：2009 年 1 月

／首次发表：台湾推理梦工厂（http://mysteryfactory.pixnet.net/blog）

因为想试试写搞笑推理，于是写了这篇。本来只是拿日本特摄片戏仿恶搞一下，结果还是加入了一些社会议题（？），变成另类的科幻讽刺小说了。话说我后来读到日本漫画家石黑正数的科幻推理漫画《外天楼》，惊觉自己还是太稚嫩，《外天楼》那种才是糅合后设、推理、反推理、讽刺、科幻、戏仿、荒谬剧、喜剧、悲剧、人间剧的杰作啊。

“Allegretto giocoso”是“幽默的稍快板”，配本篇的选曲是约翰·艾尔兰的《降 E 大调钢琴协奏曲》第三乐章（*Piano Concerto in E-flat major, III. Allegretto giocoso*）。

Var.XIII Allegro molto moderato
《灵视》

／完成日期：2018 年 6 月

／首次发表:《皇冠》杂志第七七四期

来自《皇冠》杂志的邀稿，主题也是“鬼”（跟《无形》的《头顶》同期）。因为《皇冠杂志》的刊载作品类型范畴较广，所以这边的风格比较靠近流行小说。这篇跟《习作・一》和《必要的沉默》是主旋律相同的变奏（“原来主角是 × ×”），同时亦跟《圣诞老人谋杀案》及《头顶》以相同手法做变奏（“似乎是奇幻故事但无法确定”）。

“Allegro molto moderato”是“非常适度的快板”，选曲是福雷的《佩利亚斯与梅丽桑德》第三乐章“西西里舞曲”（*Pelléas et Mélisande, Op.80, III. Sicilienne*）。

Étude.3
《习作·三》

／完成日期：2018 年 8 月

／未发表

余味大概极差、背叛读者期望的小作品。其实我想说的是，凭着不完整的资讯去选择立场十分危险，但今天我们愈来愈容易因为片面的印象去支持或反对某些事情了。

Var.XIV Finale: Allegro moderato ma rubato
《隐身的 X》

／完成日期：2010 年 9 月

／首次发表：《九曲堂》创刊号

因为是写给推理同人志《九曲堂》的作品，所以故意加入了不少流行元素和吐槽，好让故事活泼一点。其实我不止一次说过，我很讨厌写 Whodunit[1] 的作品，因为不跳出框框（凶手在既定的嫌犯之中），读者可以凭直觉猜凶手，可是一旦跳出框架（凶手不在嫌犯之内），读者便会质疑公平性不足。本篇的创作目的，就是想看看可否将 Whodunit“变奏”。在全书整体编排上，我想以一篇“讨论本格推理小说的本格推理小说”作为短篇集的终章，就像披头士以抽离的 *A Day in the Life* 为 *Sgt. Pepper's Lonely Hearts Club Band* 做总结，应该蛮合适的吧。

“Finale: Allegro moderato ma rubato”是“终曲：自由发挥的中快板”，最后的配曲是勃拉姆斯的《第三号钢琴奏鸣曲》第五乐章（*Piano sonata No.3, Op.5, V. Finale: Allegro moderato ma rubato*）。

感谢读到这儿的您，这篇后记长得过火，只是我无法删减，必须一篇一篇留个记录。期望将来能透过新作品与您再次碰面。

陈浩基

2018 年 10 月 25 日

1　Whodunit：凶杀悬疑类型的小说、戏剧、电影。